徳間文庫

再雇用警察官

いぶし銀

姉小路 祐

徳間書店

プロローグ

1

見えない手枷足枷を付けられて、一生拘束されて支配され続ける——そんな無間地獄が彼には耐えられなかった。

自分の才覚と努力で、階段を駆け上がってきたのだ。たしかに助けてもらったことは認める。しかし、それで死ぬまで辛い義務を負うのは重すぎる。たとえてみれば、たった一度十万円の借金をしただけなのに、終生毎月三十万円の返済をしなくてはならないようなものだ。

ミュージシャンも芸人も、下積みのときは年上の女性に生活を支えてもらって、運よく売れるようになったら若い美人と結婚していく者は少なくない。美人妻が勝者のトロフィーであることは否定できない――と彼は思う。名前が売れるようになって、パーティに出る機会も増えたが、夫人同伴というスタイルがごく当たり前だ。輝いている男は誰もが、輝いている妻を連れている。それがステータスになり、勲章にもなる。そういう華やかさが求められる世界なのだ。

超高額の慰謝料を払うことで古女房と別れて、かつてアイドルグループにいたこともある清楚系タレントと年の差婚を果たした同業者を、彼は知っている。

金でそれができるのならいい。できないから、無間地獄なのだ。

かりにトップクラスにまで昇り詰めても、金では解決不可能なことなのだ。階段を上がる前に、助けてもらったことがとてつもない重荷になっている。彼にしかわからない透明な重荷に。

もっと経済的に恵まれた家に生まれていたなら――そう悔やむことは、過去も現在もある。

彼は、時計修理職人の家に、一人息子として生まれた。昔気質の父親は、小さいころから彼を跡継ぎとして鍛えようとした。小学生のころから、細い指を油まみれにしながら古い柱時計の分解をやらされた。単純なミスをしようものなら平手打ちが飛んできた。自分が通ってきたのと同じように、師匠（ししょう）に厳しく指導されるのが上達への唯一の道だと父は信じて疑わなかった。

だが、いくら腕が良い匠工（たくみ）であっても、修理の注文は年々減っていった。デジタルの波が押し寄せていることを、職人バカの父親は読めなかった。そんな父親だから、母親は彼が六歳のときに愛想（あいそう）をつかして、短い書き置き一枚を残して出ていった。

〝好きな人ができました。その人と生きていくことにしました。息子のことは心残りだけど、いずれ父親そっくりになると思うと、育てる気がなくなりました。ごめんなさい〟

父親は中卒であったので、彼が高校に進学することにもいい顔をしなかった。公立の工業高校の精密機械科に行くことで、ようやく折り合いがついた。高校のクラスは、全員が男子であった。

将来性のない家業は継がずに、企業に就職がしたかったが、それを言い出すたびに平手打ちが返ってきた。

いくら父親から厳しく鍛えられても、生来（せいらい）の手先の器用さが彼には備わっていなかった。母親のほうに似たのだろう。それでも父親は、彼に家業を継ぐことを強要した。監獄（かんごく）のような生活が続くことになった。

そんな父親も、彼が二十一歳のときに脳溢血で倒れて、あっけなく帰らぬ人となった。

どんなに厄介な存在であっても、死んでくれたなら、景色が百八十度変わることを彼は体感したのだった。

それから一年後に、彼は今の妻と知り合った。監獄のような家で、古い時計ばかりを扱ってきた彼にとって、初めての恋人であった。

住まいは借家であり、父が残した遺産は、骨董屋から安く買い叩かれた時計類だけであった。父親の四十九日も過ぎないうちに、彼は店を廃業した。そしてアパートを借りて、レストランのウェーターとしてアルバイト生活を始めた。そこに客として来ていたのが、今の妻だった。

半年後に結婚して、その一年後に彼は単身フランスに渡って、武者修行に打って出る。分野は違ったが、父親に精神面で鍛えられたことは役に立った。何時間も机に向かっていられる忍耐力は身に付いていたのだ。

2

彼女は、補整下着の訪問販売をしていた。高校のときから美容への関心は高くて、美容師になるために大阪の専門学校に入学した。

入学前は希望で胸が膨らんでいたが、現実は違った。

高校一年のときに、友人たちと初めてユニバーサル・スタジオ・ジャパンで遊んだときは、大阪の街は夢の国の延長であった。帰りに寄った通天閣も道頓堀もテーマパークだった。だから、大阪の専門学校に通うことにしたのだ。

仕送りがなかったので、きれいなマンションには住めなかった。安アパートの家賃と食費と学費を稼ぐために、夜と土日はアルバイトを詰めに詰めた。

寝不足のために朝起きられず、低血圧の彼女はたびたび遅刻した。高校のときは、ゆるーい公立であったのでそれでも進級できたが、実習中心の専門学校では退学勧告を受けることになった。それで、ますます登校の足が遠のいた。

時給のいいスナックのアルバイトを始めた。あまり容姿には恵まれていないと自覚する彼女は、華やかなキャバクラで働く自信はなかった。スナックのママからは、客におねだりして、注文してくれたボトルを笑顔でひたすら飲む役割を命じられた。毎夜出勤していたのでは、身体が持たなかった。そこで、美容専門学校時代の伝手で紹介してもらった下着の訪問販売を並行して始めることにした。

だが、そちらのほうもたいして売れなかった。若い専業主婦層をターゲットにしての補整下着の訪問販売がメインだが、スタイルがよい販売員はいい成績を挙げていた。むしろ、彼女が得意だったのは、高齢女性に失禁対策の下着を売ることだった。年寄りの長話を聞くことは苦にはならなかったが、時間がかかり、補整下着ほど高額ではなかったので、売り上げはそれほど伸びなかった。それでも、まとめて十枚二十枚と買ってくれる独居老女もいて、成績に貢献してくれた。愛猫に死なれて寂しくしているその独居老女は、夫が病気で死んだあと、一人娘を交通事故で亡くしていた。短大時代にアルバイトからの帰りに、違法積載していたダンプに撥ねられて即死だったという。その一人娘に、横顔が似ていると言われた。

そのころ、彼に出会った。長身で笑顔が爽やかな青年であった。

一つ年下の彼は、まったく女性に慣れていなかった。食事に誘って訊いてみたところ、厳格な父親に育てられ、恋愛経験もないということであった。今はアルバイトをしているが、アート的な仕事に将来は就きたいと話した。子供のころは絵が得意で、画家になりたいと思ったこともあったという。

彼女は、彼を育ててみたいと思った。自分は大阪での夢が破れ、故郷に帰る気もなく、このままでいいのだろうかという自問と不眠症に悩みながら漫然と暮らしていたが、彼といっしょに夢を見るのも悪くなかった。自分の中にあった母性が覚醒したと言えるかもしれなかった。

彼との距離をだんだんと縮め、同棲するまでになった。

彼女のアドバイスを受け入れて、彼はアルバイトを辞めて、服飾デザインの専門学校に通い始めた。自分は挫折してしまったが、彼には卒業させてやりたかった。彼女は、より時給のいいクラブホステスに転職することにした。面接に受かるために、整形もした。あまり代わり映えしたとは思えなかったが、何とか合格できた。

彼自身が思ってもいなかった才能が、伸び始めた。専門学校の教師から、留学を勧められほどの作品を創り始めた。

彼の夢をかなえてあげたいと彼女は思った。だがそのためには、かなりの費用を工面しなければならなかった。

下着の販売で協力してくれている独居老女のところを訪れて、遠慮がちに借金を申し込んだ。一人娘の交通事故による賠償金が二千万円ほど、まだ手つかずに残っているという話をしてくれたことがあったからだ。持病があるだけに、もし倒れて救急搬送されることになっても入院資金に困らないように、そして入院が長期化したり、施設への転院を求められても対応できるように、半分以上は現金で残してある。だから、一人暮らしを不安なく送れている、と話してくれたこともあった。

だが、むべもなく断られた。「あれだけ下着を買ってあげて協力してあげたのよ。まだ使っていない下着が押し入れにたくさん眠っている。それなのに、借金させてと甘えてくるなんて失望したわ。もう来ないで」と追い返された。

他にアテはなかった。これまでの貯金は、彼の入学金や授業料に消えていた。

「そのおばあさんが今死んだら、眠っている賠償金は宙に浮くんだな」

彼の言葉が、彼女の思いつきの呼び水となった。

「そういうことね。だから、死んでくれたらいいんだわ。ほとんど訪れる人のいない独居老女だから、そんなに難しい芸当じゃないわ」

財産全部をもらおうというのではない。あの家に眠る現金を手にするだけでいいのだ。

「だが、捕まってしまっては元も子もないな。頭を使わないと」

彼も乗り気であることはわかった。

「冬場は危ないな、と思うことがあるのよ。きょうだって、そうだったわ」

もし思いついたのが冬でなかったら、実行しようとまでは思わなかったかもしれない。何となく天に導かれている気がした。

「どうするんだ？」

「あの昔気質のおばあさんは、暖房を練炭火鉢に頼っているわ。クーラーはあるけど、冷房機能だけということよ。石油ストーブは灯油ポンプが使いづらいし、ガスストーブは臭いが苦手だからと」

「練炭火鉢か」

「お湯を沸かすことも簡単だし、鍋を載せておけば冷めない。朝に火をおこせば、ほぼ一日中持ってくれる。そういう経済性や便利さはわかるけど、一酸化炭素中毒の危険がある。あの家は古い木造建てなので隙間がスケスケだから、自然に換気ができているのだろうけど」

「集団自殺が行なわれるワンボックスカーみたいな密閉した空間で、いくつもの練炭を燃やせばいいわけだな。しかし、そのワンボックスカーに連れて行くのは簡単ではない」

「あなたと出会うまで不眠症を患っていたことがあって、そのころの睡眠薬がまだ残っているのよ」

「それなら、できるかもしれない」

彼は、少し考えたうえで具体的方法を提案した。

そして、二人でそれを実行した。

まずは、失礼な借金の申し込みをしてすみませんでした、と彼女は手土産を持って独居老女のところを訪れた。予想どおり、昔気質な彼女はそういうけなげな姿勢には弱くて、中に入れてくれた。安心させるために、下着販売会社からの融資が受けられたことを報告し、その書面を示す。もちろん書面はパソコンで作った偽造のものだ。そして、手土産に持ってきた懐中最中を食べてくれるように勧める。懐中最中には潰した睡眠薬が入っていた。

うまく眠ってくれたので、彼に連絡を取る。彼は人目につかないように気を配りながら、冬山登山で使われる一人用の防寒テントを持ち込んだ。何重にも目張りをして空気が漏れないように手を加えておいたものだ。その間に、彼女は手袋をして家の中を探し出す。なかなか見つからなかったが、和箪笥の引き出しが二重底になっていて、そこに風呂敷に包まれた現金が隠されていた。

ワンボックスカーをレンタカー会社から借りてきて、運び出すという方法もあったが、目撃されるおそれがある。運び出すだけでなくまた家に戻さなくてはいけないという二重の危険がある。さらに家の前の狭い道に停車しておくわけにはいかないから、人家のないところまで移動させたうえで、練炭火鉢を燃やす必要がある。さもないと、運転中に自分たちも中毒しかねないからだ。大阪市内でそういう場所を見つけるのも困難だ。その移動中に目覚めてしまうおそれもある。

彼は自分では器用ではないと言っているが、バイクで持ち込まれて組み立てられたテントは見事に密閉工作がされたものだった。あらかじめ自分たちが住むマンションで練炭を燃やして、発火した最初に発生しやすい二酸化炭素を集めておいて、大きなタンブラーに入れてきたのも見事だった。テントに担ぎ込んで、三つの練炭に火をおこす。熱でテントが燃えないかが心配だったがうまくいった。

彼女が見守っている間に、彼は合鍵を作りに行った。

一酸化炭素中毒死した独居老女のことは、地元新聞が切手くらいの大きさで報じただけであった。

第一章

1

携帯電話にとって代わられて、近年ではめっきりかかってこなくなった家の固定電話が鳴った。

「はい、安治川(あじがわ)です」

「夜分にすまんな。ラグビー部の内山(うちやま)や」

「内山先輩、どうもご無沙汰しとります」

安治川は高校時代にラグビー部に所属していた。部員総数は二十数人で、対戦成績は勝率三割にも満たない大阪府立高校の無名チームだったが、土と汗にまみれながら仲間たちと楕円球(だえんきゅう)を追った日々は、六十歳を過ぎた今も懐(なつ)かしく、得がたい日々であったと思う。

「四年前の解団式で会うて以来だな」

少子化によるクラス減の影響もあって、部員は毎年十五人が集まらない状態が続いた。最低でもスターティングメンバーである十五人がいなくては、そもそも試合に出場ができない。

同じようにチームが組めない他の公立高校と合同チームを作ったり、七人制大会に出場するなどの工夫がされたが、その七人の部員すら確保ができず、とうとう廃部が職員会議で決まった。五年に一度、ラグビー部のOB総会が行なわれるが、その年は解団式となった。

「解団式のときは残念で寂しかったな。もっと続いてほしかった」

「そうでしたね」

大学に行かなかった安治川にとって、部活と言えば高校のラグビーであった。

「ワールドカップの日本大会が盛り上がって、にわかファンが増えているそうやから、また復活してくれたならいいなと思う」

「ええ、わしもそう思います」

ワールドカップ大会中は、安治川もテレビ画面にかじりついていた。日本チームの活躍も嬉しかったが、それまであまり陽が当たらない存在であったフォワード第一列が注目されたことに心が弾んだ。安治川の高校時代のポジションは、第一列の真ん中のフッカーと呼ばれるポジションだ。

「安治川は、今は大阪府警で行方不明人捜査官をしていると聞いたけど、そうなんか？」

「まあ、そういう正式名称やおませんのやけど、失踪した人の消息を調べるのが仕事です」

安治川は定年を迎えたが、雇用延長を申請して認められ、新しくできた生活安全部消息対応室に配属された。

「実は、折り入って頼みがある。行方不明者を探してもらいたいんや。安治川の職場を明日にでも訪れるから、話を聞いてもらえへんか。中央区大手前の府警本部にいるんか？」

「いや、府警本部やおませんのや」

再雇用の辞令を持って足を運んだのは、四天王寺署だった。そこに生活安全部分室という形で消息対応室が置かれていた。署の裏手にある装備庫の二階が、あてがわれた狭いスペースだった。室員は安治川を入れてたった三人だけである。

「じゃあ、どこへ行けばいいんだ？」

「いや、それが……」

新設の消息対応室は、一般市民の相談や来訪を受け入れていない。各所轄署から依頼があったときだけ、調査に乗り出す。

これは行方不明事案という特質が関係する。全国で、一年間に十万人近い行方不明者が新たに出る。小さな市の人口に匹敵する数だが、その大半は本人の意思で行方をくらましたという自発的な蒸発だ。借金の取り立てからのがれるために夜逃げをした、配偶者からDVを受けて飛び出した、家庭内不和に嫌気がさした、親に反抗してプチ家出した――など理由はさまざまだが、これらの自発的蒸発には直接犯罪は絡まないので、警察は民事不介入の原則によって動かない。行方不明者届を受理するだけだ。かつては捜索願という名称であったが、実際のところは警察は捜索はしない。それらは、調査会社や探偵事務所と呼ばれる民間組織が扱う領分となる。受理した行方不明者届は、どこかで身元不明の行路死者が出たときに身元特定のために使われる資料となるに過ぎない。

これらの大多数の一般行方不明者に対して、特異行方不明者と呼ばれるケースがある。誘拐、拉致、監禁、殺害しての遺体隠蔽といった犯罪が行なわれたことによって行方不明となった場合だ。特異行方不明者については、届出の受理だけで終わることはなく、警察による捜査が実行されて、身柄確保や犯人逮捕に繋げられる。

ただ、この特異行方不明者と一般行方不明者の線引きは必ずしも明確ではない。

そういったグレーゾーンに対応するために、全国最多の行方不明者数を抱える大阪府警が、他府県警に先駆けて、消息対応室を置くことにした。所轄署は、一般行方不明者か特異行方不明者かの判断ができかねたとき、消息対応室に案件を送付してくる。安治川たちは、その送付があって初めて動けるのだ。

「早いほうがええですね」

「そうだな」

「先輩、これから会えしませんか？」

いくら先輩でも、所轄署を飛び越えて調査を引き受けることはできない。だが、個人として勤務時間外に相談を受けることは可能だ。

待ち合わせの喫茶店に現われた内山良造は、四年前に会ったときに比べて、かなり老け込んだ印象を受けた。小柄な体軀だが、猫背が目立つ。皺が増えて、頭髪は黒く染めてはいるのだが、きちんとケアをしていないので生え際は白髪となっている。

高校時代の内山は、眉目秀麗(びもくしゅうれい)であった。身長こそ百六十五センチほどしかなかったが、女子生徒の人気は抜群であった。チームメートの信頼も厚くて、三年生のときはキャプテンを務(つと)めた。それほど偏差値(へんさち)の高くない高校であったが、成績は常にトップクラスで、推薦入学で名門私学の経済学部に進んだ。

「やあ、待たせたな」

内山は、ひょいと片手を挙げて安治川の前に座った。

「何を注文しはりますか」

安治川は、メニュー表を差し出した。内山が来るまで、安治川もオーダーをしていない。一年違いでも、先輩と後輩だ。その関係性は一生続く。

「れーこーにしよう」

内山は、大阪でも今や一部の昭和生まれ人間しか使わない言葉を口にした。冷たいコーヒーを略して、れーこーと呼ぶ。

「アイスコーヒーを二つ」

安治川は、店員に声をかけた。

「時間を取ってもろて、すまんな」

「いえ、全然大丈夫です」

内山のポジションは、スクラムハーフだった。フォワードが組んだスクラムにボールを入れるのがその仕事の一つだ。それを足で後ろに蹴るのがフッカーの役割だ。フッキングをするから、フッカーと呼ばれるのだ。

スクラムハーフとフッカーには阿吽の呼吸が求められる。そのために、何度も練習を繰り返した。

全国高等学校ラグビーフットボール大会の地区予選一回戦を控えて、二人だけで居残り練習をしたことがあった。トーナメント形式なので、負けたならそれで内山たちの学年は最終戦となる。「あとから悔いたくないので、やり残したことがないようにしたい。つき合ってくれ」と内山は頼んできた。一時間以上も練習をしたあと、内山はラーメンをおごってくれた。それまでにも、スポーツドリンクをくれたことが何度かあった。

こうして相対するのは、それ以来のことだ。あれから、もう四十年以上が経ってしまった。

「解団式のときは、とにかく悲しくてゆっくり話ができひんかったな」

「ええ」

「今のセクションへは何年前から配属になったんだ？」

「この四月です。再雇用で、巡査部長待遇という辞令をもらいましたのや」

退官時の階級である巡査部長を引き継いだということのようだ。ただ、給料は六割程度に減った。それが嫌で、民間企業に就職した同期もいたが、安治川は続けて警察に身を置きたかった。

「きょうは六月十日やから、二ヵ月ちょっと前なんやな。そろそろ慣れてきたか？」

「いやあ、まだまだです。還暦で再雇用という制度はありがたいと思うてます。生まれ変わった気分で、やり直すことができます」

「そう思えるのはいいことだな。定年までは、どんな仕事をしていたんやね」

内山は、警察官としての力量や経験値を知りたがっているようだ。

「警察官人生の前半は、主に刑事部の捜査共助課におりました」

「共助課？」

「ええ。他府県警からの依頼を受けて、捜査協力をするのです。たとえば、沖縄で指名手配を受けた容疑者が大阪の友人のところで匿まわれている可能性があるとき、そこを調べるんです。沖縄から捜査員がやって来るのは、時間も費用もかかりますんで、まずは府警の捜査共助課が要請を受けたうえで、友人のところを張り込んで調べます。容疑者を現認したら、その場で逮捕することもあります」

「そういうセクションがあるのか」

「どの都道府県警察にも置かれておって、協力し合いますんや」

「まあ、広い意味で刑事ということやな。後半はどうしていたのだ？」

「ちょっと事情がありまして、所轄署の総務課で内勤をしとりました」

捜査共助課の仕事にはやりがいを感じていたが、両親が年老いてきて介護が必要になった。長時間勤務で、ときには泊まり込みもあるようなセクションにいることはとてもできなかった。

「そうなのか。まあ、長い人生には躓きもあるよな」

内山は、「事情」を不祥事か何かと誤解したようだが、安治川は言及しなかった。エネルギーと時間と費用のかかる両親の介護を歯を食いしばって貫いたことは誇りだが、自慢することではない。人として当然のことだと思っている。

「私も、サラリーマン人生の四分の三を過ぎたところで大きく変わった。大学を出るときに、これからは電子部品の分野が伸びると考えて就職を決めた。その狙いは当たって、会社は入社してすぐに一部上場となり、どんどん成長していった。二十八歳で妻を娶り、三十代で課長となり、四十代で部長となって同期の出世頭と呼ばれた。実力だけで昇進したのではなく、岳父が重役だったという理由もある。息子も生まれて、新居も建て替えて、そのあと上席部長にもなった。絵にかいたようなハッピーを得ることができた。だが、私も躓いた。いや、躓かされたと言うべきか。役員たちの間での次期社長の座をめぐってのバトルが勃発した。私は当然のように岳父側に付いた。長い暗闘のすえ、私たちは負けてしまった。五十二歳にして、系列の子会社に飛ばされた。副社長という肩書はもらったが、慣れない仕事をやらされて給料も減った。そのまま子会社で定年の六十歳を迎えて、本社に戻ることは果たせなかった」

「雇用延長や再雇用は、しやはらへんかったのですか?」

「子会社の平社員なら置いてもらえた。しかし、今さらそんな仕事はできない。岳父が派閥抗争に勝っていたら、今ごろは本社の取締役だった。取締役なら定年は関係がない。天と地の差だよ。私たちは六十五歳になるまで年金がろくにもらえない世代だが、現役時代はたくさんもらっていたから貯えはあるし、退職金もある。私の父は近郊農家をしていたので土地はかなりあったのだが、腰痛できつくなって農家をやめた父はバブルが来る前に安く売ってしまった。今も家の敷地はわりと広いので、半分くらいにして残りの土地にアパートを建てる選択肢もあるのだが、建設費がかかるのでもし収益が出なかったらどうしようかと二の足を踏んでしまう。これから人口は減少していくからな」

店員がアイスコーヒーを二つ運んできた。内山は、遅かったなと言いたげな視線を店員に送った。

安治川は、先輩である内山が飲み始めるのを待ってから、グラスにストローを入れた。高校時代の習性をまだ身体が覚えてしまっている。

「ところで、安治川のほうは、家族関係はどうなんだ。子供はいるのか？」

「あ、いえ。結婚はせえへんかったんです」

子育ての経験はある。兄夫婦が、二人の幼い姉妹を残して事故死をしてしまった。安治川の両親は、可愛い孫たちを施設に預けることなく育てたいと言い、実家暮らしをしていた安治川もそれを全面的に手伝い、経済的支援もした。

二人の姪っ子が中学生となって、ようやく落ち着いたころに、両親が相次いで倒れて、長きにわたる介護が始まった。安治川は、結婚をするタイミングを失ってしまった。

「私のほうは、誰かから聞いているかもしれないが、三年前に妻を病気で亡くした。今は男ヤモメだ」

「それは知らなんだです。遅うなりましたけど、おくやみ申し上げます」

「ろくに家事のできない妻だったので、それで不自由を感じたことはない。息子が一人いるが、これがまたやっかいで、三十三歳になるが、フリーターのようなことをやっている。大学を出て、コンピューターを使った映像系制作会社に就職したものの、組織の中で仕事をするのは性に合わないとたった九ヵ月で辞めてしまった。小さいころからとにかくゲーム好きで、本人は一流のゲーム作家になりたいと言っており、細々とは活動しているようであるが、もう三十歳を過ぎているから、若者の感性に受けるようなものは創れないのではないか、と懸念している」

「ゲームについては、ようわからんですけど、そんなもんですか」

「なりたいという志望者はたくさんいるが、それで身を立てていくことが実現できるのは一握り、いや一つまみだ。芸術家のような世界だからな。大学時代にゲーム研究部のサークルに所属していて、そこで部長をしていた上級生に影響を受けて共同で新作を創ったのが第一歩ということだが、その部長の男は単身渡米して頑張っている。優平のやつにそこまでの根性はない。いまだに私のスネかじりだ」

安治川は時間を少し気にした。遅くなることは構わないのだが、この店は深夜までは開いていない。静かで話しやすい環境だけに、そろそろ本題に入りたい。

「先輩。それで、行方不明者を探してほしいていうことでしたけど」

「そうなんだ。実は、ある女性とプッツリ連絡が取れなくなった。いくら携帯にかけても繋がらない。マンションで一人暮らしなのだが、訪れても留守なのだ」

「それは、いつごろからですか？」

「四日前に電話したけど出えへんで、その翌日にショートメールを送ったけど、連絡してけえへん。これまで、そんなことは一度もあらへんかった」

「海外旅行に出かけてはる、といったことはないんですやろか？」

「何も告げずに行くような女ではない」

「失礼ですけど、先輩とその女性との間柄は？」

「やはりその質問が来たか。正直に言おう。私は、彼女と再婚したいと思っている。私が勝手に思っているだけではない。今年のお正月にプロポーズをして、受け入れてくれた。今月の二十五日に二人だけの簡単な結婚式を挙げて、入籍する予定なのだ」

内山の、老いてトロンとした目が鋭く光った。

「年甲斐もなく、と安治川は思っているだろうな。だが、私は久々に女性に恋焦がれた。いや、前の女房とはお見合いのようなもので、恋をする時間を置かずに結婚をした。だから、初めての感情の盛り上がりと言えるかもしれない。ええ歳こいて色恋か、と笑うかもしれないが」

「いえ、そんなことは思わしません。内山先輩は奥さんを亡くさはって独身なんやさかいに、恋愛も結婚も自由です。その女性の名前と年齢を訊いてもかましませんか?」

安治川は手帳を取り出した。

「三上聖華という名前で、三十二歳だ」

「え、三十二歳やったら、先輩とは」

「二十九歳の年の差婚となる。安治川はもしかしたら、女のほうがプロポーズを受け入れたものの、冷静に考えると歳が離れすぎているということで、逃げ出したと思っているのんやないかね?」

「いや、まあそれは」

安治川は返答に窮した。その可能性が頭をよぎったのは確かだ。内山が男性の平均寿命に達するまで約二十年だから、その三上聖華という女性は五十歳前後でいわゆる寡婦となる。子供ができるかどうかもわからない。

「それとも、財産狙いで後妻に入ろうとした女やと考えたかね?」

「せやったら、行方をくらますことはせえしませんね」

「そのとおりだ。それに、聖華はそんな女やない。小さいころに父親を亡くしてしまって、ファザコンからくる年上好きなんやと思う。それほど美人というタイプではないが、悪くはない。そして愛想が良くて気配りのでける女性なんや」

「どこで知り合わはったんですか」

「定年で引退して、毎日が日曜日となった。せやから、六十の手習いとして、陶芸教室に通うことにした。去年の秋のことや。そこの生徒同士として仲良くなった。水商売の店とかネオン街とか、そういうとこでの出会いやない」

「そしたら、陶芸教室にも彼女は出てきやはらへんようになったんですか？」

「いや、陶芸教室のほうは、聖華はわりと早くにやめてしもうた。私も、もう今は行ってへん」

「陶芸教室でのお知り合いか、あるいはそれ以外の人でもええんですけど、その女性の消息を知ってはりそうなかたは？」

「いいひんな。あまり友人関係の話をしたことはあらへんかった」

「聖華はんのご家族は？」

「弟が、母親とともに郷里の岐阜にいると聞いたが、会うたことはないんや」

「結婚となると、先方の家族へ挨拶をしに行かなあかんですよね」

「私もそのつもりで言うたんやが、聖華は疎遠にしているのでその必要はないと辞退した。郷里を出るときに喧嘩同然だったということや。まあ、私もこの歳やから、派手な結婚式や披露宴をする気はまったくない。折を見て、会うことができればと思うてる」

「彼女は、何の仕事をしてはりますのや」

「今は勉強中だよ。手に職をつけたいと、言語聴覚士の専門学校に入学する予定だ。陶芸教室は、息抜きに来ていた」

「けど、学費や生活費は？」

「去年までは、東京のほうで外資系投資会社のＯＬをしていてかなりの給料をもらっていたが、体調を崩してしまって退職したんや。生活に困っていた様子はなくて、デート代もいつも割り勘やった。こちらは年上だし、男なんやから、割り勘にせんでもええと何度も言うたんやが……せやから、財産目当てではないんだよ」

「何という名前の会社ですか？」

そこから辿れるかもしれない。

「一度聞いたのだが、正確には憶えていない。アルファベット四文字だ。エス・イー・シー・エフとかそんな感じだ」

「なんで大阪に移ってきはったんですか？」

「心機一転ということやった。体調を崩したというのも、精神面での負荷が大きかった。せやから新しい街で暮らして、まずは趣味の陶芸に取り組むことでリスタートしようとしたんや」

「住んではるマンションの所在地は、わかってはりますね？」

「もちろんや。二日前に訪ねてみたけど、留守やった」

「ここに書いてもらえますか？　それと彼女の携帯番号も」

手帳を差し出して、その間にエス・イー・シー・エフという会社をスマホで検索してみるが、何もヒットしなかった。

「われわれ民間人ではほとんど何もできひん。安治川よ。助けてくれないか」

「警察かて、でけることには法的制限がありますのや。けど、動ける範囲でやってみます。その女性の写真はおますやろか」

「何枚かあるで」

内山は、スマホを操作した。

丸い輪郭の、黒に近い茶髪ボブの女性が、笑顔でピースをしていた。美人という部類には入らないかもしれないが、えくぼが特徴的で親しみやすい愛らしさが漂っている。一重瞼に小ぶりの鼻で、色白の肌が綺麗だ。十代の頃に舞妓さんになっていたら、売れっ子になれたかもしれない。背景は、住吉大社の太鼓橋だ。

内山は、スマホの画面を動かす。

大阪城、中之島公園、大仙古墳、大阪駅の時空の広場、といった場所で、三上聖華はどれも笑顔を向けている。内山とのツーショットも一枚あった。室内で撮ったものだ。聖華は、あまりが上背がない内山とほとんど身長は変わらない。内山は、これまで安治川が見たこともない幸せそうな表情をしていた。

「それは、阿倍野にある教会で撮ったものやで。結婚式は、神父さんの前で二人だけで挙げようということになって、ウェディングプランナーの人に相談して紹介を受けた。下見をしたときに、案内してくれたウェディングプランナーに撮ってもらうたんや」

「これらの写真、わしのスマホに転送してもらえますやろか」

2

翌朝、安治川は早起きをして、大阪環状線に乗って西九条駅で降りた。ユニバーサル・スタジオ・ジャパンに向かう線がここから出ていて、ハロウィンの季節には仮装した若者たちがホームのあちこちにいるが、早朝の時間帯は静かだ。

公私混同はできないから、動くのは勤務時間が始まるまでだ。駅から歩いて数分の場所に、三上聖華の住むマンションがあった。それほど新しくもないし、外観も平凡だった。七階建てで、建蔽率（けんぺいりつ）の関係からか五階以上は階段状になっている。

管理人室が置かれているが、カーテンは閉まっていた。安治川は、あとで訪れることにして、二一五号室に足を運んだ。二階のフロアは、扉の間隔からしてワンルームになっているようだ。管理人室の横にあった掲示板に、廊下にベビーカーを出したままにしないように、という注意喚起の張り紙がしてあったことからしても、他のフロアには家族所帯も住んでいると思われた。

二一五号室には、三上という表札が出ている。安治川は電気メーターに注目した。たとえ旅行中でも、冷蔵庫は作動している。

(回ってへんな……)

ということは、彼女は自発的に出ていった可能性がある。だが、それなら三上の表札も外（はず）していくのではないか。

持参した手袋をしたうえでノブを回してみるが、施錠されている。

一階に戻る。見た限りでは、防犯カメラの設置はないようだ。

「おはようさんです。朝早うから、すんまへん」

安治川は、カーテンが掛かった管理人室の窓ガラスを叩いた。管理人室はかなりの広さがありそうだから、住み込みと思えた。表札には、安竹とある。

「何ですか。せわしないなぁ」

首にタオルをぶら下げた禿げ頭の男が、窓ガラスを開けた。年齢は七十歳前後といったところだ。

「気ぃ悪うせんといとくれやす。二一五号室の三上聖華はんのことについて、お尋ねしたいんです。引っ越しは、しはりましたんですやろか？」

「あんた、何者や？」

「警察のもんです。ちょっと相談を受けまして」

「え、警察……やっぱりなんぞおましたんか？」

安竹は眠そうな目をパチパチさせた。

「やっぱりって、どういうことですやろか？」

「きのう、けったいな電話がありましたんや。『安竹さん。いつもすみません。急なことで申し訳ないですが、二一五号室を解約します。家具はすべて放棄するから、処分してください。処分費用などはガス台の下の引き出しに現金が入れてあるので、それでお願いします。鍵は、扉のメールドロップに入れておきます』という内容でした。

『待ってください。解約通知は一ヵ月前に文書でいただかないと困ります』と答えたのですが、そのままプツンと切れてしまいました。自分では判断できないので、管理会社に連絡しまして、担当者が来てくれることになっています」

「三上さんの声でしたか？」

「入居者さんの顔はわかりますが、声まではいちいち憶えていやしませんがな。若い女性の声でしたけど、一方的にしゃべってきました」

「部屋の中やメールドロップを確認しはりましたか？」

「ええ。マスターキーがおますから」

「それで、どないでした？」

「部屋の鍵は確かにメールドロップにありました。引き出しには、現金で十五万円が封筒に入っていました」

「書き置きのようなものは、あらしませんでしたか？」

「なかったです」

「念のため、三上聖華はんの顔写真を確認してもらえますか？」

住吉大社の太鼓橋をバックにしたものを示す。

「ええ、この女性です」

「すんまへんけど、彼女の部屋の中を見せてもらえませんやろか」

「はあ。まあ、ええですけど。まだパジャマですよって、ちょっと待っとくなはれ」

管理人は、いったん奥に引っ込んだ。

その間に、安治川は所轄である九条署に連絡を取った。市民の部屋に入る以上は、事情を説明して仁義を通しておくべきと考えたからだ。所属と名前を伝えたあと、経過を話す。朝の早い時間帯ということで、九条署の当直担当者が電話に応対して「そうですか。では、あとで改めて報告してください」と答えた。

安治川は念のために署長の名前を尋ねた。たしか、捜査共助課時代に上司だった東口警部の実弟が、警視に昇進して署長となっていたと記憶していた。東口警部のもとで働いていたときに、彼の父親が亡くなり、葬儀の場で実弟とも言葉を交わした記憶がある。兄にとてもよく似た厳つい外貌をしていた。

やはり、そうであった。

「待たせましたな」

管理人がマスターキーを手にして出てきた。住人たちが、朝の通勤のために次々とマンションを出ていく。挨拶をする人もいれば、黙って通り過ぎる人もいる。

「三上聖華はんとは、あまりお話はしやはらへんかったですか」

二階に向かいながら、管理人に訊く。

「ええ。若い女性の単身者は、ほとんどそうですよ。こっちはジジイですからね。あ、そうそう。三日ほど前に三上さんのことを尋ねてきた男がいました」

「どんな男でしたか」

「刑事さんより少し年上くらいの、小柄な男です。実は、それ以前に三上さんといっしょに出ていくところも見かけました」

「それ、たぶん、相談を受けた人です」

スマホから解団式のときに全員で撮った写真を取り出して、内山の顔をアップにした。聖華とのツーショット写真のほうは避けた。

「ああ、この男です。ちょっと尊大な感じで、嫌でしたね」

管理人は、マスターキーで三上聖華の部屋のドアを開けた。

かなり整理整頓され、掃除も行き届いていた。

「現金はどこにあったんですか？」

「ガス台の下の引き出しです。今は管理人室に保管しています」

「他に、この部屋から持ち出した物は？」

「メールドロップに入れてあった鍵だけです」

「少し室内を見させてもろても、ええですか」

安治川は、再度手袋を嵌(は)めた。

小型の冷蔵庫は、コンセントからプラグが抜かれていた。冷凍室は空(から)っぽであり、冷蔵庫のほうも缶ビールが二本入っているだけであった。

テレビや洗濯機や電子レンジは置かれていたが、それらもプラグが抜かれている。

安治川は携帯電話を探してみたが、見当たらなかった。日記や卓上カレンダーのようなものもなく、手紙もなかった。パソコンもない。預金通帳やキャッシュカード類は見当たらなかった。パスポートは残されていたが、健康保険証はなかった。パスポートには、昨年十二月にオーストラリアに渡航したスタンプが押されていた。

「このマンションには、防犯カメラはあらしませんのですか？」

「ええ、私ども夫婦が管理人として常駐(じょうちゅう)していますし、これまで、防犯カメラが必要になるようなことは一度もなかったです」

ゴミ箱の中には何も入っておらず、ユニットバスの浴槽(よくそう)の水も抜かれていた。食器類や鍋は置いたままだった。調味料もあった。ベッドに布団(ふとん)は敷(し)かれていて、書棚にはいくつかの言語聴覚士関係の本と、専門学校への入学案内書が並んでいる。クローゼットの衣類も、埋まっている。だが、部屋のカーテンはなく、タッセルだけがぶら下がっていた。

（なんや、中途半端やなぁ……）

意に反しての連れ去りのようではなさそうだが、自発的蒸発ならばもっと物は少ないのが普通だ。次の場所の生活に必要だから、電化製品や衣類は持っていく例が多い。

「入居のときの保証人は、管理会社に問い合わせたらわかりますやろか？」

「三上さんは、たしか保証会社を使っていたはずです。管理人室に戻ったなら、確認できます」

保証料を支払って保証会社を使ったなら、保証人を立てる必要はない。そうだとしたら、保証人の線から辿ることは不可能だ。

「ここの家賃はなんぼですか？」

「築年数がわりと経っているワンルームなんで、六万二千円です」

「ここの管理人室の電話番号は、入居者ならみなさん知ってはるわけですか？」

「ええ。契約時に渡される入居のしおりに書いてあります。電話帳にも載っています」

管理人に礼を言って、マンションを後にする。保証人はやはり立てていなかった。急がないと、遅刻になってしまいそうだ。

歩きながらスマホを取り出して、内山に連絡する。

「安治川です」

「どないやった?」

「微妙で、まだ何とも言えしません。三上さんの住所地を管轄する九条署に行方不明者届を提出してもらえませんやろか。婚約者なら出せますよって」

「婚約者には違いないが、この歳でどうも気恥ずかしいな」

「お気持ちはわかりますけど、行方不明者届が出されへんことには、こっちから動くことがでけしませんのや」

「わかった。そうしよう。あとは頼んだで」

3

消息対応室に出勤したのは、午前九時ちょうどであった。

「ギリギリになってしもて」

上司である芝室長に頭を下げる。

芝隆之は四十八歳の警部だ。いつもスーツをきちんと着ており、角張った頬に黒縁眼鏡をかけていて、硬い印象を受ける。

「安治川さん。ついさっき東口元警部の弟さんから電話がありましたよ」

もう一人の室員である新月良美が、電話番号を書いたメモを差し出した。良美は三十三歳の独身で、色白でふくよかで栗鼠のような愛嬌のある顔立ちをしている。彼女も難波署生活安全課時代に、東口の下で働いていたことがあった。大阪府警は警察官だけでも二万一千人を超える大所帯で、何の関わりもなく定年まで顔も名前も知らない場合が多いが、縁というのは不思議なもので、何度かの転任でまた一緒の同僚になったり、意外な共通の知人がいたりすることもある。

「実は、さいぜんまでちょっと動いてまして」

いい機会だと考えた安治川は、報告することにした。たった三人の小所帯だから、すぐに会話はできる。

「あまり私的に動くのは感心しないな」

安治川から概要を聞いた芝は眉を寄せた。予想できた反応であった。芝は国立大卒で、府警本部警務部警察行政室長というかなりのエリートポストに就いていたが、直属の部下が不祥事を起こしてしまい、監督責任を問われる形で左遷となってこちらに転任となった。復帰したいという思いは強いようで、それだけにマイナス査定になるようなことはしたくないという方針を持っているようだ。

「それはわかっとるつもりです。けど、知り合いからの依頼ということを割り引いても、興味深い事案やと思わはりませんか？」

「興味を物差しにしてはいけない」

「個人としての興味やのうて、警察官としての興味ですのや」

「しかしなあ」

「警察はもう少し、市民からの要望や不安に細かく応えるべきやないですやろか。かつて対応の遅れから不幸な死亡事件が起きてしもて、ストーカー対策がようやく取り組まれるようになりました。ＶＩＰさんが来はって、水も漏らさぬ完全警備を敷くことも大事ですやろけど、その一パーセントの人員や予算を回すこともあってええんとちゃいますか」

定年前に、このようなことを口にすることはできなかった。警察は上意下達の階級組織だ。それは、他の行政機関よりも徹底している。

率直に意見を言おうものなら、上のほうの反感を買い、昇進や転任に響く。難癖をつけて処分対象にすることもあると聞く。

だが、今の安治川にはそのようなしがらみはない。昇進など関係ないし、処分も怖くない。もう退職金ももらっている。今さら遡ってての減額もないのだ。

むろん、あえて逆らおうとか、ましてや違法行為をするようなことはない。ただ、自分の意向を口にできるというのは、とてもハッピーなことなのだ。

安治川は受話器を取って、良美が書いてくれた電話番号にかけ、オンフックにした。

「消息対応室の安治川といいますねけど」

「東口です。以前に父の葬儀を手伝ってくれた安治川さんですよね」

「そうです。お兄さんにはお世話になりました」

「いえ、こちらこそ。それで、三上聖華さんの案件で、けさ早く電話をしてもらったのですね?」

「ええ」

当直担当者には、三上聖華の名前までは伝えなかったはずだが。

「内山良造さんがさっそく来庁して、生活安全課で行方不明者届を書いておられます。うちは小さい署ですから、当直担当者から申し送りがあり、内山さんも安治川さんのことに言及されておられますから、およその察しはつきました」

「三上聖華という女性のマンションまで行きましたんで、ざっと経過を説明させてください。そのうえで、九条署のほうで特異行方不明者、もしくは一般行方不明者やと判断しはったなら、そちらにお任せします」

安治川は、できるだけ客観的に事実を話した。

部屋を解約するという電話が管理人にかかってきている。家具の放棄を伝え、処分費用も置いていっている。鍵も返している。そのあたりは、自発的蒸発の要素がある。たとえば、何かから急遽（きゅうきょ）逃げなくてはいけなくなったときは、そういう手段を取ることもあるだろう。しかし、部屋の中は荒らされていないし、もちろん血痕（けっこん）などの犯罪を連想させる遺留物もなかった。

そして、電話をかけてきた女性が、聖華本人かどうかはわからない。解約通知は一ヵ月前に文書で出すことになっているが、それを管理人が言うと電話は切れたということだ。

聖華の周りで起きていることでわかっているのは、内山との年の差婚約だ。内山から急いで逃げなくてはいけないような事情はない。

「特異になるか一般なのか……微妙ですな」

東口はそう言って、しばらく黙った。

「捜査に私情を入れたらあかんのは当然です。せやから、被害者が肉親のような場合は、関係者は捜査に携（たずさ）われしません。けど、肉親と知人は違います。知り合いやから、いろいろ立ち入った事情も聞けるという強みもあります。年の差婚ということで気恥ずかしいと、内山先輩は行方不明者届を出すことも少しためらってはりました」

東口はまた黙った。兄もかなり慎重に対処する上司だったが、この男は兄以上のようだ。しかし、管理職には必要なことかもしれない。ついつい行動が先だってしまう安治川には、真似ができない。

「安治川さん。では、こうしましょう。九条署として、案件を消息対応室にいったん送致します。ただし、もしも連れ去りや拉致などの犯罪が関わるような可能性が出てきたときは、直ちに九条署に戻してください」

「ええ。それは当然やと思います」

犯罪ということになったら、あくまで所轄署のテリトリーだ。

「もしかりにですが、届出者の内山さんが犯罪に関わっていることがわかった場合も、隠さずに報告をお願いしますね」

「内山先輩が？」

「ですから、もしもという場合です。通報者が犯人であった、といったケースがあることを、安治川さんも知っていますよね」

「ええ、それは」

考えてもいなかったことだ。だが、死体の第一発見者が殺人犯人であったという事件は安治川も経験している。たしかに先入観は禁物だ。

「では、行方不明者届が出されたなら、そちらに送致します。本音を言えば、うちは小規模署ですが、現在いくつかの事件を抱えているので、そちらで調査をしてもらえると助かります」

「送致をお待ちしています」

安治川は電話を終えて、芝のほうを向いた。

「聞かはったとおりです」

「九条署からの送致があれば、うちの役割になる。しかし、釘を刺されたことを忘れずに、そして私への報告もきちんとするように」

「わかりました」

「九条署長の最後のひとことは、ちょっと嫌味(いやみ)だな。うちは暇(ひま)だと思われている」

芝は小さく咳払(せきばら)いをした。

4

安治川は、新月良美をともなって調査に出かけた。

「三上聖華はんと同年代の女性の意見を聞きたいんや。六十一歳の男と二十九歳差の結婚をしようという気になるもんやろか？」

「人によるんやないですか。うちは、ダメですけどね。でも、年上好きの女性って、割合でいくと一割ほどはいるんやないですか。『同い年の男はガキっぽく思えるのに対して、オトナの男性は包容力や余裕があって、うまくリードしてくれるという長所がある』と言っていた友だちがいました。でも、相手が六十代というのは離れすぎですよね。そう遠くなくやってくる介護生活のことも考えちゃうと思います」

「なるほど、現実的やなあ」

「けど、よほどダンディな人なら別かもしれません。俳優さんなら、六十代でもカッコいい人やシブイ人っていますよね。現に芸能界なら、超年の差婚もあります」

「こんな感じの男性や」

安治川は、内山と聖華のツーショット写真を見せた。

「うーん。うちがもし年上好きでも、この人はあきませんね。ちょっと人生にくたびれたという印象を受けます」

良美は大阪女性らしく、歯に衣を着せないが、毒気は感じさせない。

「知り合うたんが、出会い系サイトとかガールズバーとかやったら、先輩も警戒したと思うんやけど、陶芸教室やからな」

「その先輩は、お金持ちなんですか?」

「サラリーマンやったけど、一流企業や。それに退職金をもろうている」

「やっぱりお金目的で近づいた可能性はありえなくはないですね。聖華さんは無職なんでしょ。せやけども、お金をもらってから姿を消したというケースやないんですよね」

「そうなんや。結婚と入籍はこれからなんや」

だから、九条署の東口は、内山のことを嫌疑から外していないのだろう。もし三上聖華から財産狙いで騙されているということがわかったなら、憎しみも出る。トラブルや言い合いになって、勢い余って死なせてしまったということもありえないわけではない。いずれ聖華の周辺捜査が行なわれるのなら、自分は失踪されて困惑している被害者ということにして、捜査対象から外れようと考えた。そのためまったく自分には彼女の行方がわからないという演技をしている……その可能性がないとは言い切れない。

「三上聖華のマンションにはパスポートが残っていたさかい、海外に行ったということはまずあらへん。運転免許証は見当たらへんかったけど、交通部に照会したところ、彼女は運転免許をもともと持ってへんかった」

「パスポートを持って出ていったのなら、自発的蒸発の可能性が少し高くなりそうですけどね」

「けど、健康保険証は見当たらへんかった」

「そちらは、逆の材料ですね」

そこへ内山から電話がかかってきた。

「九条署に行って、行方不明者届を出してきた。関係を訊かれて、『年上ですけど、婚約者ですねん』と答えたときは赤面したで」

「九条署は何て言うてましたか?」

「短く『受理しました』だけや。ほんまに大丈夫なんか」

あまり警察の内部事情のようなことには言及しなかったようだ。

「すぐには行方は摑めへんかもしれんですが、受理して終わりということはしません。

内山先輩には、なんぞ心当たりのようなものはあらへんのですか」

「あったら、先にそちらを当たっているがな」

「そらそうですね。郷里は岐阜ということでしたが、詳しいことはわからしませんか」

「聞いていない。彼女と食事に行ったとき、イントネーションがちょっと名古屋っぽかったので、そうなのかと尋ねたら、『岐阜の田舎です。恥ずかしい』と口を押さえた。それ以上のことは訊けるものではない」

「母親と弟がいるということでしたね」

「弟が家を継いでいて、母親の面倒をみているということだ。彼女は、それほど仲がよいというわけではない。東京に出て以来、実家にも帰っていないということだ。だから、結婚式も二人だけでいいし、披露宴もいらないと言ってくれた」

「先輩も、その意見に賛成やったのですね」

「私も二度目だから、あまり派手なものは考えていなかった。正直なところ、私を子会社に追いやった連中に見せつけてやりたいという気持ちもないわけではなかった。『仕事で干されても、こんな若い相手と再婚できた』とな。けど、一方では『年甲斐もない』と陰口を叩かれるかもしれないし、息子も『出席しない』と言うから、二人だけの式にしようと思った」

「息子さんは反対やったのですね」

「息子はマザコンだから、『亡くなったお母さんに申し訳ないと思わないのか』と非難してきた。だけど、不倫やない。離婚したわけでもない。死別なんや」

「聖華はんは、言語聴覚士になりたいということでしたけど、なんぞきっかけはおましたんか」

「東京で働いていたときの尊敬する女性上司が脳梗塞で倒れて、見舞いに何度か行ったが、そのときのリハビリにもつき合っていて、やりがいのある仕事だと感じたということやった。聖華自身も残業続きで身体を壊して、それを機に転職を意識したと言うていた」

「専門学校の授業料は、どうしはる予定やったんですか？」

「それは、出してあげてもいいと思うていた。結納金の代わりみたいなもんや」

「結婚式のあと、新婚旅行には行かはる予定やったのですか？」

「これから具体的プランを二人で話し合うことになっていた。ハワイでゆっくりしようということは決まっていた」

「彼女のマンションには、よう行ってはったんですか」

「仲良くなって、行くようになったんやけど、ちょっとしたことがあって」

内山は言い淀んだ。

「なんぞあったんですか？」

「うちの息子が怒鳴り込んできたことがあったんや。『オヤジをたぶらかすな』って。それで、親子喧嘩の口論になって、隣室の住人に迷惑顔されてしもうて、それからは行きにくうなった」

「そうでしたか」

「息子には先々月に初めて、レストランに呼んで聖華を紹介した。息子は、『プロポーズ前に相談してほしかった』とその場で文句を言った。しかし、子供が親に相談するならともかく、逆はおかしいだろ」

「息子はんとは同居でしたか？」

「同居だが、離れのほうにいる。離れと言っても家屋は別で、敷地内別居みたいなもんや。元々は、私の親の家の敷地に、結婚した私が新築をした。親が亡くなって、私が改築してそちらに移った。息子は、そのまま居座って独占している」

息子からしたら、家屋が別だとしても同じ敷地内で顔を合わせることもあるはずだ。少し前まで赤の他人だった同年代の女が、義理の母親となる。

「聖華はんと知り合わはった陶芸教室は、どこにありますのや」

「京橋（きょうばし）や。駅前のクイーンビルにあるカルチャーセンターや」

「わかりました。ほな、またお訊（き）きすることもあると思いますけど、いったんこれで切ります」

「あんじょう頼むで。なんやポッカリと胸に穴が開いたみたいやさかいな」

「お気持ちはわかりました」

「これからフィットネスクラブへ行って、気分転換してくるけど、携帯はいつでも出られるようにしとくさかいに、何かわかったらすぐに連絡くれるか？」

「そない早いことは無理でっせ」

「行方がわからんままというのは、辛いんや。周囲の何人かには若いヨメをもらうことになったと自慢しているさかい、よけいや。安治川よ」

「はい」

「頼りにしてるで」

先輩だから「若いヨメを自慢したのは、あんたの勝手やないですか」と言い返すことはできなかった。

安治川は、消息対応室を出るときにカメラとキャッシュカードを持ってきていた。良美を伴って、三上聖華の住んでいたマンションに再度足を運んで、管理人室のドアをノックする。

「また、すんまへんな」

部屋の鍵を開けてもらい、室内の写真を撮り、管理人の許可を得て、洗面台のヘアブラシと歯ブラシ、そしてキッチンの食器や調味料入れを借り受ける。

「どない思う？」

「アクセサリー類はどこにもないのに、衣類はクローゼットに詰まっていますよね。女性なら、お気に入りの衣類をもっと持っていくのやないでしょうか。バッグも数個ありますね。それもかなり高額そうなのが」

安治川は、ここに来る前に降ろしておいた十五万円を差し出して、退去費用として引き出しに入っていたという十五万円と交換してほしいと頼んだ。

その足で安治川と良美は大阪環状線に乗って、京橋にあるカルチャーセンターに向かうことにした。

「陶芸教室というのが、うちは気になりますね」

「うちも、天王寺にあるカルチャーセンターで英会話を習うたことがあります。教養というよりも警察官としてのスキルアップ目的やったんです。そこでは各教室の開始時刻前は、生徒控室が自由に使えたんですけど、受講生の八割ほどが女性でした。アートフラワー、絵本、手芸、着付けなどはほぼ女性でした」

「若い男性や働き盛りの男性には、カルチャーセンター自体がなじみが薄いなあ。昔の花嫁修業のようなイメージもあるし」

「ええ。男性の大半は、シニアでした。男性が最も多かったのが囲碁将棋で、次が陶芸と写真でした」

「つまり、シニアと知り合うチャンスがあるということか」

「ええ。囲碁将棋は経験がいりますし、写真はカメラなどの機材が必要ですけど、陶芸は入りやすいですよね。穿った見方かもしれませんけど」

「いや、わしかて引っかかることがある。西九条から京橋まで大阪環状線一本でいけるけど、途中に大阪駅がある。カルチャーセンターやったら、大阪駅や梅田周辺のほうがようけあるやろし、交通費かて安う済むやないか」

「途中下車して、当たってみますか」

「そないしよ」

大阪駅・梅田周辺には、スマホで調べただけでも、十数校が存在した。大阪一の繁華街であり、ビジネス街であり、乗り換えターミナルでもあるから、会社勤め帰りのOLたちや沿線に住む主婦層を取り込みやすいロケーションにあった。

虱潰し（しらみつぶ）に当たってみて、そのうちの二校で三上聖華が受講していたことがわかった。いずれもここ一年ほどの間のことで、一ヵ月程度で辞めていた。どちらも陶芸のコースだった。

「ちょっと怪しくなってきたんやないですか」

「せやな」

教会で撮られたツーショット写真が、安治川の脳裏に浮かんだ。内山は喜色満面（きしょくまんめん）としており、聖華もまた嬉しそうな笑顔を向けていた。だが、そのときの彼女の笑顔は偽りのものであったのだろうか。

京橋のカルチャーセンターで話を聞く。

ロビーに防犯カメラが設（もう）けられてまだ保存期間は過ぎていないということなので、

二人が在籍していた日時の映像を見せてもらう。内山と聖華は別々に陶芸の教室から出てきて、カルチャーセンターをあとにしていく。他の受講生たちの視線を気にしているのであろうか。

日を遡って映像を見せてもらうと、帰ろうとする内山に、聖華が何か声をかけているシーンがあった。

「やはり、彼女のほうからアタックしたようですね」

「せやな。もし老人のほうから若い女性にいくと、セクハラ好色爺(こうしょくじじい)という扱いをされかねへんからな」

途中で派閥抗争のあおりで連座失脚したものの、内山はかなりのエリートコースを歩んでいたプライドの高い男だと思えた。

「息子の優平という男に会うておきたいな」

カルチャーセンターの事務局で、内山の住所を確認する。家に帰れば、ラグビー部OB会の名簿があるが、ここで受講生の名簿を見せてもらったほうが早かった。

5

ＪＲ京橋駅から、学研都市線に乗って鴻池新田駅に向かう。京橋駅から四つめだ。かつては片町線と呼ばれていたが、東西線との直通運転で北新地や尼崎方面と結ばれるようになって、運行本数も乗客数も増えた。

駅から北に三分ほど歩くと、大東市内に入る。

安治川は、高校時代は門真市在住で、内山と部活の居残り練習を終えて、お互い自転車で北と南に分かれて帰った記憶はあるが、詳しい住所は知らなかった。一学年でも先輩となると、気楽に家に遊びに行けるものではない。

「江戸時代に豪商の鴻池家によって開墾された農地が一帯にあったことから、鴻池新田という駅名になったそうやが、駅前からこのあたりまでほとんど農地はあらへんな」

数分歩いて、内山の邸宅を見つけることができた。木造平屋建てで冠木門に大きく〝内山〟の表札が出ている。

「立派なお屋敷ですね。以前は近郊農家で、開発が進んで地価上昇で儲かったのではないでしょうか」

良美は周囲を見回した。内山の邸宅の西側には、建て売りと思われる似た作りの比較的新しい家がずらりと並んでいる。内山家が持っていた畑を宅地開発業者に売ったのかもしれない。邸宅の西側には、別棟の建物があり、小さな玄関口が付いている。一見すると通用口のように思えるが、そこに出ている小さな表札には〝内山優平〟とある。内山は「敷地内別居」と表現したが、まさに同じ敷地に二つの家が建っていた。

〝内山優平〟の表札の下のインターホンを押す。

「はい」

若い男の声が返ってきた。

「安治川ていうもんです。お父さんの高校の後輩です。優平さんですね」

「オヤジなら、この隣の建物です」

「あ、いえ。優平さんに用がありますのや。開けてもらえませんか」

父親のほうがフィットネスクラブに行っていることは聞いている。

「何の用なんですか？」

「あまり大きい声でやりとりすることはようないと思いますので、すんまへん」

「待ってください」

しばらくして、ジャージ姿の優平が出てきた。ジャージの襟(えり)の下にパジャマが見える。髪の毛もボサボサだ。今まで寝ていたのだろう。細い身体に細長い輪郭の顔だ。目も鼻も小さくて無精髭(ぶしょうひげ)が不規則に伸びている。

「散らかってますけど」

優平は、玄関口の横にある部屋に二人を入れた。応接セットのソファが向き合って置かれている。

「あら、スカイテック戦隊ですね」

良美が、部屋の板壁に貼られたポスターに目を止めた。華(はな)やかな制服に身を包んだ三人の男女が未来型戦闘機を背後にして決めポーズで立っている絵だ。ゲームのキャラクターのようだが、安治川は関心がないことなのでわからない。

「中学生だった僕を、ゲームの世界に導いてくれた存在です」

部屋の本棚には、『ゲーム愛好』という月刊雑誌が数十冊並んでいる。

「うちも大好きでしたよ。セイヤが戦死したときは、三日間ほどご飯が食べられなかったです」

良美は優平と同い年だ。

「僕も、大ショックでした。主人公は死なないというこれまでの常識が完全に覆(くつがえ)りましたよね」

「それにしても、こんな昔のポスターがよう手に入りましたね」

「オークションでやっとの思いで落札しました。これをもとに、セイヤのフィギュアを3Dプリンターで最近作りました。えっとあなたは？」

「新月良美と申します。安治川さんの同僚です」

「座ってください。水くらいは出しますから」

優平は奥の部屋に向かった。良美のお蔭で、少し打ち解けた雰囲気になった。

「警察官やということは、きょうは避けよう」

「わかりました」

優平は、不揃いのグラスを三つとミネラルウォーターの入ったペットボトルを持ってきた。

「あらためまして、お父さんの高校時代にラグビー部の後輩として世話になった安治川信繁というもんです」

ラグビーという言葉に、優平はちょっと顔をしかめた。

「もしかして、お父さんはラグビーを勧めはったんですか？」

「小学生のときに、強制的にラグビースクールに入れられました。ああいう身体のぶつかり合いは、僕には全然向いていないし、タックルするのもされるのも怖かったです」

優平は、ミネラルウォーターを注いで差し出した。

「実は、お父さんのことで訊きたいことがありますのや。若い女性と再婚するんや、と自慢げにツーショット写真を見せられましてね」

「オヤジは何を考えているんだか……僕より一つ年下の女ですよ。僕は、年上なのに『お母さん』と呼ぶことになるんです」

「それは抵抗ありますね」

「抵抗なんてもんやないですよ。オヤジは年甲斐もなく、恥知らずです。ツーショット写真を見せられて、どう思いましたか?」

「先輩は高校時代はモテましたよ。でも、まさかでしたな」

「えっと、新月さんとおっしゃいましたか」

「はい」

「あなたなら、三十歳近くも歳の離れた男性と結婚なんかしますか?」

「ちょうど安治川さんの年代の人と結婚するってことですよ。いえ、それは無理です」

良美は、両手を振って笑った。

「おいおい、えらいはっきり言うんやな」

「けど、ほんまのことですから。同僚としてはリスペクトしてますけど」

「よくわかります。そうでなくても男性のほうが平均寿命は数年も短いのに、下手（へた）をすればすぐに死別してしまいます。そんな相手を好きになって、結婚までしようとは普通の女性は思いませんよね」

安治川を前にして、優平はまったく遠慮をすることはなかった。

「若い女と結婚するという話を最初に聞いたときは、父はボケ始めたのかと思いましたよ。会社を定年退職してからは、することもなくて、腑抜（ふぬ）けみたいになっていましたからね。レストランに呼び出されて紹介されて、ようやく本当なんだと思いました。父は『おまえも早く身を固めろ』と浮かれていました。亡くなった母のことなんか、もうすっかり忘れていましたね」

「聖華さんと会うてみて、印象はどないでしたか？」

「最初は、極度のファザコンなのかなと思いました。でも、すぐに死別する可能性があるのに、と考えたときに、別のことを思いつきました。労せずして、妻として遺産を相続できるのだ、と」

「うちかて、正直なところ、そのことが頭をかすめました」

良美が相づちを打った。

「間違いないですよ。今は確信しています」

「なんぞ根拠はおますのか?」

「あの女には、若いイケメンの恋人がいます。僕は、難波で見かけました」

優平は言ってしまってから、しまったという表情になった。

「恋人って、なんでわかるんですか?」

「まあ、それは、距離感や空気のようなものがあるじゃないですか。お二人だって、単なる同僚の関係だということはすぐにわかりましたよ」

「そのことをお父さんには?」

「言ってません。言っても、聞く耳を持たないですよ。『ろくに働きもしないゴクつぶしがいい加減なことをほざくんやない』と返されるのがオチです」

「三上聖華はんと、何回くらい会わはったのですか」

「オヤジに紹介されて食事をしたときの一回です」

「見間違えたということは、あらしませんか」

「ないですよ。僕は視力はいいほうです」

「向こうはあなたに気づいてへんかったのですか」

「気づいていませんよ。恋人といっしょで、他のことは眼中になかったのですから」

「聖華はんとは、もう一回会うてはりませんか？」

「ないですよ。あんな女と飯を食う気になんかなりません」

「お父さんが聖華はんのマンションにいるところを、息子に乗り込まれてトラブルになったと言うてはりましたよ」

「ああ、そうでしたね。それを入れたら、二回会ったことになりますね。このまま父が突き進んでいくのがどうしても許せない気になって、酒の勢いを借りて……でも結局、父に言い負かされました。すみません。そろそろ仕事に取りかかりたいんで」

優平は、せかすように立ち上がった。

「わかりました。ゲーム作家をしてはるそうで、お忙しいようで何よりです」

「いやいや、まだ駆け出しですので」


「どない感じた？」

駅に着いてから、安治川は良美に話しかけた。

「安治川さんは、優平さんが失踪に関わっている可能性もあると考えて、きょうは警察やと言わはらなかったのですね」

「そうなんや。それにしても、急に追い返されたな」

「ええ。せやけど、聖華さんと若い恋人らしい男を見かけたという話は本当やという気がしました。ただ、どこで見かけたかを言いたくないんやないですか」

「同感や。そういう若い男がいたとなると、洗う必要があるかもしれへんな。恋人と断定するのはまだ早いけど」

たとえばその男は元カレで、内山と結婚すると聞いてあわててヨリを戻そうとした。聖華は元カレと再会して説得されたことで焼けぼっくいに火が点いて、内山との結婚を踏みとどまることにした。内山には言い出しにくいので、黙って姿を消した――という仮説も成り立つのではないか。そうなると、自発的な蒸発ということになる。

「これから、どう動きますか？」

「ウェディングプランナーの人に会うてみたいんや。どんな感じで式場予約をしていたかを知りたい」

6

「はい、よく憶えています。最初は、お父様がお嬢様を連れて、式場の相談にいらしたのかと間違えましたから」

ウェディングプランナーの女性は、軽く笑った。

「このツーショット写真は、あんたが撮らはったのですか?」

「はい、新郎様からお願いされまして」

「挙式予約も済んでいるんですね」

「ええ。新郎様も新婦様も気に入ってくださいまして、すぐに御予約いただきました」

まだキャンセルはされていないということだった。

「新婦のほうの様子はどないでしたか?」

「楽しそうでしたよ」

「どこか気が進まへんといった様子はあらしませんでしか?」

「いいえ、そういったことは何も。いったい警察のかたがどうして?」

「不審に思わはったとこがなかったら、ええんです。下見は、いつやったのですか?」

「えっと」

彼女はパソコンを操作した。

「五月十五日ですね」

どうやら、少なくともその時点では、聖華は結婚する意向であったことが窺える。

一ヵ月も経たないうちに何があったのだ。

「どう解釈したらええんでしょうか?」

「一ヵ月ほど前まで結婚するつもりで式場予約していた人間が突然いなくなったということなら、特異行方不明者の可能性が高うなる」

「けど、うちはやはり年の差の結婚が引っかかりますね。イケメンや特別にメリットのある男性ならともかく……ごめんなさい。その先輩に失礼ですね」

「いやいや、それはかまへんで」

「普通では、ありえないですよね」

「わしはずっと独身やったからそういう感覚はないけど、男が長年連れ添うた女房を亡くしたなら寂しいてたまらんそうや。急に老け込む連中も少のうない。女の場合は、むしろ亭主を亡くしたら元気になるそうやが」

「それ、わかります。うちのおばあちゃんがそうです。おじいちゃんが病死して『これで自由になれる』と友だちといっしょに旅行やランチを楽しんでいます」

「会社人間の男は、退職したらそういう繋がりが減ってしまう。そんなときに、若い女性が現われたら、最後のチャンスを逃しとうなくて、ひと花咲かせたいとつい思うてしまう」

「たとえいわゆる後妻業のような地雷であっても、ですか？」

「地雷かどうかはわからへんのやないか」

「冷静になったら、わかると思いますけどね」

「男は単純にでけてるんやで。自分に限って、という思い込みもあるやろし」

「それで済ましたら、あかんでしょう」

「けど、聖華さんが後妻業やという根拠はまだあらへん。それを調べんと」

「どうするんですか？」

「すまんけど、鴻池新田まで戻って優平君に、聖華はんと若い男を難波で目撃したときの詳細をうまいこと聞き出してきてくれへんか？　時期も知りたい」

「うちがですか？」

「彼とは、ウマが合うてるように思えたで。同年輩やし」

「わかりました。これでもゲーム女子なので、そこから距離を縮めて攻めてみます」

「わしは、内山先輩と会うてくる。フィットネスクラブやということやったから、こちらから訪ねて、鴻池新田にはすぐに帰らへんようにする」

別の玄関とはいえ、同じ敷地内だからハチ合わせはしないほうがいい。

「念のため、安治川さんが持ってはる内山さんの写真を、うちのスマホに送ってもらえますか？」

「せやな」

安治川はさっそく転送した。

「なんぞ成果が得られたら、連絡もらえるか？」

「了解しました」

安治川は、内山に電話をかけて、フィットネスが終わったら会ってほしいと伝えた。

内山は、さっさと切り上げて、ジムに併設されたカフェにタオルを首から下げてやってきた。

「お疲れ様です」

「聖華との結婚生活が長いこと続くようにと体力増強のため、週に二回通うことにしたんや。それで、陶芸教室のほうはやめることにした。聖華のほうも美容と健康のためにホットヨガに毎週一度行っているそうや」

「そうでしたか」

「ここまで来てくれたということは、行方がわかったんか?」

「いや、そんな早いとこはムリです」

「警察は何人規模でやってるんや」

「そないな大きいもんやないです。予算も人員も限られていますよって」

内山には、三人だけだとは言えない。しかし、たとえ特異行方不明者と認定されても、犯罪の兆候がはっきりしない以上は、それほど大規模にはできないのだ。

「それで、先輩に確認したいんですけど、聖華はんには母親と弟が岐阜にいやはるということでしたが、岐阜のどこですのや」

「各務原の市内ということは聞いているけど、それ以上は知らない。前にも言うたけど、家族との折り合いが悪うて、長いこと帰ってへんで、絶縁に近い状態ということやった。実家のことを話題にすると、彼女の顔が曇った。嫌がることをすべきやないと思った」

各務原は、大垣市と県内第二の都市を争う人口を有している。三上という姓だけでは、摑みようがなさそうだ。各務原というのが本当かどうかもわからない。

「聖華はんは、言語聴覚士の学校に入るために勉強中で無職ということでしたけど、その生活費については、すべて彼女の預貯金からまかなわれているのですか？」

「正確に言うと少しはサポートしている。水道光熱費程度だ。おい、安治川。いったい何を疑うているんや？」

「気ぃ悪うせんといてくれやす。先輩は、退職金ももろてはりますし、貯金もおますやろ。ご自宅かてかなりのもんやないですか」

「財産狙いと言いたいのか」

「せやおませんやろか？」

内山は、タオルで首筋を拭った。

「たとえそうであってもええと思っている。六十一歳の男といっしょに過ごしてくれるのだから、御礼はして当然だ。それに私の財産をどう使おうが、私の自由やろ」

「確かにそれは先輩の自由ですけど」

「安治川よ。これでも企業人としてビジネスの最前線で身を削って頑張ってきたんや。

左遷されて系列の子会社の副社長となったけど、そこも閑職ではなく厳しいポストやった。そこでも、私は全身全霊で戦って子会社を黒字に転換させた。けど、定年は冷酷にやって来た。雇われの身やから抗うことはできひん。いくら実績を出しても、派閥抗争で負けたという烙印は消えなかったんや。そのときの虚しさから救ってくれたのが、聖華なのや」

「失礼な訊きかたを許しとくれやす。若い人同士のようなピュアな結婚の形ですやろか」

聖華は、カルチャーセンター漁りをしていたのだ。

「愛情プラス金の関係かもしれへん。それでもええ。女盛りの時間を私にくれるのやから。せやけど、金の関係だけやないで。それやったらネオン街の女でもええ」

内山は小さく息を吐きながら続けた。

「純愛だけの結婚なんて、若い人の間でもまずありえへん。相手の収入や職業や資産や家族関係を天秤に掛けたうえで、得をするという基準で相手を選ぶことを、若い女もたいていやっとる。独身の安治川にはわからへんかもしれへんが、結婚はしょせんは生活なんや。その意味では、ほとんどが愛情プラス金やで。男のカネと女のカオの交換が結婚やという言葉もある」

「これはあくまでも一般論ですねんけど、財産狙いだけやのうて、夫の死期を早める妻も世の中におります」

安治川はなるべくソフトに、そう言った。

「聖華はそんな女やない。いや、たとえそうやったとしても、しかたがあらへん。私の選んだ道やから」

内山がそこまで言うとは予想していなかった。

「けど、殺すのは究極の裏切りやないですか」

「もちろん、望んでいるわけではない」

そこへ電話が鳴った。良美からだった。

「何とか、詳細を聞くことができました」

「ご苦労さんやった。悪いけど、またあとで」

短く答えて、すぐに電話を切る。

「安治川よ。私だってつき合い始めたころは、聖華のことを疑うた。こんなにオイシイ話はそう簡単にあることやない。結婚詐欺ということもあるし、実は子供がいるということだってあるかもしれない。ほんまは既婚者で、あとで怖いダンナが出てきて恐喝されてしまうという美人局も考えた。これでも、生き馬の目を抜くビジネスの世界で詐欺に遭うことがないように気を張って生きてきたんや。陶芸教室で出会うて食事に行くようになったころに、思い切って聖華にその疑問をぶつけてみたんや。彼女は、『信じてください。でも、言葉だけではダメですよね』と、その次に会ったときに住基カードと戸籍を持ってきた。海外旅行に行ってパスポートを紛失したときに必要だからと戸籍を取っていたそうだ。それで確認した。彼女は、離婚歴はなく子供もいない」

「そうでしたか」

「そこまで自分をさらけ出してくれたことで、私は彼女のことがさらに好きになった」

「本籍地は岐阜でしたか？」

「いや、東京都調布市だ。彼女はＯＬ時代を東京で送っていた。それを機に自分の本籍を住所地に移したということだ」

「他に何か憶えてはりますか？」

「彼女の戸籍なら、私の家にある。婚姻届を出すときに必要だからと、預けてくれたんだ。それだけ信頼してくれているんや」

「それ、見してもうてもよろしいですか」

「そやおません。もしかしたら、行方を追う手がかりになるかもしれませんよって」

「まだ疑うのか」

7

内山が運転する車に乗って彼の家に行き、三上聖華の戸籍を借り受けた安治川は、鴻池新田の駅で良美と合流した。

「待たせて、すまなんだな」

「いいえ、そんなに待っていませんでしたよ」

「まず、そちらの首尾から聞かせてくれるか」

「優平さんが言い淀んだのは、単純な理由で、聖華さんを難波で見かけたときの状況を詳しく尋ねられるのが嫌だったからです」

「つまり、どこでどんなふうに見かけたのかを説明しとうなかったのやな」

安治川も、あのとき同じ感触を得ていた。

「ええ。真実を知るためだからと説得して、何とか話してもらえました。彼は、難波にあるラブホテルで目撃したのです。彼が入ったときに、一足先に入っていたカップル客が寄り添うようにしてタッチパネルで部屋を選んでいたそうです。そのときの女性が、聖華さんだったのです」

「それで、『距離感や空気のようなもの』で恋人同士やとわかったと曖昧に言うたわけか」

「優平さんのほうは、恋人ではなくホテルヘルスの利用だったんです。先にホテルに入って、女の子の到着を待つというシステムなので、優平さんはそのときは一人でして、柱の陰に身を隠して冷静に確認できたそうです」

「ろくに収入がないのにホテヘルを使っていることを、知られとうなかったのやな」

父親の内山から援助を受けて生計を立てている三十三歳であった。

「ええ。ですからお父さんの内山さんにもまだ言っていなかったのです。月に一回くらいの利用だそうで、優平さんのスマホからホテルヘルスに入室の電話をした日時がわかりました。三月十二日の午後二時前のことでした」

内山良造は今年の正月にプロポーズをしたと言っている。それなのに、三月に男と会っているのだ。それも、ただ単に会うだけではない。

「先輩は身体を鍛えるために週に二回フィットネスクラブに通うているさかいに、その時間帯ならと安全やと、三上聖華はタカをくっていたのかもしれへんな」

「所轄は、うちの古巣の難波署で知り合いもいますので、協力依頼をかけました。まだ残っている当日の時間帯の防犯カメラ映像を集めれば、そのイケメン男の身元がわかるかもしれません」

「そいつはありがたい。わしらも今から向かおう」

「ええ。それで安治川さんのほうはどうやったのですか？」

「聖華さんの戸籍を見せてもろた。こんな感じや」

安治川はスマホの画面をかざした。

内山は、写真に撮ることも、その戸籍を借り受けることも許してくれた。それだけ、疑っていないということだ。

「戸籍は、かつては電子化されずに、手書きか和文タイプで印字されていた。離婚したら、×でその人間が除籍されるので、バツイチとかバツニと呼ばれることになったそうや」

「そうやったんですか」

「電子化された今も、除籍の文字は残る」

良美は、スマホの画面に目を凝らした。

「除籍はされていないですね。つまり離婚歴のない独身ってことですね」

「内山先輩もそう信じた。けど、聖華さんは、いわゆる筆頭者として彼女一人の戸籍になっておる。未婚の間は、親兄弟と同じ戸籍に入ってるケースが多い」

「うちかて、まだそうですね」

「成年を迎えた者なら、未婚であっても親兄弟の戸籍から独立して自分の戸籍を作って筆頭者となることがでける。分籍と呼ばれとる。この戸籍は、東京都調布市が本籍地や。地方から都会に出てきた人間が、戸籍を郷里から取り寄せるのは手続が面倒なので、東京を本籍地にすることは珍しいことやない。聖華さんは東京でOLをしていたそうや」

「だったら、おかしくはないんやないですか」

「ところがや。この分籍というのが曲者なんやで。実は、離婚のバツイチの記載はわりと簡単に消すことがでける」

「え、そうなんですか」

「一つは転籍という方法や。本籍地というのは、自分の生家や本家やないとあかんと思うてる人が少のうないんやけど、国内であればどこにでも移すことが可能なんや。甲子園球場の所在地や皇居にしてもかまへん。現にそういう人もおるんや」

「無人島でも？」

「かまへんのや。もしわしが結婚しとってバッイチになったとしたら、本籍地を今の門真市から甲子園球場に移す。そしたら、新しい戸籍には離婚の記載がされへん。もう一つの方法が、分籍や。たとえば、あんたが結婚したとしたら、今の親兄弟の戸籍から離れて、夫になる人とともに、夫婦の戸籍を作ることになる」

「それは、知ってます。結婚したらみんなそうですよね」

「そして、かりに離婚したら、そこから分籍という形で独立したらええ。あんたが筆頭者となる戸籍がでけるけど、そこには離婚の記載も元夫の名前も出えへん」

「旧姓に戻ったということも記載されないのですね」

「そうなんや。今言うた分籍は、男にはしにくい。結婚して夫婦の戸籍を作ったときに、たいてい夫が筆頭者となる。そうなると、すでに筆頭者となっているさかいに、そこからの分籍というのが普通は認められへん」

「女性のほうが有利なんですね」

「有利と言うよりも、分籍と転籍という二つの方法があるということや。男も転籍したら離婚記載を消すことがでける」

「そしたら、離婚歴があるかどうかはわかりようがないということですか？」

「子供がいたら別や。子供には、両親の名前が記載されて、これは消せへん。子供がいいひん場合も、原戸籍というやつを調べたら、わかるんや。芝室長に連絡して、府警から原戸籍の公用請求をしてもらうように頼んでみる」

「そんなのがあるんですか」

「原戸籍は八十年間保存される。たとえバッサンであろうとバツヨンであろうと、原戸籍を調べたら過去を辿ることができる。ただ戸籍は究極の個人情報やさかい、記載された本人以外はなかなか閲覧も取得もできひん」

「知りませんでした。うちは、まだまだ不勉強です」

「捜査共助課時代は、戸籍を追うこともようあったさかいな」

「やっぱりベテランの人はすごいなと思います」

「けど、若手のほうがフットワークが軽い。それに若い相手への聞き込みや取り調べは、年代が近いほうが適している。優平も、あんたやさかいにホテヘルのことを話してくれたやないか」

「ずいぶん恥ずかしそうでしたけど」

「優平には、父親への反発があるように思える。わしに対しては同年代のうえに、後輩ということやよって、父親と同類と感じているようや。わしが行ったんではあかんかったで」

「スネをかじっているのに、反発ですか」

「先輩は、五十歳近くまで会社最優先の人間やったさかいに、家族を顧みいひんかったこともようあったんやないかな。時代も、そういうことを容認していた。せやからこそ、経済成長ができたとも言える」

「仕事と家庭の両立って、今の時代でも難しいですよね。優平さんとしては、自分や母親が犠牲になったと思っているのかもしれませんね」


京橋で地下鉄に乗り換えて、難波に向かう。

優平がホテヘル嬢を呼んだラブホテルの前で、難波署の刑事が待っていてくれた。

「初めまして、高木です」

「お世話かけます。安治川です」

「新月さん、新しい職場で張り切ってますね」

「ええ、すごくやりがいがあります」

良美は笑顔で頷いた。

「ホテルのほうには話は通してあります。幸い、三月ならまだ消去していないということです」

バックヤードで、ロビーの防犯カメラの映像を見せてもらう。

聖華が、長身の男性と入ってくるところが確認できた。画像は少し暗くて粗かったが、間違いない。その少しあとに、優平の姿も映っていた。

「この周辺には、街頭の防犯カメラも何台かあります。それを調べれば、この長身男のことが摑めるかもしれません」

高木刑事の読みは当たった。

近くの防犯カメラに映像があった。ホテルを出た聖華は手を振って長身男と別れて、駅の方向に歩いていく。長身男は、聖華を見送ったあと、ゆっくりと歩き出した。確かに優平が言っていたようにイケメンだ。かなり彫(ほ)りの深い顔立ちなので、ハーフかクォーターかもしれない。

長身男が進む方向に、別の防犯カメラがあった。コインパーキングに入っていく彼の姿が映っていた。そのすぐあと、一台のＢＭＷが出てきた。

「ナンバーが読み取れそうですね」

良美は小さくガッツポーズを見せた。

ナンバーを手がかりに、長身男の身元が割れた。

藪原兼明、三十五歳、難波のクラブで雇われ副店長をしていた。

そして、高木刑事が調べてくれて、新しい事実がわかった。三上聖華はそのモンサンヴェルというクラブで去年の九月から今年の二月までホステスをしていたのだった。

内山は、彼女は言語聴覚士の専門学校に入るために浪人していると言っていたが、騙されていたことになる。「水商売の店とかネオン街とか、そういうとこでの出会いやない」と言っていたが、夜はホステスをして昼間に陶芸教室に通っていたのだった。

「マンションには、言語聴覚士の本や専門学校の入学案内書がありましたけど、ダミーやったんですね」

「内山先輩が訪れるときに備えて、本を購入したんやろ。中古書店で仕入れたら、読んだ外形が残るさかいな」

「二月に店を辞めているんですね」

「内山先輩を摑まえたさかいに、クラブを辞めたということやないかな」

内山がプロポーズしたのは正月だった。

「その一方で、イケメンの恋人がいたんですね」

「彼女の失踪に、この藪原という男が関わっている可能性も出てきた」

「藪原に当たってみますか」

「もちろんや」

8

「三上聖華は、元ホステスの一人ですが、ただそれだけのことです」

藪原は空とぼけて見せた。百八十センチ前後の長身で、すらりとしている。鼻が高くて切れ長のやや吊り上がった眼だ。耳が隠れるほどの長さの茶髪に、少しウェーブがかかっている。

「彼女の行方がわからへんのですが、心当たりはおませんやろか」

「ないですね。何しろ、入れ替わりの激しい世界ですからね」

「あんたと聖華はんが深い関係やったことは、わかってますんやで。三月十二日の昼下がりに会うていた、ということも摑めてますのや」

街頭の防犯カメラから撮った写真を示した。

藪原は端整な顔をしかめた。

「うちの店では職場恋愛は御法度ですけど、退店したら制限はありませんからね。彼女は二月に退店しています。それに、自分では恋愛だと思っていないですよ。ほんの遊びですからね。聖華はもう三十過ぎた年増ですよ。前に店にいたころ向こうからモーションを掛けてきたことがあったんで、二度目の退店後に声を掛けたらホイホイ付いてきたんです。据え膳だから喰ってやったようなもんです」

「聖華はんと、旅行に行ってはらへんですかね。昨年十二月に、オーストラリアへ」

パスポートにその記録があった。

「そこまで調べているんですか。意地が悪いな。あのころが、ピークだったかもしれませんね」

「退店してからというのは、嘘ですな。それで、彼女が婚約したことは知ってはりますのか？」

「聞いたのは聞きましたよ。いい金づるを見つけたから、結婚しようと思うって。でも、詳しいことは知らないです。本当です。結婚しても、関係を続けてほしいと言われましたけど、面倒なのは困りますので、そろそろ別れようと思いました。本命の女もできたんで、会うのもだんだんと間隔が空きました」

「一番最近は、いつ会うたんや？」

「先月に、聖華のほうから焼き肉を食べに行こうという誘いがあって……聖華がせがんだから、ラブホにもいきましたけどね」

藪原は、まったく悪びれた表情を見せなかった。

「聖華はんの行方がわからへんのや。それで、わしらが探しているという次第や。協力してくれへんかな」

「協力はしますよ。だけど、いなくなったなんて、知りませんでしたよ。焼き肉デート以降は連絡がきてませんが、おれとしては別に重きを置いていませんでしたからね。複数いる相手の一人です」

「あんたのスマホを見せてもらえるか」

「いいっすよ。連絡は主にLINEを使っていました」

聖華とのやりとりは、たしかに彼女のほうが積極的だった。直近のものは、五月二十日であった。聖華から会いたいと誘いをかけていた。五月二十日なら、良造と式場の予約をした五日後のことだ。

それ以降は、LINEのやりとりはない。通話発受信の記録も見てみたが、聖華とのものはなかった。

「彼女は、いつ頃からホステスをしてはったんですかな?」

「聖華は二十六歳のときに、募集広告を見てうちの店にやってきました。ホステスの仕事は初めてということでしたよ。二年ほど勤めていて売り上げ成績もまあまあでしたが、東京に行くといって退店しました。そのあと、去年の九月頃またやって来て、働くことになりました。出戻りというやつですよ。でも、三十路を超えてしまっていることもあって、前ほどは成績はよくなかったです。聖華もそれを自覚してました」

「店の同僚で、彼女と仲のええ女性はいやはりましたか？」

「この世界は、個人事業主が集まっているようなものですからね」

「けど、まったくバラバラということもおませんやろ」

「まあ、二十代のころは、店の中では美脚三人娘というユニット名で呼ばれたこともありますけどね」

「他の二人の名前と連絡先を教えてもらいますやろか？」

「連絡先っすか」

気の進まなさそうな顔になった。

「協力はしますって、言わはりましたやないか」

「わかりましたよ。今おれが連絡先がわかるのは一人だけです。その一人に訊けば、もう一人の連絡先もわかるかもしれませんけどね。それと彼女たちには、おれと聖華との関係は黙っていてもらえますか。それが条件です」

「了解した」

高浦真由子と紺野さゆ里という女性であった。

安治川は「また来るかもしれへんで」と言い残して、藪原と別れた。

「めっちゃ腹の立つ男ですね。見てくれはいいかもしれないですけど、中身はサイテーです。完全に女性を見下しています」

良美は丸っこい鼻を膨らませた。

「けど、嘘を言うている印象は受けなんだ」

「聖華さんが鬱陶しくなって、なき者にしたという可能性はないですか?」

「あらへんわけやないけど、フッてしもたらそれで終わりやないかな。ああいう男は、うまい別れかたをよう知っている気がする」

「内山良造さんに取り入るように、藪原が指南役をしたということはありえませんか?」

「そういうやりとりは、スマホにはあらへんかった。けど、会うていたときに、そういう会話をした可能性はあるな」

「内山さんは、藪原の存在を知ったならガッカリしはるでしょうね」

「せやな。けど、内山先輩が知らへんかったと断定するのは、まだ早いで」

安治川は、別の可能性を考えていた。もしも仮に内山が、藪原との関係を知っていたなら、嫉妬と裏切りと憎悪の感情を抱いたのではないか。最後のひと花が、造花であることがわかったなら、自分が否定されたような思いに襲われたのではないか。その感情の矢が、聖華に向かった可能性はありえないことではない。東口署長が言っていた〝通報者が犯人〟という図式は、完全に否定することはできなかった。

安治川は、藪原から聞いた二人の女性に電話をかけることにした。

電話番号がわかっているのは、高浦真由子のほうだった。紺野さゆ里のほうは彼女に教えてもらうしかない。

「聖華ちゃんとさゆ里ちゃんとは、入店がほぼ同時期で年齢も二十六、七歳ということで、わりとウマもあったから、美脚三人娘とトリオのように呼ばれていたわ。でも、そのあとは三者三様よ。一番早く退店したのはさゆ里ちゃんで、次が聖華ちゃんだった。あたしは、三十歳までいて、三人娘の中では一番長く居たわ」

「聖華はんは、東京に行かはったのですね」

「ええ。さゆ里ちゃんが、『いつまでも夜の仕事をしていてはダメだと思うのよ』と言って店を辞めたことが、聖華ちゃんの退店のきっかけになったと思うわ。以前から東京に憧れがあったみたいよ。詳しいことはきいていないけど」

「聖華はんがモンサンヴェルに復帰しはったことは知ってはりますか」

「小耳に挟んだわ。あたしも、別の店でまた働き出したから」

「二十九歳年上の男性と婚約しはったことも聞かはりましたか」

「え、そうなの。それは初耳よ。でも、あり得ないことではないと思う。聖華ちゃんは、年上の男性が好きと言っていた。小さいときに、父親が病死していなくなったので、ファザコンの傾向があると話してくれたこともあった。また、年上受けするほうだった。モンサンヴェルの客層はかなり高めだったけど、聖華ちゃんはその中でも年配者に人気があったわ」

「年上好きは、営業上ということやおまへんのか」

「さあ、本心まではわからないわよ。あたしたちは、ビジネスでお店に出勤するんだし、お互いに同僚であるとともにライバルよ。控室には、指名数や同伴数の棒グラフが張り出されているのだから」

「聖華さんの行方を探しています。なんぞ心当たりはないですやろか」

「そう言われても、あたしは彼女が退店してから会っていないから。警察が動いているということは、聖華さんは何かしたの？」

「いえいえ、わしらは行方不明の人の消息を調べるのが仕事なんです」

「そうなの。心当たりはないわ」

電話の向こうで赤ちゃんの泣き声がした。

「ごめんなさい。もういいですか」

「最後に一つだけ。紺野さゆ里さんの携帯番号を教えてください」

真由子から聞いた番号にかけてみる。

呼び出し音がしばらく鳴ったあと、ようやく出てくれた。

「はい」

女性にしては低い声だった。

「大阪府警の安治川ていうもんです。モンサンヴェルという店で同僚やった三上聖華はんのことでお訊きしたいんです」

「この番号は、誰にお聞きになったのですか？」

「高浦真由子はんに教えてもらいました。美脚三人娘と言われてはったそうですね」

「昔のことです。今はもう何の関係もありません。連絡も取っていません。店のほうで、そういう呼び名を付けられましたけど、嫌でした。他の二人と違って、あたしは脚以外に自信がなかったです」

「実は、三上聖華はんの行方がわからしませんのや。それで関わりのあるかたにお尋ねしています」

「私は、関わりなんかありません。モンサンヴェルにいたことは事実ですけど、水商売時代のことはもう忘れてしまっていることですし、忘れたいことです。今は専業主婦として平凡ですけど幸せに暮らしています。波風を立てないでください」

「それはすんまへんでした。お詫びします。ただ、こちらとしてはとにかく手がかりがほしいんですのや」

「彼女は何か事件に巻き込まれたのですか」

「それはまだ調査せんと、わからしません。そのために、こうして動いてますのや」

「お役に立てなくて申し訳ないのですけど、私はもう完全引退した人間です。三人娘の中でも、一番早く退店しました」

「それに触発されて、聖華はんは東京に行くことにしはったそうですな」

「詳しい事情は何も知りません。『起業のようなこともしてみたいけど、どうやったらいいのかわからない』と、経営コンサルタントをしているというお客さんに聞いていたこともありましたね」

「そのお客さんの名前はわかりませんやろか」

「わからないです。あまり馴染みのないお客さんです。二次会の流れで、ふらっと入ってきたようなかたでしたから」

「聖華はんは、去年からまたモンサンヴェルに復帰しはったそうですね」

「そのことも知りませんでした。真由子さんほどの売れっ子ではなかったですけど、彼女もかなりの売り上げを挙げていましたからね」

「真由子さんはそんなに成績がよかったのですか」

「あれだけの美人ですからね。私なんか、三人娘と肩を並べて呼ばれること自体が、嫌でした。それもあって、一番に辞めたのです」

「そうでしたか。他に何でもええんですけど、思い当たるようなことはあらしませんか」

「そう言われましても」

「聖華さんは、結婚しはる予定で式場も押さえてはったのですけど、何か聞いてはりませんか」

「それも知りませんでした。結婚願望はないと言っていたことがありますが、もう数年前のことなので、考えかたも変わったのかもしれませんね。本当に、お役に立てなくてごめんなさい。申し訳ないけど、もう連絡はしてこないでください。私は結婚もしていますので、主人が知ったならいろいろ気を回されかねません。私にとっても、モンサンヴェル時代のことは、すべて忘れてしまいたいのです」

さゆ里はそう言って、電話を切った。

消息対応室に戻った安治川は、芝に府警本部鑑識課へ指紋照合の依頼をしてもらうことにした。三上聖華の部屋にあった食器や調味料入れ、彼女が内山に渡した戸籍、部屋にあった退去費用としての十五万円、メールドロップに入れられていた鍵が、その対象であった。そして、洗面台にあったヘアブラシからのDNA採取もあわせて頼んだ。

翌日に指紋の結果が出た。食器と調味料入れと戸籍と鍵の指紋は一致したが、十五万円からはその指紋は検出されなかった。

それから二日後に、安治川が確認したかった事実がわかった。

公用請求をした原戸籍が届いた。

三上聖華は、約二年半前に神奈川県川崎市宮前区在住の六十五歳の阪口英次という男性と結婚していた。年の差は三十五歳である。そして結婚から一年足らずで、高齢者夫は死亡していた。

そのあと、聖華は分籍をして、東京都調布市に本籍地を置いた。内山はその戸籍謄本をもらったわけだ。

芝が神奈川県警に照会をかけてくれた。

聖華の元夫は、病死ということであった。冬場の入浴でヒートショックを起こしてしまっていた。

「前夫は、一流自動車メーカーの工場長を務めた技術屋さんで、妻に先立たれていたそうです」

「内山先輩の場合と似とりますね」

「前夫に子供はいなかった。違いはそこだけだな」

「彼女に疑いはかからへんかったのですか？」

「前夫が亡くなったときは、聖華は屋久島へ旅行中でアリバイがあった。掛けられていた生命保険金も一千万円とそれほど高額でもないということで、単なる事故死という結論になったそうだ。内山さんに、この事実を伝えるのですか？」

「迷うてます。先輩が求めているのは、あくまでも聖華さんの現在の消息です」

「知りたいのは、過去ではなくて、現在ということですか？」

「もちろん、結婚相手のことやさかい、過去も気になりますやろけど」

「もしかして、内山良造は彼女の過去のことをすでに知っていて、それで騙されたという気持ちになって、その憎しみをぶつけてしまったのではないか……安治川さんはそう思っているのですか」

「あくまでも仮説の一つとして、否定はでけへんと思います。先輩を疑うというのは、あかんのですけど」

それだけに伝えかたが難しい。内山が知っていたかどうかを反応で見極めなくてはいけないからだ。

「まだ少し伏せておいて、ともかく調査を進めていこうと思うてます」

第二章

1

琵琶湖から流れ出る唯一の河川である瀬田川は、宇治川と名前を変えて、桂川や木津川と合流して淀川となり、大阪湾へ注ぐ。淀川は、関西最大の流域面積を誇り、河川敷も広い。

その淀川に架かる橋は数多くあり、私鉄もJRも上を走っているが、新幹線だけは通らない。新大阪駅は淀川の北側にある。東京オリンピックまでに東海道新幹線を開通させることが至上命題だったので、淀川を避けることで工期と費用を節約したのだと一説では言われている。

その新大阪駅に最も近い位置で淀川に架かる橋が新淀川大橋で、地下鉄御堂筋線が地上に出て走り渡る。

新淀川大橋の橋脚近くの河川敷で、岸に生える草の間に倒れ込むようにしてうつ伏せになっている女性の死体が発見された。まだ夜が明け切らぬ時間帯に、犬の散歩をしていた男子高校生が発見してあわてて通報したのだ。

女性は、ファスナーが開いたブランド物のバッグの中に免許証とスマホが入っていたので、すぐに身元が割れた。しかし、バッグの中に財布は入っておらず、何者かに持ち去られた可能性があった。

遺体発見現場から三百メートルほど離れた淀川区木川東に建つ高層タワーマンションに住む紺野さゆ里、三十四歳であった。

紺野さゆ里は既婚者であったが、子供はおらず、一つ年下の夫の紺野理一郎と暮らしていた。夫は人気のあるデザイナーで、堂島にオフィスを構えていた。オフィス従業員の話から、彼は一昨日から東北地方に仕事で出かけていたことがわかった。

十三警察署に置かれた捜査本部から、安治川のスマホに連絡があったのが、その日の夕方のことであった。

「こちら十三署の者ですが、まず電話番号の確認をさせてください」

「はあ」

向こうが言った番号は、安治川のものに間違いなかった。

「失礼ですが、お名前を聞かせてください」

安治川は、わけがわからなかった。

「わしは、府警生活安全課消息対応室の安治川信繁です」

「あ、同業者でしたか。こちら、十三署刑事課の大迫と申します。お尋ねしますが、紺野さゆ里という女性を御存知ですか」

「紺野さゆ里……ええ、知り合いではないですが、電話で一度話しました」

三上聖華のかつてのホステス仲間の一人として、やはり同僚であった高浦真由子から番号を教えてもらってかけていた。

「けさ、淀川河川敷で水死体となって発見されました。彼女のスマホに最近あなたから電話がかかっていることがわかりました」

「そうでしたか」

安治川は、経緯を説明した。

「へえ、かつて難波でクラブホステスをしていたのですか。それは情報をありがとうございます。想像できませんでした」

「なんですか？」

「彼女の夫は、ファッションデザイナーとして成功していて、年収もかなりありそうです。ホステスをする必要があったんですかね」

「たしか三年くらい前に退店しています。そのデザイナーと店で知り合うて、いわゆる寿（ことぶき）退店したんやないですやろか」

「いえ、それが住んでいた高級マンションで聞き込みをしたのですが、結婚して十年ほどになるそうなんですよ」

　ということは、モンサンヴェルにいたときに、すでに結婚していたわけだ。

「理由はわからしませんけど、難波のモンサンヴェルという店でホステスをしていたのは確かです。もしかしたら、そのあたりの事情を知っているかもしれへん人物がおります」

　安治川の脳裏に、藪原兼明のことが浮かんだ。

「もしよかったら、われわれに協力してもらえませんかね。死因は溺死（できし）のようですが、まだ遺体解剖結果も出ておらず、他殺とは断定できていません」

「ええですよ」

　安治川は、芝室長の許可をもらって十三署へ向かった。芝は、消息対応室の実績作りには積極的だ。「消息対応室が必要で有用なセクションだということを、府警の他の連中にアピールできるのは、大いにいいことだ」と快諾した。消息対応室がたった三人の小所帯で、四天王寺署の装備庫の二階に間借りさせられていることが、彼はひどく不満なようだ。


「協力ありがとうございます」

大迫はガニ股で近づいてきて、丁寧に頭を下げた。三分刈り頭で耳の形が少し潰れている。おそらく柔道の猛者と思われた。年齢は四十過ぎといったところだろう。

「店名を教えてもらいましたので、若い者にひとっ走りさせて場所を確認してきました。もうすぐ開店時間のようです。これから向かいます」

「副店長と面識がおますので、よかったら同行しましょうか」

「そうしてもらえると、助かります」

「溺死体なんですね」

「ええ、でも首に圧迫痕のようなものも見られたので、解剖に回しています。およその死亡推定時刻は、昨日の夜十一時ごろからきょうの午前二時ごろです」

「淀川河川敷で遺体が見つかったのですね」

「岸辺に生える草の間にうつ伏せになっていたのです。顔は水面に浸かっていましたが、足は岸の土の部分にありました。入水自殺ならもっと川の中央部の深いところへ向かいますよね。遺書もありませんでした。事故死の線も薄いですが、酔い覚ましに岸辺に近づいて落ちてしまったということはなくはないです。夫のデザイン事務所のスタッフの話によると、彼女はかなり酒好きだそうです。他殺なら、財布がなくなっていることから強奪目的が考えられるのですが、財布が入っていたと思われるバッグのファスナー部分からは彼女以外の指紋は出ず、現場に争ったような痕跡もありませんでした。悲鳴を聞いたという者も、今のところ現われていません」

「デザイナーのヨメはんということでしたね」

結婚しているということは、彼女は電話でも言っていたが。

「ええ、紺野理一郎といいまして、ここ数年ほどの間に、雑誌などでも取り上げられ、テレビのショッピング番組にもゲスト出演するなど活躍していて、わりと有名だそうです」

「そうなんですか」

ファッションやジュエリーの分野にはまるで関心のない安治川は、聞いたことがない名前だった。

「夫は、東北に一昨日から出張中でして、オフィスからの連絡を受けて、ほんの少し前に大阪に帰ってきまして、今別室で事情聴取中です。もし他殺だとしたらどうして殺されることになったのか、まったく心当たりがないということです」

「かつてホステスをしていたことをダンナが知らへんということはありえへんですよね」

「ええ。『子供もいないので、働いて家計を支えたい』と妻のほうから言ってくれたので、その言葉に甘えたそうです。名前が売れるまでは、今のような金持ちではなかったわけです」

安治川は、大迫刑事たちとともに、モンサンヴェルに向かった。

難波の宗右衛門町（そうえもんちょう）にあるビルの地下一階にあって、かなり広いキャパシティを有しているが、内装は古い印象を受ける。

藪原は、店長とともに蝶ネクタイ姿で現われた。そして、バックヤードの小部屋に安治川たちを案内した。

主に店長が対応した。

「二十七歳から二十九歳までの約三年間、さゆ里さんは働いてくれていました。そのときは、定休日以外は皆勤でしたね。正直なところを申しまして、美脚以外の長所は少なくて、美人タイプではなかったですが、トーク力でカバーして指名客を取ろうと頑張ってくれていました」

店長は、記憶を呼び起こすかのようにタバコをくゆらした。

「彼女は入店のときから既婚者やったのですね」

「ええ。もちろん、店ではあくまでも独身という建前をとっていましたが」

「安治川さん。言い忘れましたが、紺野理一郎とさゆ里は、それぞれ二十二歳と二十三歳で結婚しています」

大迫が小さく耳打ちした。

「ああ、そうでしたか。すんまへん」

安治川はつい出しゃばって訊いてしまったことを詫びた。これは、十三署に置かれた捜査本部が扱う事件なのだ。

「しかし、三年ほどで退店となったのですね」

大迫が質問した。

「ええ。こう言っては失礼かもしれないですが、あの程度の容姿ではなかなか人気嬢にはなれませんよ」

店長の横で、藪原が口を開きかけてやめたのを、安治川は見のがさなかった。

捜査本部に帰る大迫たちが乗った車を見送ったあと、安治川は店に戻った。

「勘弁してくださいよ。仕事中ですから」

藪原は顔を歪めながら、店の通用口に出てきた。

「すぐに終わるで。何を言いかけていたのか、話してくれたなら」

「言いかけてなんかいませんよ」

「もう辞めたホステスとはいえ、在店中に三上聖華はんと関係を持っていたことを店長には知られとうはないですやろ」

「脅さないでくださいよ。さゆ里は、亭主と全然うまくいってなくて、子供もいなくて暇なもんだから、ホストに嵌まっていました。知っているのは、それだけですよ。亭主が浮気していたそうで、さゆ里のやつも仕返しとばかりに男を探していたんですよ。でも、なかなかうまくいかなくって、結局ホストクラブ通いをするようになっていたんです」

「なんで、あんたが知っているんや？」

「おれも、ちょっかいを出されたからですよ。でも、さゆ里には聖華ほどのスペックはないですからね。もともと在籍していたときから、若いだけで持っていたような女ですけど、退店してからは太ってしまって、美脚すら失い、ますます劣化しています。相手なんかしたくないですよ」

「あんたと聖華はんのことを知っていて、かね?」

「それは、知らないはずですよ。こっちとしては、聖華と慎重に会ってますし、聖華も余計なことは言わないはずです」

「さゆ里はんは既婚者やけど、ダンナにバレることは懸念しいひんかったんやろか」

「そこまではわかりませんよ」

「ダンナは、どんな女性と浮気していたんや?」

「モデルの若い女だということしか聞いてないです。亭主のほうも浮気をしているのだから、おあいこだって言っていましたが。とにかくさゆ里なんて、どうでもいい女です。おれは、さゆ里が死んだことに、何も関わっていませんよ。あんなブスを殺したって、一銭の得にもならないんですからね。さあ、もう戻らせてください」

安治川は、大迫に詫びたうえで、藪原から聞いたことを伝えた。

「出過ぎたことをしてしもたかもしれません」

「いえ。とんでもないです。安治川さんのお蔭で一歩前進できました。ただ、ホストクラブにまで範囲を拡げなくてはならなくなりました」

「ややこしゅうなりましたね」

「ええ。そういう女性なら、かつてあの店で働いていた頃の馴染客と懇ろになっている可能性もあるかもしれません。捜査対象が増えそうです。でも、頑張ってみます」

2

翌朝、消息対応室に出勤すると、芝はもう椅子に座っていた。

「昨夜は、ご苦労さん」

「あ、いえ」

経過は、あのあと芝に電話で報告しておいた。

「府警本部に頼んでおいた三上聖華関係の戸籍がすべて揃った」

原戸籍によって、聖華に婚姻歴があることがわかった。だが、彼女の親族関係についてはまだ摑めていなかった。

「整理すると、こうだ。まず、三上聖華の母親は、岐阜県の各務原市にいる」

「それは、内山先輩が聞いていたとおりですね」

「内山さんがどうしても母親に挨拶に行きたい、と言ったときのことを考えて事実どおりを話したのかもしれんな。父親は、聖華が四歳のときに亡くなっている。弟がいて家を継いでいるというのは嘘だ。母一人娘一人の家族だ。聖華の母親も一人っ子だった。したがって、母方のおじ・おばはいない。父親のほうは四人きょうだいだ。おじやおば、それに従兄弟もいる」

「祖父母は？」

「もう誰も生きていない」

「各務原の母親に会うてみたいですね」

「そう言うと思っていたよ。戸籍の附票もあるから、現住所もわかっている」

芝は、戸籍の束をポンと叩いた。

「岐阜やったら、日帰りでけます。さっそくですけど、これから行ってみてよろしいですやろか」

「単に三上聖華という女の行方を追うだけでなく、十三署に設置された捜査本部の鼻を明かせるようなことに繋がれば、という観点から取り組んでくれ」

「それはどうですやろか。三上聖華と紺野さゆ里は、モンサンヴェルという店で同僚で、仲はええほうやったようですけど、それ以上の関係性はあらへんような気がしています」

方向性がかなり違うのだ。三上聖華のほうは、内山良造というそこそこの資産を持つ寂しい六十男に近づいて妻の座と財産を得ようとした。そしてその一方で、藪原というイケメンの彼氏を有していた。それに対して紺野さゆ里のほうは、夫が成功したことで経済的には満たされたが、夫婦関係は冷え切っていて、彼女は気晴らしができるパートナーを求め、ホストクラブ通いもしていたようだ。

「私も正直なところ同じ感触なのだが、瓢箪から駒ということもある。そういう僥倖も期待しておこう」

安治川は、大阪駅からJRの在来線で岐阜に向かった。消息対応室には予算があまり回ってこないので、新幹線は使えない。良美の同行も無理で、安治川一人だ。

途中、関ヶ原合戦場の近くを通る。

あの天下分け目の戦いで、西軍が勝って徳川が滅んでいたら、今の東京は首都ではなく、大阪か京都が首都になっていただろう。

安治川信繁は、自分の名前が真田幸村の正式名である真田信繁から父親が付けたということもあって、戦国時代には関心を持ってきた。

関ヶ原の東軍勝利の最大の要因は、秀吉の正妻である寧々が与したからだという説を安治川は支持している。小早川秀秋が謀反を起こして西軍に攻め入ったのは、甥っ子として幼少の頃から懐いていた寧々の意見があったからだ、という解釈には納得できる。

小早川秀秋は、子供のいない秀吉の養子となって、叔母の寧々に育てられた。秀吉の甥であった秀次が秀吉後継者の第一候補とするならば、寧々の甥であった秀秋は第二候補であった。

ところが、秀吉が淀君を側室に迎え、男児が誕生したことで、その地位は一変する。鶴松と呼ばれたその男児は、幼くして病死するが、淀君はそのあと秀頼を出産する。秀吉は、秀頼を溺愛して自分の跡継ぎとしていくために、関白の地位にあった甥の秀次に対して嫌疑をかけ、切腹をさせてさらし首とし、さらにその家族の命を根絶やし同然に奪った。

秀秋のほうは命までは取られなかったが、小早川隆景の養子となる。そんな秀秋に、秀吉に対するリスペクトは起こらないし、むしろ自分も第二の秀次になるかもしれないという恐怖を抱いたであろう。そんな若い秀秋の頼る存在は、実叔母の寧々であったと思われる。

寧々のほうは、秀吉の心が淀君と秀頼に占められていくのを快く感じるはずがない。内助の功で天下人にしたのは寧々である。のみならず、寧々は秀頼が秀吉の本当の子なのか疑っていたと思える。正妻である自分はもちろんのこと、他の側室も身ごもらなかったのに、淀君は二人も男児を出産したのだ。それは、母であるお市の方を夫の柴田勝家とともに殺した秀吉に対する戦国女性ならではの淀君の復讐方法だったのかもしれないのだ。

それを見抜いた寧々は、甥である小早川秀秋に対して、「淀君と秀頼のために働く必要はない」「難癖を付けられて切腹を強いられることが、今後ないとは言えない」「それならば、むしろ家康に恩を売っておいたほうが地位は安泰だ」と諭した可能性は大いにある。

歴史の陰に女あり、という言葉があるが、寧々は陰以上の存在だったのではないだろうか。そして、淀君も。

安治川が刑事部にいた時代に扱った事件でも、陰に表に女性の存在があって、男性が犯罪に走ったというケースがかなり多くあった。女性たちの関与は証明できないので処罰はされないことが大半であったが……。

岐阜駅でJRから名鉄に乗り換えて、犬山(いぬやま)行きの電車に乗る。

母親の住居をいきなり訪ねることはしない。聖華が身を寄せている可能性があるからだ。「それほど仲がよいわけではない」というのは、あくまでも内山が聖華から聞いた話に過ぎない。少なくとも弟がいて母親の面倒をみているというのは、嘘であった。

まずは、住所地に足を運んでみる。五階建ての県営住宅の一階であった。警察ということを隠して、聞き込みをしてみる。六十六歳になる母親の道江(みちえ)は、足が悪くて生活保護を受けているという話であった。訪ねてくる者など人の出入りはほとんどなく、最近も変わりはないということである。

近くで出前をしている店を三軒教えてもらい、足を運ぶ。そのうちの弁当屋は、道江のところに出前をすることがあり、一昨日も届けたが一人前だけだったということであった。

もし聖華が潜(ひそ)んでいるなら、二人前になりそうだ。

最も確実なのは張り込むことだが、聖華が居ない確率のほうが高そうなのに、そんな時間的余裕はない。

市役所に向かい、ここでは身分を明かして、担当のケースワーカーに話を聞く。

道江は二年前にリウマチを患って、それまでしていたビル清掃員の仕事ができなくなった。民生委員の紹介で、生活保護申請をした。申請に際して長女で唯一の親族である聖華にも来るように繰り返し言ったが、一度半ば嫌々来ただけだった。その当時、聖華はまだ前夫といっしょに暮らしていた。聖華は「遠い関東暮らしで、自分の生活があるから面倒をみることはできない」とつっけんどんに言ったということだった。

「母親との関係は、どんな感じでしたか」

「全然うまくいっていない印象を受けましたね。『お母さんが貧乏でなければ、あたしの人生は違っていた』と言い残して、関東に帰っていきました」

どうやら、聖華が母親を頼って帰省しているという可能性はなさそうだ。母親を頼るどころか、帰ったなら母親の面倒をみなくてはならない羽目になってしまいかねなかった。

弟がいると嘘をついたのも、内山に対しては、母親のことは他に任せられる者がいるということにしておきたかったのかもしれない。

市役所を出た安治川は、母親の道江を訪ねてみることにした。「私も、できるだけ事情を知っておきたいです」とケースワーカーが協力して同行してくれることになった。

道江がゆっくりと扉を開けた。三和土（たたき）にある靴を、安治川は注視した。若いデザインのお洒落（しゃれ）なものは一足もなかった。

「こちらの男性は、大阪からいらした聖華さんの仕事関係のかたです」

ケースワーカーは、頼んだとおりに紹介してくれた。

「あの子は元気にしていますか？」

道江は、まずそう口にした。疎遠になってはいるが、娘のことが気にかかっているのだろう。

「それが実は、連絡が取れへんようになって困っているのですよ」

元気にしていますよ、と言って心配を掛けたくない気持ちを安治川は抑えた。

「は、はあ」

「ご実家に立ち寄ってはるのやないかと思って、こうして訪ねさせてもらいました」

「無事なんでしょうか……こっちには何の連絡もなくって」

「聖華はんとは、いつ頃までいっしょに暮らしてはったのですか」

「高校を出るまでです。あの子は、真面目（まじめ）に学校に行くほうではなかったので、四年かかりましたけど何とか卒業だけはできました。そのあと名古屋に出て一人暮らしをするようになって、だんだんと寄りつかなくなりました」

「大阪や関東に住んではったこともあったんですね」

「ええ。恥ずかしながら、そのことも知らなくて、桑野（くわの）さんの娘さんに教えてもらいました」

「その娘はんというのは？」

「焼き鳥屋をしている女将（おかみ）さんの娘さんです。聖華と同じ高校で、仲良くしてくださっていました。その女将さんに、民生委員さんも紹介してもらいました」

「聖華はんは一度結婚してはるのですよね」

「そのことも、桑野さんの娘さんから、あとで聞きました。すごい年上だということでした。あの子は、母子家庭で育ったものだから、父親のような人に憧れたのかもしれませんね。そういったことを含めて、聖華に言わせれば、何もかも私が悪いということになるんでしょうね。二年ほど前にケースワーカーさんに呼び寄せてもらって短時間会いましたけど、それっきりです」

「最近の聖華さんについて、その娘はんから何か聞いてはりませんか」

「桑野さんの娘さんも、結婚してここを出ていかれたので、それからは聞くことができなくなりました」

「聖華はんからは、こちらに何の連絡もないのですね？」

「ありません。元気にしてくれていると思っていたのですが」

「いや、まだ聖華はんになんぞあったとは限らしません。あまり心配せんといてくれやす」

道江が嘘をついているようには思えなかった。

「桑野さんというかたを、知ってはりますか?」

ケースワーカーに尋ねる。

「ええ、民生委員さんといっしょに来庁なさった女性ですよね」

まずは民生委員を訪ねる。焼き鳥の店は駅に近い商店街にあったが、その住まいは民生委員宅の裏手であった。

ケースワーカーに丁寧に礼を言って別れたあと、安治川は桑野の家を訪ねる。人当たりのよさそうな肥えた母親が、髪にカーラーを巻いたまま出てきた。

彼女の次女である桑野千代は、聖華と同じく高校二年のときに成績不振で原級留置となった。学年の女子で進級できなかったのは二人だけなので、それを機に仲良くなったということだった。

現在は、ロックバンドのコンサート会場で知り合った同い年の男性と結婚して、愛知県の岡崎市に住んでいるということであった。

安治川はその足で、岡崎市に向かった。

3

狭い部屋を走り回る男児二人を相手に、桑野千代は母親譲りのぽっちゃりした体躯を持て余し気味に叱りつけていた。

「えらいすんませんな」

安治川は、姪っ子を引き取って育てた経験がある。女児でも、動き回られると困惑した。転倒してのケガも怖い。

「デキ婚で、生まれたのが双子なんです。予定外のさらに予定外です」

安治川が手土産に買ってきたロールケーキを、千代は喜んだ。包みの紐をほどくと、子供たちもピタリと動くのをやめた。

「お母さんから電話があったけど、聖華ちゃんのことですね？」

「ええ。音信不通になってまして」

「もしかして、警察の人ですか？」

「なんで、そう思わはりますのや？」

「単なる音信不通だけで、普通はわざわざここまで来ないじゃないですか。聖華ちゃん、何かやってしまって追われているのですか」

「いや、むしろ犯罪の被害者になったんやないかと懸念してますのや。もし聖華はんが容疑者やったとしたら、警察は一人で来ることはあらしません。匿いと逃走を想定した態勢を採ります」

「そうなんですね。聖華ちゃんとは、ここ最近は全然連絡を取っていないです。こちらがガキを二人も抱えていることを気遣ってくれているのかもしれないけど」

「聖華はんは高校を卒業したあと、名古屋に出はったんですね」

「ええ。高校の進路指導部から斡旋してもらって病院の受付事務職になったんですけど、合わないって一年ほどでやめましたね。名古屋の地下街で土産物の販売員さんになったけど、そこも長続きしなくて、大阪でアパレル店員に転職しました。あたしなんかに比べたら上昇志向はすごくありました。だから仕事もいろいろ替えたんだと思います」

「東京にも移らはったんですね」

「ええ。化粧品の仕事をすると言ってました」

「外資系投資会社のOLをしていたということは？」

「それは聞いたことないです」

どうやら内山には嘘をついていたようだ。

「最後に会わはったのはいつですか？」

「去年の七月ですね。この近くのレストランを貸し切って、あたしたちが少人数で挙げた結婚披露宴のときです。それ以来、会っていないです。電話で話すことはあったけど、それもこの子たちが生まれてからは、ぐっと減ってしまいました」

「聖華はんが、近々二度目の結婚をしはる予定やったことは知ってはりますか」

「それは電話で聞きました」

「どないなお相手やと？」

聖華がどう説明していたか知りたくて、安治川はあえて訊いた。

「高齢者一歩手前で、かなりの土地持ちだと言っていました」

「前の結婚相手も、かなり年配やったですね」

「ええ。あたしのほうは、だめんずな男性が好きになってしまうのですけど、聖華は枯れ専なところがあるんです。高校生のときも、定年前の化学の先生の白衣姿がカッコいいと、かなり本気で好きになったこともありました」

「土地持ちということですけど、財産狙いなんですやろか」

「わからないけど、それはあったでしょうね。でなきゃ、いくら枯れ専であっても、年齢が離れすぎですよ」

「前の結婚でも、かなりの遺産をもらえたんとちゃいますか」

「それが、落とし穴があって、それほどでもなかったそうです。持ち家は持ち家だったけど、家のローンが残っていて差し引かれたって。今度は、ローンがないことは確認したけど、また別の問題があったって」

「別の問題？」

「あ、いえ」

千代は、しゃべっていいのかという表情になった。

「教えてもらえませんか」

「ちょっと言っていただけなので、たいしたことじゃないかもしれないけど、家族が猛反対しているそうです」

「家族……息子はんですか」

内山の身近な家族は、長男だけだ。

「詳しいことは知りません。ホントです」

ロールケーキを食べた二人の男児が動き始めた。

「前の結婚相手が亡くならはった原因を、なんぞ聞いてはらしませんか？」

「病気なんでしょ。それとも警察は不審だと考えているんですか」

「いえ。せやおません」

「なんか信用できないですね。やっぱり、聖華ちゃんに何か嫌疑がかかっているのではないですか。行方がわからないのではなく、逃亡先を追っているのではないですか」

　千代の表情が硬くなった。

「それはちゃいます」

「お引き取りください。たとえ聖華ちゃんの居場所を知っていても、高校時代の親友を売り渡すようなことはしません」

「気ぃ悪うしはったのなら謝ります。すんませんでした」

　安治川は靴を履(は)きながら、焦(あせ)ってしまったことを反省した。

（定年後の男と結婚し、その死別後にまた同じような年齢の男と結婚するというのが、やはり引っかかる）

二十九歳差は、やはり大き過ぎる。枯れ専ということだが、高齢者なら誰でもよいというわけではないに違いない。聖華は、複数の陶芸教室でターゲットを物色していた。財力のある孤独な男を狙っていたのだろう。

（けど、内山先輩は大金持ちというほどのもんやない。まあ、小金持ちや）

さっきの千代の話が本当だとすると、聖華は前の結婚でもたいした遺産は得ていなかったことになる。

しかし、だからこそ怪しまれなかったということも言えるのではないか。

（やはり、前の結婚のことがもっと知りたい）

時刻は、まだ午後一時を回ったところだ。安治川は愛知県まで来ているのだ。戸籍と戸籍の附票から、聖華が前婚時代に住んでいた場所はわかっている。神奈川県の川崎市だ。

芝室長に電話をかけて、簡単にきょうの報告をしたあと、午後からの休暇を願い出る。

「せっかく岡崎まで来ましたさかいに、岡崎城など家康の史跡を回ってみたいんです」

「本当なのか。何か勝手に動くつもりじゃないだろうね」

「わしの最大の趣味は、歴史ですのや。もう少し早いこと生まれていたら、満額の年金をもろうて、悠々と歴史探索をしていましたやろ。えらい損な世代ですわな」

「それを言うなら、私はもっと損をしている世代だよ」

「そうでしたな」

芝への連絡を終えると、安治川はもう一本電話をした。そしてJR岡崎駅に向かった。そこから豊橋駅まで在来線を使って、東海道新幹線に乗り換える。目指すは新横浜駅だ。もちろん、交通費は予算から出ない。それでも行ってみたいのだ。

4

「やあ、安治川さん」

神奈川県警捜査共助課副課長の星野が、笑顔で出迎えてくれた。

彼とはなぜか縁がある。安治川が捜査共助課にいたころに要請を受けて捜査協力をしたことがあり、別の事件で逆に助けてもらったことがある。それだけではなく、消息対応室で仕事をするようになってからも、一度サポートをしてもらった。

「また世話になります」

捜査共助課時代に積み上げた人間関係は、安治川の大切な財産となっている。府県警同士は張り合うことが多い。よそに手柄を取られたくないし、縄張り意識も強いからだ。大部分を占めるノンキャリア警察官が、府県単位の採用であって府県域を越えた転勤や人事交流がないことも影響している。ただし、捜査共助課だけは例外だ。他府県警の手柄になることでも、積極的に協力する。お互い様という意識が強いからだ。

「ずいぶんと頑張っておられますね」

「いやぁ、年寄りの冷や水というやつです」

「年寄りだなんて……現役時代より若く見えますよ。お世辞抜きで」

もしそれが本当だとすると、六十歳にして、初めてやりたい仕事をやっているからだと思う。若い頃は、上意下達の世界で階級や年齢も低いので駒として与えられた分担を務めざるをえなかった。警察官人生の後半は親の介護のため定時退庁ができる総務部門に移らせてもらった。デスクワークの毎日で、ほとんど変化がなかった。

今は、少人数ということもあるが、自分の考えで動くことができる。そして何よりも縛られるものがないのだ。警察官に限らず、組織から給与をもらって生きる人間にとっては、昇進に影響が出たり、懲罰的ポストへ左遷されたりすることが怖い存在となる。懲戒処分や退職金をもらえなくなるというのも大きな足かせになる。

だが、再雇用の安治川には、その重しがない。出世を気にする必要もない。もちろん違法なことはしてはいけないが、一歩踏み込んだ捜査をすることは可能なのだ。

「さいぜん、電話でお願いしました件ですけど」

神奈川県で起きた聖華の前夫・阪口英次の死亡事件の詳細を知りたいと、安治川は星野に頼んだ。

「ええ。さっそく、所轄である宮前北署まで行って資料も借りてきました。いわゆる入浴中のヒートショックというやつです。お年寄りを中心に、年間で一万数千人ものかたがなくなっています。私たちもお年寄り予備軍ですから、気をつけなきゃいけないですね」

「不審点はあらへんかったのですね」

「はい。亡くなったのは自宅の浴槽ですが、施錠されていて人の出入りの形跡はありませんでした。発見者は、近くに住む将棋仲間の友人で、その友人宅で将棋をする約束をしていたのがその年の一月十三日の昼だったのですが、姿を見せず、電話をかけても出ないので訪問したところ、郵便受けに朝刊が入ったまま応答もないので、近くの交番に連絡をして、裸で浴室で亡くなっていたところを発見した次第です。医師の診断でも心筋梗塞（しんきんこうそく）であることがはっきりして、病死と認定されました」

「聖華という若いヨメはんがいましたよね」

「ええ。一月十一日から十三日まで、屋久島に旅行していました。死亡推定時刻は、十二日の夜ということなので無関係です」

「ちょうど二泊三日の中日に、亡くなったというわけですね」

「ええ。借りてきた資料を読み返しても不審点はないのですが、後日談があるのですよ。三ヵ月ほど前に、若い男が宮前北署を訪れてこの事案のことをあれこれ訊いていったというんです」

「ほう」

「妻の聖華のアリバイについても、疑問を呈したそうです。屋久島空港から羽田空港への飛行機に搭乗していなかったとしても、屋久島から鹿児島までフェリーに乗って、鹿児島空港から羽田空港に向かうことはできるのじゃないか。あるいは、飛行機を避けて、九州新幹線と東海道・山陽新幹線を使ったかもしれない、と。しかし、十二日に屋久島に滞在して宿泊していたことは複数の証言があるので、十二日に戻ってくることはできません。そう説明を受けても、若い男は納得した顔にはならなかったそうです」

「どないな若い男やったのですか」

「そうおっしゃると思っていました。宮前北署で似顔絵捜査官の資格を持っている女性警察官を知っているので、応対した警察官に聞き取りをして描いてもらいました」

　星野は、似顔絵を取り出した。

　予想どおり、内山優平であった。

「彼は、どないして聖華はんの前夫の死亡案件に辿り着くことができたんですやろか」

「いわゆる興信所——今は調査会社と呼ぶのが一般的ですが、そこへ依頼したそうですよ。しかも一つでは心許ないと、三社に」

「それやと、ようけ費用がいりますな」

「自分の父親が、この聖華という女性にたぶらかされて、再婚しようとしている。狡猾な女だから、再婚したあと自分に有利な遺言も書かせるだろう、といっていたそうです」

「宮前北署から借りてきはった資料を読ませてもろてもええですやろか」

「ええ、どうぞ」

　確かにアリバイの点では、疑いようがなかった。単に宿泊ホテルでの従業員の証言があるだけではなく、当日は縄文杉を見るトレッキングツアーに参加していた。朝の四時に起きて、往路の登りが約六時間半、復路の下りが約四時間半というハードスケジュールだ。到底、神奈川まで戻ってくる隙間はない。

ヒートショックという医師の診断も間違いないだろう。

しかし、聖華にとってうまくでき過ぎた話だということは言える。だから、優平も不審を抱いたのだろう。

通報者である将棋仲間の柳春男という男に会ってみようと思った。せっかく私費を使って神奈川まで来たのだ。

「いやあ、あのときはびっくりしました。まさか風呂場で、裸で亡くなっていたとは」

訪れたときも、柳は縁側で詰め将棋をしていた。彼も七十歳のやもめ暮らしをしていた。話し相手がほしいようで、柳は歓迎してくれた。

「ヨメの聖華はんは、どないなかたでしたか？」

「こう言ってはなんですが、私はあまり好きではありませんでしたね。阪口の家を訪ねてもお茶の一杯も出てこないんです。それどころか、ろくに挨拶もしてくれなくて、だんだんと足は遠のきました。それまではお互いの家で将棋をしていたのですが、もっぱら私のところを使うようになりました」

「どこで知り合うたと、阪口はんは言うてはりましたか」

「通院のために使っていた駅のホームやそうです。ベンチの席を彼女が譲ってくれて、そこから世間話(せけんばなし)をして、また一週間後に偶然会ったそうです」

「どこぞ悪かったんですか？」

「糖尿と高血圧ですよ」

血圧が高いと、ヒートショックの危険は高まる。

星野に見せてもらった資料にあった阪口の写真は、かなりのメタボであった。

「ヨメについて、阪口はんはどない言うてはりましたか」

「結婚当初は、ベタ惚(ぼ)れでしたね。さっきも言ったように私は彼女のことがあまり好きではなかったのですが、あばたもえくぼというやつですかね。男というのは、何歳になっても若い女には弱いもんですね。しばらくは、阪口とも会わなくなりました。ところが、三ヵ月ほどすると風向きが変わって、阪口のほうから会おうと言ってきて、将棋も再び指すようになりました」

「ベタ惚れやないようになったんですか？」

「ええ。猫かぶりだった、とボヤいていました」

「猫かぶりですか」

「若い子にしては男を立てるところがあると思ったそうですが、演じていただけだったと漏らしたこともありました。阪口はあの体型ですから、ものぐさなところがありまして、前の女房に死なれて世話をしてくれる女が欲しかったのです。でも、結婚後はろくに動いてくれない、と」

「家計はどないしてはったのですか？」

「阪口は、工場長をしていた男なので収入はかなりありました。退職金も平均より多いです。子供もいなかったので貯金もあったでしょう。年金も厚生年金のほかに企業年金があると言っていました。それに彼の父親が持っていた土地がワンルームマンションとなっていて、阪口の兄と共同経営になっていました。だから、ケチケチする必要はないんですが、女房がよく金を使うので、と愚痴っていました。女房は、東京に居たころ化粧品のセールスをしていたようですが、パートのようなものでしょう」

「阪口はんの財産は、聖華はんのものとなったのですね」

「ええ。でも、ワンルームマンションのほうは、兄貴が相続したようです。建築費のローンもあったようで」

「阪口はんが亡くならはった夜は、寒うおましたか？」

「ええ。冷え込みました。金魚鉢に氷が張っていましたからね」

「阪口はんの家に入らはったときに、明かりは点いていましたか」

「ええ、たしかそうでした」

「暖房は効いてましたか」

「リビングはエアコンで暖かかったです」

「浴室は？」

「暖房はなかったと思います」

「浴室に続く廊下は？」

資料には見取り図も付いていた。リビングから廊下を通って浴室にいく。

「普通、廊下になんかないでしょう。うちもありません」

「そうですな」

内山優平は、聖華のアリバイを疑ったようだが、それは動かしようがない。安治川は、別視点のことを考えていた。

蓋然性の犯罪と呼ばれるカテゴリーがある。

確実に殺せるわけではないが、死ぬ可能性のある罠のようなものを用意して仕掛ける場合だ。たとえば、階段の高い部分にパチンコ玉をそっと置いておく。被害者はそれで足を滑らせて転落死するかもしれないし、踏まないで何ごともないかもしれない。もし何ごともなければ、また別の仕掛けをすればいいのだ。事故死と判定される方法を採れば、嫌疑が向くことはまずない。パチンコ玉に指紋を付けないようにしておけば、誰が置いたのか、あるいは偶然に誰かが落としたのか、わかりようがない。うまくやれば、パチンコ玉を回収することもできるかもしれない。そうなったら、足を踏み外したことが転落原因とされる。

いっしょに暮らしている家族やいつも近くにいる親友なら、この蓋然性の犯罪をすることが可能だ。料理に毒物を少しずつ混ぜていくという方法もあるが、解剖されたなら危険だ。冬場の老人のヒートショックなら頻繁に起きているものだから、またかということで終わりやすい。

通院中が最初の出会いということだから、聖華は初めから阪口の高血圧のことを知っていたかもしれない。普段は、浴室や廊下に電気ストーブなどの暖房器具を置いて暖めておくのだ。そして屋久島に旅行に出かけるときに、暖房器具を片づけて、たとえば車のトランクに積んで、駅前の駐車場までいって停めておく。阪口はいざ風呂に入るときに、いつもの暖房器具がないことに気がつくが、ものぐさな性格も作用して、一日や二日くらいなら、なくても大丈夫と考える。

もしかしたら大丈夫だったかもしれなかったが、不幸にして二日目の夜に心筋梗塞を起こした。

（推論としては、ありうる。けど証拠はあらへん）

もう病死という結論がとっくに出ている。ましてや他県警で起きた案件だ。

阪口の死因に対する探求はきわめて難しかった。

「阪口英次はんのことについて誰かこんなふうに訪ねてきたことはおませんでしたか」

「いや、なかったですね」

内山優平は、調査会社を使って調べていたようだが、この柳春男に聴取はしていなかったようだ。

「マンションを共同経営していたお兄さんは、どこに住んではりますのや」

「それは知りませんね。葬儀のときに顔を合わせたきりです」

「そのマンションはどこにあるか知らはらしませんか」

「わかりますよ。長野にいる友人の息子が市内の大学に入学して下宿先を探していて、紹介して付いていったことがありますから」

その所在地を管轄する法務局に行き、所有者である兄の阪口啓一（けいいち）の住所を調べた。

同じ川崎市の中原区であった。

「英次のやつは、えらい女狐に騙されましたよ」

阪口啓一は、オーガニックスイーツ店のオーナーであり、マスターでもあった。

「私と違って、弟は勉強がよくできました。私はパティシェ専門学校卒ですが、あいつは国立大学の工学部に受かりました。大学でも優良な成績を挙げて一流メーカーに就職しました。親にとっては自慢の息子だったと思います。ただ、真面目過ぎるところがあって、私から見ると世間知らずでした。男社会の中で二十代半ばまで恋愛してこなかった弟は、工場で事務員として働いていた同い年の女性と初めて交際して、そのまま結婚しました。素朴でおとなしい女性でしたが、身体が弱かったのが難点でした。一度懐妊したけれども流産して、結局子供には縁がなかったです。弟が定年となる少し前に、何度かの入退院のあと彼女は病死しました。そこから弟は少し変わってしまいましたね。定年退職して仕事から離れたことで、寂しさはダブルだったと思います。それまで縁のなかった夜の街に足を運んで、酒と女に入り込むようになりました。歳を重ねてからの遊びは金がかかると言いますでしょう。まあ、子供もおらず、退職金も入ったので自分のために使って楽しみたいという気持ちはわかりますが」

「ほなら、かなり散財しはったということですか」

「ええ、そうですね。あの女狐はもっと財産があると思っていたでしょうが、いい気味ですよ」

「駅のベンチで席を譲ってもろうたんが、知り合うたきっかけやったと英次はんの将棋仲間から聞きましたけど」

「おや、そんなふうに言ってたんですね。本当は、夜の街に出向くために腹ごしらえで一人で入った蕎麦屋で、女狐のほうから声をかけてきたんですよ。それまで夜の女としか出会ってこなかったから新鮮だったと英次は喜んでいましたが、錯覚ですよね。素人の若い女が、定年後の年寄りに惚れてくれることなんて、ないですよ」

「結局、英次はんの遺産はどのくらいあったんですやろか」

「住んでいた家はかなりの築年数なので土地値で、三千万円くらいでしょう。ローンも少し残っていました。生命保険が一千万円で、現金や預金も同額程度です。私と共同経営していたマンションもありますが、子供がいなかったので、弟の遺産は私にも四分の一の相続権がありますので、マンションのほうは私が全部もらいました。共同経営と言っても、私が全面的にやっていたわけですからね」

「英次はんの家は売却となったのですね」

「ええ、あの女狐がすぐに売りに出しましたね」

だとすると、聖華が得たものは、約五千万円ほどということになる。高額ではあるが、想定したよりは低かったのではないか。

「そのことを訊きにきた人物はおりましたか?」

「ええ、一人いましたね」

「この男性ですか」

星野が示した内山優平の似顔絵をコピーさせてもらっていたので、それを見せる。

「違いますね。もっと痩せて面長の眼鏡をかけた男です。生命保険会社から委託を受けた調査員と言っていましたが、今さら生命保険の調査がされるのかと思いました」

「いつごろのことですか」

「今年の冬でした」

おそらく調査会社の社員ではないだろうか。

5

翌朝、出勤する途中で安治川は、良美に電話をかけた。勝手な行動をしたから、芝の前では話しづらい。

「内山優平は、調査会社を使うたうえで神奈川まで行き、聖華の前夫の死亡案件を調べていたことが摑めたんや」

安治川は、昨日の成果を簡潔に話した。

「疑惑を持っていたんですね。もしかしたら、今度は自分の父親が標的になるんやないかって」

「けど、聖華が再婚やということを知りながら、それを父親にぶつけた形跡があらへん」

「どうして伝えていないんでしょうか」

「それを優平から聞き出してくれへんやろか」

「また、うちがやるんですか」

「わしは、内山先輩を呼び出して家から引っ張り出す」

別棟とはいえ、同じ敷地内に住んでいるのだ。

「わかりました。訊くことはそれだけでええんですか」

「あと、もう一つ。彼が、聖華はんのことを調べようとしたきっかけを聞き出してほしいんや」

ゲーム作家を目指しているということだが、半ば引きこもりのようなインドア生活の優平が、神奈川まで行って、警察に質問するという積極性を見せているのだ。

内山良造は、京橋まで出てきてくれた。安治川は、カラオケボックスに入ることを提案した。歌うためではない。ここなら誰にも話が漏れ聞こえないからだ。

「行方がわかったのか？」

「行方はまだですねけど、一つ新しいことが摑めました」

「新しいこと？」

「その前に野暮な質問かもしれませんけど、先輩は聖華はんのどこに惹かれはったのですか？」

「ほんまに野暮な質問やで。自分で言うのも何やが、学生時代は学業とスポーツを両立させ、社会人になってからは仕事一筋で頑張ってきた。それなのに、途中で社内覇権抗争に巻き込まれ、家庭面ではヨメはんを亡くし、一人息子が定職に就かないままや。努力したのに厳しくて寂しい老後になりそうな鬱屈した心に、差し込んだ光が聖華やった。前のヨメはんは、有力な上役からその娘を勧められて娶った。悪く言えば、姻戚関係を結ぶための道具やった。かなり無口で陰気な娘で、家事もできず、子供も一人育てるのがやっとだった。上役はもらい手を探していたし、私は強力な後ろ盾が欲しかった。夫婦間に愛情があったとは言えない。それに対して、聖華のことは出世抜きでに好きになったのだ。まさしく青春が蘇った気がした」

熱く語る内山を前にして、阪口の将棋仲間である柳が言っていた「あばたもえくぼというやつですかね。男というのは、何歳になっても若い女には弱いもんですね」という言葉が思い起こされた。その相手は、どちらも聖華だった。

「聖華はんは、去年まで東京で外資系投資会社のOLをしてはったということでしたね？」

体調を崩して退職して、関西にやって来て心機一転のリスタートを切ろうとしていたという話だった。

「そのとおりや」

「水を差すようで申し訳ありまへんけど、聖華はんは少なくとも一昨年は会社勤めをしてはりません」

「いや、それは違うやろ」

「確かめはったわけやないですね」

そのころは阪口と結婚して、専業主婦に収まっていたのだ。聖華と高校の同級生であった桑野千代も、外資系投資会社のＯＬをしていたという話は聞いたことがないと言っていた。

「それはそうやけど、会社名も言うていた」

馴染みのないアルファベット四文字をすぐに憶えられるものではない。現に内山にはあやふやな記憶しかなかった。外資系としたのも計算の上ではないだろうか。

「ここから先は、後輩としてやのうて、府警消息対応室室員として話をさせてもらいます。事実ですさかい、受け止めてもらえませんやろか。聖華はんには、結婚歴があります」

安治川は、その記載のある原戸籍の謄本を示した。

「嘘やろ……」

内山の顔から血の気が引いていく。

「嘘やおません。これが現実ですのや。分籍や転籍をしたら、そのあとの戸籍には離婚歴は出ませんのや」

内山は口を開けたまま、もう一度原戸籍の謄本を見つめた。

「熱いお気持ちを冷ましてしもて、ほんますんまへん」

「どういう結婚相手やったんや？」

ようやく内山は声を絞り出した。

「先輩よりもさらに年上の男性で、大企業の工場長を務めてましたけど、定年で退職しはって独り身でした。前の奥さんを病気で亡くしてはります」

「似たようなヤモメ男やな」

「そして聖華はんと結婚して一年足らずで、心筋梗塞で急死しはりました」

「そうなのか……」

「先輩が違うところは、息子の優平はんがいやはることです」

「まだ定職に就かない三十男やがな」

「優平はんが、調査会社をつこうて聖華はんのことを調べてはったのを、御存知ですか?」

「いや、知らない。私の結婚に反対していたのはよくわかっていたが……せやけど、ごく最近に意外なことがあって、もしかしたら優平と雪解けできるかもしれないという期待もあるんや」

「意外なことて?」

「優平は、ゲーム創作のヒントにしたいと徳島まで今月初めに取材に出かけた。日本三大暴れ川の一つとされる吉野川と鳴門の渦潮を舞台にしたゲームだと珍しく話してくれたうえに、地酒と饅頭を土産に買うてきてくれた。優平から歩み寄ってきてくれていると少し喜んでいるんやが」

「そうですか。けど、穿った見方やと叱られるかもしれまへんけど、それはもしかしたらカムフラージュという可能性もあります。優平はんは、聖華はんの前夫の死についても不審を抱いて、神奈川県警まで詳細を聞きにきてはったこともわかりました」

「え、ほんまか。あの内向的な優平のやつが、そこまでの行動をするとはな」

「なんぞきっかけがあったんやおまへんやろか」

「いやあ、そう言われても思い当たらへんが」

「先輩は、自分の財産について、どない考えてはりましたか？」

「前にも少し言うたかもしれへんけど、ドラ息子に残すのはかえって良くない気がしている。優平には、自分の力で人生を切り開いてほしい。ゲーム作家になること自体には反対しないが、それなら本気を出して全力で取り組んでもらいたい。今のままでは普通の勤めから逃げている高等遊民のようなものだ」

「財産を残さへんことをはっきり伝えはりましたか」

「女房が死んだときに言うている」

「けど、それやと優平はんにどれだけ響いたかはわからへんかもしれへんですね。まだそのときは、先輩の再婚話はかけらもなかったんですさかいに」

優平にとっては最愛の母親を失った悲しみに心は占領されていたはずだ。

「聖華はんとは、財産の話はしてはりましたか？」

「もちろんだ。聖華には残してやらないといけない。しかし、結婚歴の嘘をついていたとなると……」

「具体的に、遺言のことも話してはりましたか」

「ああ。聖華に全財産を渡すことにするつもりだった。優平には遺留分というのが残るということになるだけだ」

遺言がなければ妻と子供で二分の一ずつだが、そういう遺言を残せば妻が四分の三で子供が四分の一となる。

「そういう話は、どこでしはりました」

「私の家だよ。落ち着いて静かなシチュエーションでなければ、でける話ではない」

「優平はんはその場には？」

「いなかった。優平にはいずれ言うつもりだったが」

「マンションに優平はんが押しかけはったのはその後でしたか」

「後やったな」

それならば、聖華と良造の会話を、優平が立ち聞きしていた可能性もあるのではないか。こうして良造を呼び出したのも、同じ敷地での同居だから聞かれてしまうことを避けるためだ。

「しかし、なあ……まだ信じられへん。同姓同名の三上聖華ということは、ありえへんのやろか」

内山は、原戸籍の謄本を口惜しそうに叩いた。

「残念ですけど、それはあらしません。恐縮ながら、傷口に塩をすり込んでしまうことが、もう一つおます」

「まだあるんか」

「聖華はんは、難波のクラブでホステスとして去年の九月から今年の二月まで働いてはりました」

「言語聴覚士の学校に行くために、浪人中やなかったんか」

「ちゃいました」

内山は重そうな溜め息をついて、俯いた。

さすがに副店長の藪原と懇ろの関係にあったことまでは、言えなかった。

「どうですやろか。まだ聖華はんの行方を探さはりますか？」

「わからんようになってきた……結局、聖華は私に発覚することを恐れて、自ら進んで姿を消したのやろか」

「その可能性もありえます。優平はんが、前婚の事実に辿り着いたことを、聖華はんが気づいたとしたら」

「やはり聖華を探し出してくれ。しっかりと顔を見て、問いただしたい」

安治川のスマホが受信を告げた。良美からだった。

「えらい早かったな」

うまく優平から聞き出してくれたようだ。

「いえ。それが不在なのです。少し待ちましたが、どうしましょうか」

「しゃあないな。別の日にしよう」

そのときは、また新しい事件が起きたことを、安治川は知らなかった。

インターローグ

男は、相手に組みかかった。

相手は悲鳴を上げたが、容赦はしなかった。

(騙しやがって――)

憎しみの感情が彼を衝き動かしていた。

かねてより、男は自分が馬鹿にされ、邪魔者扱いされていることを感じていた。

(実績のある人間に馬鹿にされるのは、しかたがない)

ろくに活躍できていない半人前であることはわかっている。だが、馬鹿にする側もまた半人前なら、納得できない。

それ以外にも、自分の大事なものを奪い去る存在であることも許せなかった。

相手のことを知れば知るほど、憎しみは増幅した。

狡猾で、自儘で、強引で、仮面をかぶった悪魔であった。

消え去ってほしい以外の何者でもなかった。

だが、スマホの画像のように、ボタン一つで消せるものではなかった。

そんなときに、援軍が現われてくれた。

援軍と共同戦線を張れば、消してしまうことができそうだった。

あとは、行動力で実行するのみだ。

物理的な力なら、相手に負けない。

男は、ロープをかけて首を締め上げた。悪魔が復活しないように、精いっぱいの力を込めた。抵抗はされたが、想定の範囲内であった。

さらに力を入れる。

「加油（ジャヨウ）！　加油！」

男は、自分を奮（ふる）い立たせた。

相手がガクッと肩を落とした。

「コングラチュレーション！　チェックメイト」

男は、相手の息の根が止まったことを確認した。

思っていたよりも、あっけなくフィニッシュに到達できた。

これまで知らなかったが、人間の命ははかなく終わってしまうものなのだ。

スマホ画像の消去と、たいして変わらないのかもしれない。
こんなこと、誰も教えてくれなかった。

第三章

1

大阪府南西部に位置する柏原市の郊外にある信貴山中央野外センターは、山麓から見渡せる大阪の街の夜景が売りとなっている。自然に恵まれた広大な傾斜地に下から順に、キャンプ施設、駐車場やレストランを併設した管理棟、ロッジという三層構造で構成されている。予約をしておけば、バーベキュー食材や薪などすべてを用意してもらえて、手ぶらで気軽に来ることができる。最寄り駅からのシャトルバスもあるので、車以外での来訪も可能だ。

そのロッジの一つが、朝十時の退出時刻になっても、まだ管理棟への鍵の返却がなされていなかった。

　管理スタッフは、小雨の降る中、スペアキーを持ってそのロッジに向かった。府内の若い男性が、一人で一泊していた。週末や休日は家族連れが圧倒的に多いが、昨夜のような平日はそうでもない。大阪中心部へのアクセスも比較的いいので、カップルや外国人旅行者のほか、喧噪を離れて静かに夜を送りたいという一人利用者もいる。自然に触れてリフレッシュして、早朝にチェックアウトして出勤するサラリーマンもいるのだ。ちょっとした異空間を味わえる郊外ホテルのような感覚での利用だ。

ここの宿泊者が退出時刻を徒過することはまずない。たまに学生グループが前夜に酒を飲み過ぎて寝過ごすといったことはあるが。

　それだけに、管理スタッフはちょっと嫌な予感がした。一人利用者だと急病になって動けない場合が想定できるからだ。この野外センターの弱点は、救急指定病院が少し離れているということだ。

だが開設以来、救急車を呼んだことは数件しかない。それも食べ過ぎて胃が痛くなった程度のものだった。

　雨脚が強くなり、傘をさす。

　このセンターのロッジには、三人から六人まで利用できる大タイプと、二人までの小タイプがある。大きさが違うだけで、構造は同じように平屋建てで二部屋から成る。

入り口に近いほうに、ミニキッチンとテーブルセットとトイレが付いたリビングがあり、その奥にベッドルームがある。テレビや冷蔵庫はそちらに備わっている。鍵がまだ返却されていないロッジからは、ベッドルームのカーテンの隙間から部屋の明かりが漏れていた。

うっかり鍵を持ったまま出てしまったという可能性はなさそうだ。

扉に付いているキツツキの形をしたドアノッカーを叩く。非日常を味わう場所なので、インターホンやチャイムは付いていない。使うことなどめったにないのだ。

「おはようございます」

ドアノッカーを叩いても、声をかけても反応がないので、ノブに手をかけるが施錠（せじょう）されていなかった。リビングの部屋には誰も居なかった。ここも明かりは点いたままだ。

二つの部屋の間にも内扉（うちとびら）があり、ベッドルームのほうに付いているサムターンを旋回（せんかい）すればロックできるようになっている。こちらのほうも表の扉と共通の鍵で開けられる。

「失礼します」

内扉をノックするが、反応がない。内扉はロックされていた。

やむなく、スペアキーで開ける。

内扉に近いほうのベッドに、若い男性がジーンズにトレーナー姿でうつ伏せに倒れ込んでいた。顔面蒼白で口からは吐瀉物もあり、微動だにしない。ベッドシーツは苦しそうに掻きむしられている。

スタッフは、思わず後ずさりしながら救急車を呼んだ。男の顔にはまったく生気がなかった。管理棟にも連絡を入れる。

きのう六月二十四日にやって来て、ロッジを借りた若い男に間違いなかった。利用は初めてだと言っていた記憶がある。クリエーターの仕事をしていて、静寂と澄んだ空気が創作の刺激になるといった会話を交わした。

管理棟から、センター長が駆けつけた。

「まずいな。もう死んでいるかもしれない」

センター長が持ってきた宿泊利用者名票から、若い男の身元がはっきりした。大東市に住む内山優平、三十三歳、職業はゲームクリエーターで、当日の昼に彼から予約が入っていた。

安治川は、内山良造からの電話で優平の死を知った。

「ええっ、ほんまですか」

「何かの間違いではないかと思いながら、今タクシーで信貴山署に向かっている。目の前が真っ暗や」

「先輩、落ち着いてください」

「落ち着いてられるかいな。あんたから聖華のことを聞かされてショックも大きいまま、けさはさらなる激震や」

内山は声を絞り出す。

「警察は残酷やな。家族に遺体確認に来いやなんて」

「お気持ちはわかります。けど、冷静にお願いします。身元確認には、御家族の協力が不可欠（ふかけつ）なんです。わしも向かいますよって」

「気持ちがわかる？　それはないやろ。あんたも子供を突然亡くしたんか？」

「いや、そやおませんけど……」

「安治川よ。長生きをして、ええことてあるんやろか。ついこないだまで、若いヨメと暮らせるなんて勝ち組やと思うてたのに」

内山は、むせび泣くような声になった。

2

信貴山署では、安治川も遺体確認者となった。複数の人間に確認してもらうのが、原則である。たとえ身内でも嘘をつくことがないとは限らないからだ。たとえば、赤の他人を殺しておいて、死んだのは家族だと偽りの証言をして、生命保険金の交付を受けるといったケースもあるのだ。

「御遺体は、内山優平はんに間違いおまへん」

安治川は、霊安室(れいあんしつ)に横たわる優平を前にして言った。

「そうですか」

「死因はわかりましたのか？」

「ええ」

菅沼(すがぬま)という刑事がメモを取り出した。良造は、霊安室を出た廊下の長椅子で、頭を抱えてじっと座り込んでいる。

「ペットボトルが、ロッジの寝室に置かれていました。容器はミネラルウォーターのペットボトルですが、中身を調べてみるとビピリジニウム系の強力な農薬でした。商標であるパラコートという名前のほうが、世間ではなじみがあります。高濃度のものだと、盃一杯飲んだだけでも半数が死ぬそうです。人体にとても悪い毒性があるうえに有効な解毒剤がないということで、製造や販売の中止を求める意見が多くて、現在では高濃度のものは売られていません。そして誤飲しないように、嫌臭も付けられています。けれども、昭和の終わりくらいまでは容易に手に入ったので、農家の倉庫などにはまだ高濃度で無臭のものが残っているそうです。神経毒ではないので青酸カリほどの即効性はないですが、大量に飲んだときは呼吸不全に陥り、早ければ数時間で死亡するということです」

内山は、父が農業をしていたと言っていたから、除草剤がまだ残されていた可能性もなくはない。

「自他殺はどう見てはるのですか」

事故死ということはないだろう。

「自殺だと考えられます。今説明しましたように、パラコートにしてはかなり短い時間で亡くなっています。飲んだあと数日間苦しみながら生きたうえで死ぬ例もあるそうです。ですから、百ミリリットル、つまり牛乳瓶半分程度は飲んだのではないかというのが医師の見解です。自殺だから、一気に飲んだと考えられます。それに、あのロッジはベッドルームの扉がロックがされていて、その鍵はベッドの横にある小机の引き出しの中にありました。窓も内側からクレセントが降りていたということです。スペアキーとマスターキーは管理棟にあり、合鍵が作れるタイプではありません。つまり誰も入ることができない部屋で亡くなっていたのですから自死ということになります。ベッドルームを内側から施錠していたサムターンからも、内山優平の指紋がはっきり出ました」

「遺書はあらしませんでしたか？」

「それはなかったです」

「スマホは？」

「リビングルームにありましたが、通信記録の件数は少なく、メールもほとんどなくて、参考になりそうなものはあまりないですね」

「もしも自殺やったとして、その動機はなんですやろか」

「そこまではわからないです。安治川さんのほうが面識がおありですから、われわれよりは推測できる立場にあるのではないですか」

「そらまあ、そうですけど」

面識があるといっても、ごく最近のことだ。やはりそのあたりの事情は、落胆(らくたん)している父親の良造に訊いていくしかない。良造からはまた「警察は残酷やな」と苦言を呈されるだろうが。

「農薬の入っていたペットボトルは、どこにあったのですやろか」

「ベッド脇の小机の上に置かれていました。ペットボトルからも、彼の指紋が鮮明に出ています」

安治川は横たわる優平の顔を見た。苦悶を浮かべた死に顔だ。そう言えば、優平を訪ねたときにも、彼はペットボトルに入ったミネラルウォーターを出してくれた。

「どこの飲料メーカーのものですか？」

「これですね」

菅沼が写真を見せてくれた。優平が安治川たちに飲ませてくれたのと同じ飲料メーカーのペットボトルであった。

「彼自身は救急車を呼ぶことはせえへんかったのですね」

「ええ。発見者のスタッフが通報しましたが完全に手遅れでした。医師によると急速に呼吸不全となったなら動こうとしても動けないことがあるそうですが、われわれは覚悟の自殺だから、通報しようとしなかったと見ています」

「他に室内を撮影した写真はありますやろか？」

「ありますけど、いったい何が言いたいのですか。同じ大阪府警の仲間だからこうして答えています。安治川さんがマスコミ記者や一般人なら、取り合いませんよ。われわれの事件に首を突っ込もうということなら、不快です」

菅沼は額に皺を寄せた。

「えらいすんません。実は、遺体確認をした父親が再婚しようとしてましたんやけど、その再婚相手が行方不明になっていますのや」

「ほう」

「彼は、父親の再婚に反対しとりました」

「その女性の行方不明に関わっているかもしれないということですか？」

「可能性としてはありますのや。ただ、行方不明が自発的失踪ということもまだ否定でけしません」

「もし仮に、彼がその女性を殺害していたとしたら、自殺の動機にはなりそうですね。一時的な感情で犯行に及んだものの、犯した罪の重さや良心の呵責にさいなまれて自死を選ぶということは、往々にしてあることです」

自首をして裁判を受けて服役し、恥と非難と不自由な拘束を受けるくらいなら、この世と別れるほうがいいと考える者もいる。優平は、良造の言葉を借りれば「普通の勤めから逃げている高等遊民」であった。

「安治川さんから追いかけられていることを知って、観念したということもありえますな」

「いや、それは……」

そうは考えたくはなかった。もしそうだとすると、安治川が内山から一人息子を奪った結果となる。

「彼が、女性の行方不明に関わっていたかもしれないという情報を提供してくださり、ありがとうございます」

菅沼は機嫌を直したかのように、安治川を刑事部屋に案内して、ロッジの現場写真を見せてくれた。優平はシーツを掻きむしってベッドに倒れ込んでいた。優平が持ってきたと思われるナップサックも床に転がっていた。

「かなり乱れた印象を受けますね」

「それだけ苦しんだということですな」

「ナップサックの中身は？」

「ごく普通の宿泊のためのものが入ってました。歯ブラシとかタオルとか電気シェーバーとかです」

「彼は一人で訪れたのですね」

「あのセンターには防犯カメラはありませんが、受け付けた職員は内山優平が一人でやってきたと証言しています」

「宿泊予約は、内山優平自身がしたのですやろか」

「リビングに置かれていた彼のスマホには、当日に管理棟に電話を入れた記録があります。予約電話を受けたスタッフの話とも一致します。スマホには、それ以降の送受信記録はありません。その前も、ゲームセンターやネットカフェといったところにかけているだけです。メール関係はほとんどなかったです。電話で済ませるタイプだったのでしょう」


菅沼に礼を言って、霊安室の前の廊下に向かう。

内山は、哀しい顔を向けてきた。いっきに年老いた印象を受ける。まるで玉手箱を開けた浦島太郎のようだ。その玉手箱を贈った竜宮城の姫は、二十九歳年下の三上聖華ではないだろうか。

「先輩、御足労様（ごそくろうさま）でした」

他にかける言葉が見つからなかった。

「きょう六月二十五日は、聖華との挙式予定日やった。それが、こんな悲しい日になるなんて」

「お悔やみ申し上げます」

「安治川よ。長寿なんて言葉は嘘やな。めでたいことも、ええこともあらへん。ラグビーをしていた頃はグラウンドを八十分間ずっと走り回れたのに、今は駅の階段を上がることもしんどくて、エスカレーターを使うてる。人間ドックでは、何項目も引っかかってしまう。もうすでに鬼籍（きせき）に入った同輩（どうはい）もいる。それを思うたらマシやと思うてたけど、こんなふうに逆縁（ぎゃくえん）になるなんて、ほんまに酷（ひど）いで。先にあっさりと死んでしもて、何も知らんかったほうがよかったんや」

「先輩」

「優平は苦しんだ死に顔をしとった。かわいそうに。ああ……これから通夜（つや）や葬儀を執（と）り行なうなんて、業（ごう）やで。親が喪主（もしゅ）なんて」

「葬儀は、密葬で済ませる人もいてはりますけど」

「うちは、近所では名家的な存在や。父は、長年自治会長もしていた。密葬というわけにはいかへん。安治川よ。優平は自殺したんか、それとも誰かに殺されたんか。さっきの刑事に訊いても、『まだ調査中の段階です』としか答えてくれへん」

「慎重に検討してるんやと思います」

「安治川は、どない考えなんや」

「わしは行方不明人を扱う部署に属しています。ここの管轄ではあらしません。警察をはじめとする行政機関は、縦割り組織ですさかいに」

「水くさいこと言うなよ」

信貴山署は、優平は自殺と考えているようだ。おそらくその結論が出されるだろう。しかし、それはあくまでも信貴山署から良造に言い渡されるべきものだ。いくら良造が先輩だからといっても、特別扱いをして先に情報を伝えるのはよろしくない。警察は、すべての市民に対して平等であるべきだ。

「わしの仕事は、あくまでも失踪調査ですのや。聖華さんの行方は追います」

「もう、どうでもええようになってきた。結婚歴を隠しておった女のことなんか」

内山は、くしゃくしゃの髪を掻き上げた。染めた髪の生え際の白髪がさらに増えているように見える。

「優平は、聖華の前夫の死についても不審を抱いて、神奈川県警まで詳細を聞きにいっていたんやったな？」

「はい、そうです」

「真相を探ろうとして、優平は殺されてしもうたんとちゃうか。あの聖華に」

「いや、それは」

安治川は、完全には否定できなかった。聖華がどこかで生きていて、彼女の前夫の死の真相に優平が肉薄していたなら、自分の身を守るために前夫の死の秘密とともに優平を葬り去ったということはありえないことではない。

「それやったら、私が優平を殺したも同然や。年甲斐もなく、若い女の色香に惑わされてしもたから、優平は死んだ。私の責任や」

「いえ、責任はわしも感じてます」

「安治川のせいやない。すべては原因を作った私が悪いんや」

良造はこらえ切れずに、声を上げて泣き出した。

信貴山署の菅沼は、優平が聖華を殺害してその呵責から自殺をしたと考えており、逆に良造は、姿を消した聖華が優平をあやめたのではないかと思い至った。

いずれにしろ、良造にとっては地獄であった。

3

「なんか、予期しなかった展開になってきましたね」

新月良美が車を運転して、信貴山署まで迎えに来てくれた。

良造にも「いっしょに乗って帰りましょうよ」と声をかけたが、「いや、一人で帰らせてくれ」と寂しそうに答えた。安治川は、それ以上何も言えなかった。

「内山さん、ひどい落ち込みようでしたね。大丈夫でしょうか？」

「先輩は、わしに頼んだことを後悔しているんやないかな」

「後悔ですか」

「わしにも責任がある。あれこれ嗅ぎ回ったことで、優平を追い込んでしもうた気がする」

「嗅ぎ回ったのは、うちですよ」

「あんたは、わしが頼んだから動いてくれただけや」

「けど、うちかて責任を感じちゃいます」

「一対一で優平に会うたときに、なんぞ気づいたことはあらへんかったやろか」

「直感ということでもかまへんですか」

「何でもええで」

「彼がゲーム好きで上手いのは間違いないです。けど、ゲーム好きなのとゲーム作家になるというのでは、質が違いますよね。うちは、彼に実情を聞いてみました。仕事としては、ゲーム大会で知り合ったゲームプロデューサーの人から下請けのような動画作製を依頼されている程度のようです。それでは収入はしれていますよね。事前に、ちょっと調べてみたのですが、専門学校のクリエーターコースに通うのがゲーム作家になる王道のようです。訊いてみたのですけど、彼は専門学校に行っていないのです。『独学でも勉強はしているから、それで充分だ』と答えました。おそらく収入は、月に十万円あるかないかでしょうか。彼は、父親の財産を当て込んで、ニートに近い生活をしていたと思われます。『お父さんが再婚したら、そうはいかへんのやないですか』と水を差し向けてみました。そしたら『他人のあんたに、とやかく言われる筋合いはない』と突き放されたのですが、自信のないオタクのような彼が、そのときだけは強い口調やったのです」

「ほう」

「そしてそのあと『もう来ないでくれ』と追い返されました。うちは、聖華さんのことを触れられたくないんやないかという感触を持ちました」

「二回目に行ってほしいと頼んだときに、あんたはあんましええ顔をせえへんかったな」

「ええ、タイプとして苦手やったのかもしれません」

「どないなタイプなんや？」

「難波署では少年係にいたこともありました。そのときの経験ですけど、ニートには二種類あったように思います。一つは対人恐怖症に代表されるように他人が怖いとか、社会に馴染めないとかいうグループです。就職して働いていくことに踏み出せなくて、巣の中に引きこもってしまっているわけです。本人たちはこれでいいのかという葛藤も持っています。もう一つは、完全な甘えタイプです。過保護で育っていつまでも親離れできずにいて、親のほうも子離れできていない場合も少なくないです。前者は、立ち直りを促す合宿型のＮＰＯに託すことで、半分くらいはうまくいきました。でも、後者はなかなか困難でした。本人が、後ろめたさを感じておらず、ある程度裕福な家に生まれたことにエリート意識を有しているような場合はなおさらです。優平さんは、少年ではないですけれど、後者のタイプやと思いました」

「たしかにな」

内山が、成長期にあった一人息子の優平を甘やかしていたことは否めない。働き盛りの頃は、ろくに家庭を顧みず、その代わりにとばかりに金銭的にはかなりのものを与えていたと思われる。

「後者のタイプは、悪く言えば図々しいです。〝自分は産んでくれとは頼んでいないのだから、親は死ぬまで自分の保護をする義務がある〟という発想をします。そういう考えかたからすると、父親の再婚は赦しがたいのではないでしょうか。口先では、お母さんがかわいそうだと言っていても」

「それはせやろな」

「安治川さんの先輩の息子さんのことを疑うのは気が引けますけど、優平さんには聖華さんをなきものにしたいという動機はあったと思います。聖華さんは、彼の人生設計を狂わせる存在であったわけですから」

「疑うのは気が引けるといった忖度は必要あらへんで」

「わかりました」

「しがらみに囚われることなく、自由自在にやっていったらええ。けど、それぞれのポジションはわきまえなあかん。管轄や担当を越えてみんなが動いてしもたら、おかしなことになってしまう」

「はい」

「わしらが扱うているのはあくまでも行方不明案件や。内山優平の死亡案件については、直接には携(たずさ)われへん所管外や」

「そうですね」

「せやから、三上聖華の失踪について、もう一度整理してみよや。自発的蒸発か、事件性のある失踪なんか、まだ確定でけてへん。けど今のところ、自発的蒸発のほうが可能性は低いとわしは思うてる」

「つまり、事件性があるということですね」

「根拠は主に四つや。まず第一に、三上聖華の部屋はかなり片付けられていたが、家具類の多くはそのままやった。衣類もぎょうさん残っておった。自発的蒸発よりもむしろ、何者かが小物類を運び出したものの、目立つおそれがある家具類や衣類の持ち出しを避けたと捉えるべきやないか。第二に、三上聖華が自分から姿を消すなら、電話で管理人に解約を伝えて、鍵をメールドロップの中に入れておくことはせえへんやろ」

「そうですね。十五万円というアバウトな金額を置いていったことも引っ掛かります。転居を控えているなら、少しでも倹約(けんやく)をしますよね。衣類や家具だって、ネットで売れるサイトもありますからね」

「その十五万円から三上聖華の指紋が出えへんかったことが、第三や」

「あ、もしかしたら、内山優平の指紋が付着している可能性はないでしょうか?」

「芝室長を通じて、照会してもろたで。優平の指紋もなかったそうや」

「安治川さん、さすがですね。自分のお金を出して十五万円と交換しはったときは、何の意味があるのかと思うてました」

「物的証拠は、のちのち意味を持ってくることをこれまでの経験から学んだだけのことや。けど、退職金をもろうてへんかったら、十五万円はすぐに出せてへんかったかもしれん。これも再雇用の身やから気楽にでけた」

安治川は軽く笑った。

「第四の根拠は、三上聖華が内山先輩の後妻に収まる計画が進んでおったことや。これからオイシイ果実が得られるというのに、自分から姿を消す必要はあらへん。いくつかの陶芸教室に入学するなど、必要経費もかかっていたはずや」

「じゃあ、やはり聖華さんは拉致されたか、ひょっとしたら殺された……」

「その可能性は否定でけへん。けど、かりに殺されたとして、それが内山優平の仕業(しわざ)と考えるのは早計(そうけい)やと思う。他にも嫌疑のかかる人物はおる」

「誰なのですか」

「まず前夫である阪口英次の身内や。もし前夫が聖華に命を奪われたとしたら、その復讐という線はありうる。次に、モンサンヴェルの関係者や。とくに藪原兼明は聖華と男女関係があったんや」

「彼は聖華さんから『結婚しても、関係を続けてほしいと言われました』と話していましたけど、嘘かもしれませんよね。聖華さんにとっては、藪原がいては内山良造さんとの結婚に邪魔になるので、別れようとしてトラブルになったという可能性はありますね」

「あともう一人、容疑から外せへん人物がおる」

「それって誰ですか」

「内山良造や」

「けど、内山さんは行方不明捜索依頼人ですよ」

「それが隠れ蓑やったとしたら、どないや。ましてやわしは高校時代の後輩やさかい、疑うことはせえへんと踏んだなら……彼がもし騙されたことを知っていたなら、恨みという動機は成立しうる」

「忖度はしませんけど、それはあんまりやないですか」

「容疑から外さへんと言うてるだけや。その他にわしが、気になることが一つある。マンションの管理人のところに、解約と十五万円のことを告げた電話が若い女性の声やったということや。三上聖華本人という可能性もないではないけど、管理人の話やと『待ってください。解約通知は一ヵ月前に文書でいただかないと困ります』と答えたが、そのままプツンと切れてしまってということやった」

「女性が、聖華さんの失踪に関わっているということですか」

「もちろん、男が周辺におる女に、ろくに事情を説明せんとかけさせたケースもありうる」

「それって、手近にそういう女性がいないとできませんね」

「いや、金でアルバイト的に雇って、という線もあるかもしれへんけど」

「聖華さんのマンションから家具類が運び出されていなかったのも、女性の力では困難だったからだと捉えることもできますよね」

「せやな。そういういろんな可能性を考えなあかん。まだわしらが関わってへん女性が、三上聖華の近くにおるかもしれへん」

「女性か……あの、突飛な思いつきですけど、内山優平さんが電話の女性を造ったということはありえないですか」

「彼はゲーム作家です。作家と言えるほど活躍していないかもしれないですけど、コンピューターで女性の声を合成して造るくらいの技術は充分にあるはずです」

「造った？」

「なるほど、わしらの年代には思いつかへん発想やな」

「人工の声というのは違うトーンで聞こえるとは思うのですが、電話やと判別しにくいかもしれません」

「それはせやな」

「もしもそうなら、やはり優平さんが聖華さんを連れ出したということもありえそうですね」

「うーむ」

信貴山署の菅沼は優平は自殺と考えており、聖華の失踪に関わり、さらに殺害に及んだことで「一時的な感情で犯行に及んだものの、犯した罪の重さや良心の呵責にさいなまれて」自死を選んだという見立てをしている。

「けど、三上聖華の消息や生死については、まだわからへん」

警察官には、早く決着させたいという習性がある者が少なくない。上からも世間からも、早期解決を求められる存在だからだろう。けれども、急いては事をし損じることになってはいけない。迅速より正確さが重要だと安治川は思う。

「内山優平のコンピューターにそういった音声合成の形跡があらへんかどうか、調べてみる必要はあるな。もしあったなら、連れ出しに関与した可能性は出てくる」

「そうですね。たとえ声を消去していたとしても、その消去記録が見付かるかもしれませんよね」

「そのほかにも、コンピューターの通話記録や閲覧記録を見ることで、何か摑めるかもしれへん」

4

芝室長から、信貴山署へ連絡してもらったうえで、安治川と良美は内山邸を訪ねた。信貴山署はそれを了解し、結果を報告するように求めた。

内山優平が三上聖華に対する失踪に関わった動機があるというだけでは、なかなか家宅捜索差押令状は降りない。あくまでも内山良造の後輩としての訪問という形を採り、彼の許可があれば優平の部屋に入ることも可能だ。コンピューターがあれば、良造に任意提出してもらうこともできる。

「何もする気が起きひんのや」

良造はすっかりやつれていた。

「ちゃんと食べてはりますか？」

こけた頬を見て、安治川は心配になった。

「もう食べんでもええ。六十過ぎてからの奈落の底は、たまらんで。這い上がる若さも体力も気力もあらへん」

「けど、時間はあるんやないですか」

「なんでや。人生の残り時間も少ないやないか」

「そうですやろか。お言葉を返すわけやないですけど、人生百年時代の六十過ぎです」

「百歳まではムリやで。人生八十年時代から、いっきに百年に飛んでしもてるがな。人生九十年が目一杯やろ」

「せやけど、自由時間がおますがな。勤務していた時期は、平日の自由時間はほとんどおませんでしたやろ」

「そやさかい、まずは陶芸を始めた。ところが、それが落とし穴やった。三上聖華という詐欺女に引っかかってしもた。有頂天になった自分が情けない。あの詐欺女のことをもっと疑っておくべきやった。そうしておけば、優平を死なさずに済んだ気がする」

「優平はんが亡くならはった事情については、まだ調べが必要やと思うてます」

「けど、信貴山署では、自殺と見ているということやったで。部屋は中から施錠されて、誰も入れへんかったのやさかいに。それに、聖華のことを調査会社を使うて調査していたと教えてくれたのは、安治川やないのか」

「施錠と調査会社のことは事実ですけど、安易に結びつけたらあかんと思いますのや。先輩にお願いしたいことやお訊きしたいことが三点おます。一点目は優平はんの部屋を見せてもらいたいこと、二点目は優平はんのコンピューターを借り受けたいこと、三点目はかつて使われていた農薬がどんだけ残っていたかです」

「農薬については、信貴山署でも質問を受けた。父が使うていた農機具の一部と農薬の一部は、農業廃業後も地下倉庫に置いていた。父が家庭菜園は生きがいとして続けたいと言うていたからや。結局、家庭菜園は少ししたものの、父は急病で他界した。父は畑の農地転用はしたが倉庫の整理はせず、私も会社勤めに全力をかけていたので放置していた。優平は、引きこもり同然やったから、倉庫に入っていたことは考えられる。ただ、信貴山署から帰ってきて点検したが、他の農薬はあったがパラコートというのは見当たらんかった。優平が持ち出したということも考えられるが……」

「優平はんは、聖華はんの過去を知っていたと思われますけど、先輩は何も言われてはらへんかったんですね？」

「反対はされたが、その理由は、私の妻つまり優平の母親に対する裏切り行為やということやった」

内山は重そうな息を吐いた。

「安治川よ。優平のやつは、本当に聖華を殺して、自殺したんやろか。私は、あの聖華が邪魔になる優平を殺したと思っていたんやが」

「それは、まだ何とも言えしません。そしたら、優平はんの部屋をお願いします」

「どちらにしても、つらいのう」

内山は唇を嚙みながら腰を上げた。

「優平はんの住んではった離れと、この母屋は行き来ができるのですか？」

「裏庭で繫がっているんや。新婚当初は、私たちが離れに住み、父親が引退してからは母屋と交換してもろうた。両親が亡くなってからは、優平が離れを使うようになった。後悔先に立たずだが、ああいうスペースを与えたことで、引きこもってしもたのかもしれない」

「郵便受けも別々なんですやろか」

「別々やけど」

「息子はんに届いていた郵便物があれば、見せてもらいたいんです」

「かまわんが、たぶん何もきとらんで」

内山は、裏庭を通って、優平の住んでいた離れに案内した。三部屋もあって、一人暮らしにしては充分すぎる広さだった。三部屋すべてを調べたが、肝心のパソコンはデスクトップ型のものもノートパソコンも見つからなかった。それ以外にも、何か手がかりになりそうなものはなかった。

「息子さんのパソコンをご存知ないですか？」

「いや、まったく心当たりがない。あいつはしょっちゅう持ち歩いていたが」

良造は、家電量販店からのダイレクトメールを差し出した。

「郵便受けに入っていたのは、これだけやで」

安治川が良造の許可を得たうえで、鑑識課が優平の部屋に入った。そして文具やヘアブラシといた何点かを段ボールに詰めた。安治川と良美は、その作業を見届けたあと、内山邸を出た。

「パソコンの行方は、どない思う？　家にもロッジにもなかったんや」

「パソコンは、優平さんにとっては商売道具ですよね。二度目に伺ったとき、机の上にノートタイプのものが置かれていたように記憶しています」

「パソコンが勝手に消えるわけあらへん」

「どこへいったんでしょう。あ、内山良造さんなら持ち出せますよね」

「何のために持ち出すんや？　動機はあらへんのとちゃうか」

「じゃあ、誰かに盗まれたんでしょうか」

「いや、簡単に持ち出すことがでけた人間がおるで」

「それって？」

「優平自身や。何者かに持ってこいと言われたら、そうするやろ」

「じゃあ、その何者かを突き止めたいですね」

「いいや。内山優平の死の究明は、わしらの本務やないで」

「そうでしたね。うちらは、三上聖華さんの消息調査が仕事でした」

「現場百回という言い古されてはおるけど、大事な鉄則があるやろ」

「はい、警察学校でも何度も聞きました。それこそ百回くらい」

「わしらにとっての現場はどこや？」

「三上聖華さんが失踪した現場はわかりませんけど、今のところ居たことがはっきりしている最後の場所は、彼女のワンルームマンションです」

「そのとおりや。もう一度行ってみよやないか」

管理人の安竹はあまりいい顔をしなかったが、頭を下げて二一五号室のドアを開けてもらうことにした。

「三上さんの行方はまだ見つからへんのですか」

「ええ。調査継続中です」

「管理会社の人が、家具類の撤去と清掃について、業者を呼んで見積もりをさせました。単なる清掃ではなくクロスの張り替えもするので、十五万円では足りないかもしれないそうです。警察には、早く見つけてもらいたいですな」

「あのう、十五万円が引き出しにあることを告げてきた電話の声ですが、人工のものではなかったですか?」

良美が訊いた。

「人工?」

「機械やロボットが出すような声のことです」

「そんなんやなかった。この歳でも、耳はいいほうやで」

「わしからも質問です。気ぃ悪うせんといてくれやす。他に現金や預金通帳やキャッシュカードはあらしませんでしたのですね」

「ないですよ。私がネコババしたとでも疑うてるんですか」

「いえ、せやないです。誤解せんといてくれやす」

安治川はすぐに謝った。

「終わったら、管理人室まで言ってきてくださいな」

管理人は不機嫌そうに戻っていった。

部屋の中は、前回とほとんど変わっていなかった。

「メールドロップに鍵を入れることは、外から施錠後でもできますから、この部屋は密室やないですよね」

「あんまし密室には、こだわらへんほうがええかもしれんで。三上聖華の失踪と内山優平の死は関連があると決まったわけやないんやから」

安治川と良美は、丹念に室内を見ていく。

「うちは、やはりこれだけのお洋服が残っていたことが気になります。靴もシューズボックスがほぼ埋まっています。バッグも六つあります。なのに、アクセサリー類が何もないんですよね」

「アクセサリーは軽いさかいな」

「うちは、別のことを想像しています。管理人さんが聞いたのが人工の声ではなかったとしたら、その女性が持ち去ったのやないでしょうか。女性にはそれぞれ嗜好(しこう)があります。洋服やバッグにあまり関心がなくても、アクセサリーは大好きという女性はいます」

「そうなのか」

もし女性が、聖華の失踪に関わっていたとしたら、大きな物や重い物が持ち去られていなかったという理由には説明がつく。しかし、たとえ聖華が意識を失っていたとしても、女性一人の力では、聖華を抱えての連れ去りは難しいだろう。

「このマンションに防犯カメラがあれば、人の出入りが摑めたでしょうに残念です」

「もし連れ去りやったとして、その犯人は防犯カメラの有無くらいは調べていたと思う」

「天井などを見ていったら存在はわかりますからね」

「管理人室に戻ろか」

「あまり成果はなかったですね」

「捜査はムダの積み重ねやで。たまに当たりがある程度のもんや。ムダと思えても、あとからヒントになることもある」

安治川は、管理人に終わった旨(むね)を告げた。

「ここの家賃の支払いは、どないな方法なんですか?」

「管理会社の取引銀行の口座に払い込んでもろてます」

その指定されている銀行名を訊いた。大阪市北区に本店を持つ地方銀行で、最寄り店はここから徒歩圏である中央卸売市場前にある支店ということであった。

「すまんけど、芝室長に連絡をしたうえで、銀行まで行って照会をしてきてくれへんか。管理会社へ引き落としされているのなら、そこから三上聖華がよう使うてた銀行と口座がわかる」

「わかりました。そのあと、その銀行で記録を調べるのですね」

「個人情報保護法の規制があるけど、犯罪に絡んでいる可能性が高いということなら、銀行も応じてくれる。預金の流れがわかったなら、何かのヒントになるかもしれん」

「芝室長を通じて、府警本部の許可をもろうたらいいのですね。安治川さんは、別行動ですか」

「もういっぺん、内山先輩のところに行ってくる。ちょっとばかし、気になることがあるんや。思い過ごしかもしれへんけど」

電話ではなく、膝を交えて話したほうがいいと思えた。

5

「なんとのう、安治川が戻ってくる気がしてたで」

内山は、ほんのかすかに笑みを見せた。

「食欲がないということなんで、差し入れさせてもらいます」

安治川は、ここに来る途中のコンビニで買ってきたスポーツドリンクを差し出した。

「こういうのは、利益供与になるんとちゃうか」

取り調べ中の被疑者に、お茶や水以外のものを与えて供述を引き出したときは、利益供与を理由に、自白は誘導されたもので無効となることがある。カツ丼を食べさせてやるから、というセリフは、現在の取調室では禁句だ。

「よう知ってはりますな。けど、これは高校のときのほんのお返しです」

チームプレーでの練習が大半であったが、ラグビーには個人練習が必要なものが二つあった。一つはプレースキッカーによるキック練習で、もう一つはフッカーとスクラムハーフによるボールイン練習だ。プレースキッカーによるペナルティキックやゴールキックは観客による注目を浴びて得点に直結するのに対して、ボールイン練習は地味であり成功しても当然と受け取られる。しかし、反復練習なくして成功はあり得ない。スクラムでマイボールを奪われると大きなピンチとなってしまう。

フッカーだった安治川は、スクラムハーフだった内山と居残り練習をよくした。一学年上の内山は、終わったあと「お疲れさん」と何度かスポーツドリンクをおごってくれた。

「あの頃が、人生で一番楽しかったかもしれんな。練習はきつくて泥まみれになったけど、ひたすら打ち込めるものがあった。チームメートとのポジション争いはあったけど、控えメンバーになったらなったで、サポート役や応援役に回った。みんな純真で、足をすくおうとするやつなど、一人もいなかった。一銭のゼニにもならへんのやから、利害関係も皆無やった。泥まみれでも、誰も心は汚れてへんかった」

内山はスポーツドリンクの栓を開けた。

「今でも、高校生ラガーはそやと思いますよ」

「社会に出たら、純真なんて言うてられへん。安治川のいた警察は、まだ利益は求められへん世界やろけど。企業やと売り上げと利益という数字、そしてあとは派閥などの人間関係で動いていく」

「警察かて派閥はおますし、取り締まり月間など数字にノルマが課せられることはおます。けど企業とは質が違います。倒産や吸収合併といった心配もあらしません」

「私は、若くして管理職となり、企業人として頑張ってきた。ライバル企業との戦いも、社内での争いもあった。せやけど、しょせんは狭いコップの中で動いていたに過ぎない。会社のことしかわかってへん世間知らずやったと言える。そやから、聖華に騙されてしもうた。年甲斐もなく溺れた私が情けない」

「そこまで卑下しはらへんでも……」

「安治川よ。本音で言うてくれ。私のことを軽蔑しとるやろ？」

「軽蔑はせえしません。いや、軽蔑なんてでけしません。今のわしは、再雇用制度ができたお蔭で、社会人になって初めてと言うてもええほどの充足感があります。せやから、脇目も振らずに前へ進んでいけた高校時代以来の恵まれた時間を過ごしていられます。そやなかったら、わしかていろいろ迷うたことでしょう」

内山はスポーツドリンクをぐいと飲んだ。

「早いとこ本題に入ってくれ。なんで、戻ってきたんや」

「ここに来る途中で、配送業者に問い合わせました。優平はんが定期購読して、ときどき寄稿もしてはった『ゲーム愛好』という月刊誌は、三日前に発送されています。届いてへんとおかしいです」

「そうやな」

「先輩が前歯で唇を嚙んで『どちらも、つらいのう』と言わはった記憶が、高校時代にもおました。全国大会の地区予選の初戦で、先輩はノックオンしはりました。敵陣のゴールライン直前に迫って、ラックからボールが出たときです。ラックの最後尾にいたわしにはわかりましたけど、レフリーは見落としました。先輩は、素早くバックスに繋いで、ウイングがトライを挙げました。今のようなビデオ判定なんてあらへん時代です。絶対権限のレフリーに抗議をすることもあらしませんでした。そのトライがあったことで、僅差でうちが勝ちました。先輩は、自分から申告したら仲間からけなされるやろうし、黙っていたなら気が咎めるということで、『どちらも、つらいのう』とつぶやかはりました」

「よう憶えてるな」

「わしかて、レフリーに申告しようかと迷うてましたさかい」

結局、申告はしなかった。初戦には勝ったが、二戦目は大敗したうえに、内山を含むメンバーの三人が負傷して退場した。

「あんときは、天罰が当たった気がした」

内山は、そのときに骨折した左腕をさすった。

「高校時代は純真でしたけど、それでもいろいろおました」

「せやな。ちょっと待ってくれ」

立ち上がった内山は、Ｂ６サイズの白いポケットファイルを持ってきた。

「雑誌とともに、こんなのが優平の郵便受けに入っていた」

「いつのことですか」

「信貴山署まで呼び出されて遺体確認をさせられて帰宅した日や。いつもは郵便受けなんか見いひん。息子といえども別人格やからな。けど、自殺ということが全然信じられへんで、部屋の中も見たし、郵便受けもチェックした」

「そのポケットファイルの中を確認しはりましたか？」

「ああ。驚かされた。開けてくれたらわかる」

「拝見します」

安治川は手袋をはめた。健康保険証と預金通帳一冊と印鑑が入っていた。いずれも、三上聖華のものだった。

「隠しとって、すまん。息子が疑われると思うたら、たまらんかった」

「他に隠してはる物はあらしませんか。パソコンとか」

「いや、それはない。これだけや」

「郵便受けを見はったんは、信貴山署に呼び出された日に間違いはなく、それが初めてのことなんですね」

「そのとおりだ」

それだと、入れられた日を当日だと限定することはできない。

「このポケットファイルは、封筒には入ってなかったんですね」

「ああ、このままだ」

「これ以外に郵便受けに入っていたのは？」

「雑誌と、さっき見せたダイレクトメールだけや」

雑誌『ゲーム愛好』の最新号もダイレクトメールも、経費が安い宅配業者のメール便が使われていた。これだと消印がされない。

「雑誌とダイレクトメールとポケットファイルの上下の順番は、どうでしたか？」

「うろ覚えやが、上から順に雑誌、ポケットファイル、ダイレクトメールやったと思う。いや、雑誌とダイレクトメールは逆かもしれん。ポケットファイルが間にあったのは、たぶん間違いない」

それで投函順が推測できる。ただ、内山が取り出してしまったので、その証明はできない。もちろん、郵便受けに誰かが投函したのか、それとも優平自身が隠し場所として入れたのか、どちらと判じることもできない。

「安治川よ。やはり優平は、聖華の部屋から、このポケットファイルを奪ってきたんやろか」

「まだ、断定はでけしません。ただ、かなり重要なものになることは、確かやと思います」

6

消息対応室の三人が夜になって揃った。

「三上聖華さんの行方不明案件をどう捉えるか。これまでの材料を踏まえて、一定の結論を出しておきたい。事件性あり、ということなら、所轄である九条署に案件送致すべきだろう。われわれだけで、調査を続けていくべきではない。ましてや、今回は安治川さんの友人が絡んでいる。あらぬ批判は受けたくない」

芝が、そう切り出した。

「銀行に行って得たことを報告します」

良美が小さく手を挙げた。

「聖華さんは、家賃が引き落とされる地方銀行と、あともう一つ大阪駅前に大阪支店がある全国銀行に口座を持っていました。地方銀行のほうは、大阪に戻ってきてから開設したもので、家賃のほか、水道光熱費や携帯代が自動引き落としされていて、そのほか数日に一回くらいのペースで二、三万円前後が引き出されています。これは生活費と思われます。いわば財布代わりに使っていたと思われます。難波のクラブで二度目に働いていた時期は、入金が毎週なされています。全国銀行のほうは、定期預金が三千万円で、普通預金が八百万円ほどです。クラブでの収入がなくなってからは、こちらの普通預金から五十万円単位で引き出して、ほぼ同時刻に地方銀行のほうに入金しています」

「全国銀行のほうは、川崎市の阪口はんの遺産と生命保険金が原資やろな」

安治川が言葉を挟んだ。

「はい。口座開設も定期預金も、神奈川支店でなされています」

「財布代わりにしていた地方銀行の出金の最後は、何月何日だ？」

芝が尋ねる。

「五月三十一日に、中央卸売市場前支店のATMで二万円が引き出されています。店内防犯カメラの映像が残っていましたので、確認させてもらいました。聖華さん本人に間違いありませんでした。とりたてて変わった様子もありませんでした」

「つまり、その日までの生存は確実やということだな」

「わしが、内山先輩から相談を受けたのが、その十日後です」

「その間に、何かがあった可能性がありますね。そして六月に入ってからは、数日に一回くらいのペースでなされていた出金が途絶えています」

芝は、府警本部鑑識課からの報告書を手にした。

「指紋を調べてもらった。ポケットファイル自体からも、中の通帳などからも、三上聖華の指紋しか検出されなかった。郵便受けだから、外から投げ込まれたのかもしれないし、優平を含む内山家の人間が、隠し場所にしていたのかもしれない」

「キャッシュカードはなかったのですね。どうしてでしょうか」

「わからない。だが、そういったことを調べるのはわれわれの仕事ではない。三上聖華の案件を、特異行方不明者とするかどうかを判定して、もしそうなら九条署に送致することが役割だ」

芝が言う〝内山家の人間〟は、優平でなければ、良造ということになる。特異行方不明者として九条署に送れば、良造も捜査対象となるわけだ。

良造としては、そんなことを想定して安治川を頼ってきたのではない。安治川もそういうことはしたくない。だが、私情を入れることは許されない。

「室長は、三上聖華は特異行方不明者となると考えてはりますのか？」

「先に、君たちの意見を聞こう」

「うちは、自発的蒸発やとは考えません。聖華さんは、あまり現金を財布や家に置いておかずに、銀行から頻繁に引き出していくタイプやと思うんですけど、その引き出しが止まっているのが不自然です」

「マンションに十五万円が退去時においてあったということだが、その引き出し記録はあったのかね？」

「十五万円というのは、ありませんでした。十五万円の紙幣から、聖華さんの指紋が出なかったというのも、彼女のお金ではなかったということを示していると思います」

「管理人のところにかかってきた退去申し出の電話は、どう考える？」

「あの電話は、聖華さんがかけたのではないと思います。女性の声やったということでしたけど、うちはやはり合成音声やと考えています」

「安治川さんはどう考える？」

「三上聖華自身が、郵便受けに投函したとは考えにくいです。何者かが彼女のマンションから持ち出したのでしょう。けど、それが内山優平もしくは内山良造やとするのは、早計やと思います。彼らが持ち出す動機はあらへんと思えます。暗証番号のわかったキャッシュカードならともかく、預金の払い戻しはでけしません」

いくら健康保険証を銀行の窓口に差し出しても、女性の通帳から男性が払い戻しを受けるときは、少なくとも委任状が必要だと言われるだろう。

「安治川さん、私が訊いているのは、特異行方不明者かどうかということについてだよ」

「すんません。その点は、特異行方不明者やと考えます。彼女は、結婚を控えていました。内山優平に過去を調べられたのは誤算やったでしょうけど、調べられたことに気づいていたかどうかはわかりません。たとえ気づいていたとしても、それで尻尾を巻いて退散して姿を消すようなヤワな性格には思えしません」

分籍によって結婚歴を隠すというやりかたもしたたかだし、藪原という愛人がいたことも事実だ。

「私も同じ意見だ。何らかの犯罪に巻き込まれていると思う。彼女が自発的蒸発をする理由が見当たらない。よって、この件は特異行方不明者として、九条署に案件の逆送をすることにする」

芝は、安治川の表情を窺うように見た。

「いろいろ動いてくれてご苦労さんだった。消息対応室としての役割は果たせたよ。安治川さんとしては、高校時代の先輩が関わっているから、思い入れもあるだろうが、ここまでだ。これ以上は、私情を挟んでいるというそしりを受けかねない」

「ええ、それはわかっとりますけど」

ここで案件を返上するというのは、いかにも中途半端だ。しかし、芝の言うこともわかる。先輩というのは、身内ではないが、それに準ずる存在ではある。

「消息対応室としては、実績を挙げることができた。もうそれで充分だ。安治川さん、いろいろ思うところはあるだろうが、勝手に動くことはしないでくれ。いや、してはいけないんだ」

芝は、強い口調で釘を刺してきた。

「さあ、もう解散しよう。働き方改革の時代に、サービス残業は似合わない」

いつの間にか、外では雨が降り出していた。

（こんな形での試合終了は、ノーサイドという気分やない）

安治川は夜空を見上げた。雨脚はどんどん強くなりそうな気配だった。

第四章

1

関西地方には活火山がなく、かつての火山も少ない。火山とはまるで縁がないと思っている人もいるが、兵庫県の神鍋山は噴火の可能性がゼロではないと指摘する学者もいる。そして、奈良県南西部から三重県西部にかけては、約千五百万年前に火山活動があったとされる室生火山群が存する。

香落渓や屏風岩や兜岩など、かつての火山活動が作り出した光景が何よりの証拠だ。

奥香落渓から曽爾高原に向かって歩を進めた奈良在住のハイカー三人が、山の斜面から異物が見えていることに気づいた。二日間にわたってかなりの雨が降ったから、倒木が土の斜面に突き刺さったのかと最初は思えたが、近づいてみると人間の脚であった。

通報を受けた奈良県警によって、遺体は掘り出された。黒色のスキニーを穿いていたので、ハイカーが土から出た脚だけを見たときは男性かと思われたが、若い女性であった。女性はポシェットの中に、財布とキャッシュカードとクレジットカードを所持していた。その名義は三上聖華であった。

「安治川さん。三上聖華のDNAを採取しておいてくれて、よかったよ。それによって身元が裏取りできると褒められたよ。一緒に見つかったポシェットの中のキャッシュカードとクレジットカードだけでは持ち主とは限らないからね」

府警本部から芝が帰ってきた。

「遺体の状況は、他殺体やったんですか？」

「解剖に回されたが、首に索状痕があり、いわゆる吉川線という抵抗の痕跡もあった。絞殺されたと推定されている。奈良県警と合同で捜査本部を設ける予定だそうだ」

「死亡推定日はどうなんですやろか」

安治川は、内山優平のことが気になっていた。遺体が早く見つかったほうが、先に死んだとは限らない。もしも三上聖華が殺されたほうが先だったなら、内山優平が彼女の命を奪い、そのあと自らの命を絶ったという可能性が出てくる。信貴山署の菅沼はそう推理していた。

「その点は、解剖結果を待ってからということだ」

「三上聖華の遺体発見を、内山良造に伝えてもよろしいですやろか」

「うちが扱った案件だし、それはかまわない。ほどなく報道もされるだろう」

「ちょっと出かけてきます」

「安治川さん、伝えたらすぐに帰ってきてくれよ。勝手に行動されたら困るからな。新月君、同行したまえ」

「え、うちもですか」

「君も当初から携わってきたじゃないか」

「かんにんです。室長の指示を受けたので、悪く思わんといてください」

良美は軽く頭を下げた。

「謝るのはこっちのほうや。神経使わせてしもて申し訳ない」

「室長は、マイナス査定されることを嫌がる人ですから」

「そやないと、組織では出世でけへん」

「内山良造さんと会わはるときは、うちは外で待ってます」

「いや、それでは室長の趣旨に反するのとちゃうか。やりとりも含めて見ておかなあかんやろ。必要に応じてブレーキもかけるべきや」

「けど、うちは優平さんが有力容疑者やと思うてますよ。そんな人間が失礼やないですやろか」

「信貴山署の菅沼はんをはじめ、それが多数意見やと思う」

「安治川さんは、違うのですね」

「動機があるのは間違いあらへん。けど、あんたも二回会うてるからわかるやろけど、優平はどちらかと言うと、気の弱いオタクタイプの男や」

「けど、おとなしい人間ほど、澱が溜まって大きなことをしでかすと言いませんか？いざ逮捕してみたら、周りの人が口を揃えて『まさかあの人が』とコメントすることって、多いと思います」

「それは否定せえへん。けど、どうもしっくりけえへん。彼は、父親の財産という後ろ盾があったから、これまで『高等遊民』なことをしてこられたと思うんや。つまり、乗っかるタイプで自分から切り開くタイプやない気がする」

「誰に乗っかったんですか？」

「奇抜かもしれへんけど、父親やとしたらどないやろか？」

「え、どういう意味ですか」

「わしは、内山先輩が三上聖華の結婚歴を知らんかったという言葉を信じてきた。けど、その証拠はあらへんのや」

「つまり、優平さんから聖華さんの前歴を聞いていた、ということですか？」

「ありえへん話やないと思う」

「じゃあ、良造さんは知っていたのに知らん顔をして、聖華さんの行方不明を調べてほしいと持ちかけてきたことになるのですか」

「もし内山先輩が、三上聖華の命を奪ったのやと仮定したら、そうやってカムフラージュをして、自分は捜査圏外にのがれようとしたということもありえへんことやない。室長が『内山家の人間』という表現をしたことで、その可能性に気づかされた」

「それは哀し過ぎます。安治川さんは先輩に利用されたことになるのですよって」

「もう高校時代は四十年以上も前や。変わってしまう人間もおる。変わらへん人間もおるけど」

　十年ほど前に、高校時代のクラスメートが訪ねてきたことがあった。ラグビー部員ではなかったが、かなり親しくしていた。高校卒業後は彼は福岡の大学に入って、会う機会はほとんどなかったが、年賀状のやりとりはしていた。彼は、ベッドに横たわる子供の写真を見せた。五十歳を超えて、末っ子が生まれたが、心臓に疾患があり手術が必要で、金策に走っているという。「五万円でも十万円でもいいから、貸してくれないか。自分の名誉にかけて必ず返す」と言われて、十万円を手渡した。安治川も、介護に直面していたから、その苦労は他人事ではなかった。

　だが、あとから別のクラスメートから聞いてわかったことだが、彼はギャンブルに嵌まってヤミ金業者から借金をして追い込みをかけられ、知り合いを訪ね回ってあちこちから工面をしていたのだ。とっくに離婚していて、子供もいなかった。ベッドに横たわる娘の写真はどこかからの拾い画像で得たものだった。

「お金も友情も失う、というやつですね。話には聞きますが、うちはまだラッキーにも、そういう目には遭うていません」

「そら、若いからやで。歳がいくと、顔だけのうて心の皺が増えよる」

「なんや、せつないですね。もう一つせつないのは、そんなふうに疑ってみなくてはいけない警察官の習性ですね」

良美は小さく首を振った。

「それはしゃあないで。どんな仕事にも、職業病みたいなもんはある」

「まだそんなふうに達観できません」

「達観はしとらんで。達観でけたらええと思うてはいるけどな。さいぜんも言うたように、変わってしまう人間もおるけど、変わらへん人間もおる。変わってへんということを確認するために、疑うてみるという考えかたもあるんとちゃうか」

冷静にしているつもりでも、安治川は先に電話をかけて内山良造が在宅かどうかを確認することを忘れていた。留守なら無駄足になりかねなかったが、幸い良造は居た。

「消息対応室としての報告に上がりました」

「待ってくれ。タバコを吸いながらにしてほしい」

内山はいったん奥の部屋に消えて、ライターとマイルドセブンを持ってきた。

「先輩は、喫煙者でしたか?」

「商談のときに間を持たせるために吸い出した。だが、派閥抗争に敗れたことをきっかけに馬鹿らしくなってやめたんや。そして再開した。息子を亡くしてからや」

安治川は、内山が火を点けるのを待った。

「そういう話を聞くと、言いにくいんですけど」

「悪い知らせやということは察しがつくで。これでも、勘はええほうやから」

「ほな、短く申し上げます。三上聖華はんは、死体で見つかりました」

「五十歳過ぎてから、つらいことがどんどん出てきよる。子会社に追いやられ、妻に先立たれ、息子を亡くして、取り戻したと思った青春が完全に消えたわけや……聖華はどこで見つかったんや」

「奈良県の山間部です」

「山間部？」

「埋められていました」

「殺されて、埋められたのか？」

「たぶん、そうです。わしもまだ詳細は知りませんのや」

「いつのことや」

「けさ発見されました。正直な感想を聞かせてもらえませんか」

「かわいそうと思うが、天罰やと言いたい気持ちが混じっている」

内山は首を振った。

「けど、いずれにしろ、私の孤独が確定した」

良美が遠慮がちに言った。

「失礼ながら、聖華さんは再婚であることを隠していました。そして、あなたの財産目当てやったのかもしれないのですよ。ある意味では、いなくなってよかったのやありませんか？」

「どうやろかな。知らないまま結婚できていたら幸せだったとも言える。蟷螂のメスは、交接中のオスを喰うが、オスは嫌がっていないのかやない」

「けど、息子さんは、聖華さんのことを調べていたのですよ」

「まったく意外やった。優平にそこまでの行動力があったなんて」

「感想はどないやった」

安治川と良美は、内山宅をあとにした。六十過ぎの男が一人で住むのには広すぎる家であった。

「嘘をついてはるような印象は受けませんでしたね。うちなりに、探りも入れてみたのですけど」

「わしも同感やった。せやけど、来るときに言うていた疑いがゼロになったわけやない。先輩の反応や表情だけでは根拠は薄い」

安治川のスマホが受信を告げた。芝からだった。

「三上聖華殺害事件に対しての大阪府警側の捜査本部が九条署に設けられた。それで、さっそくなんだが、照会がきている。遺体の三上聖華は、スマホを持っていたということなんだ。電池切れで錆(さ)び付いていたが、捜査本部のほうで回復に成功した。送受信履歴やメール履歴に、安治川さんや新月君が知っている名前があるかもしれないので、九条署まで来て協力してくれという要請なのだ」

「わかりました。今から向かいます」

安治川はスマホをしまった。

「九条署に向かうで」

「今回、内山さんは聖華さんの遺体確認に呼ばれてはらへんようですね」

「遺体が出た奈良県警が決めることやが、推測はでける」

「どういう推測ですか」

「キャッシュカードから名前が判明したので、行方不明者届のチェックをした。行方不明者届は全国の自治体警察がパソコンから検索がでける。遺体の損傷が激しゅうなかったら、写真でもある程度の照合がでける。それをしたうえで、住所が大阪やったので、奈良県警は大阪府警に連絡して仁義を通したのやろう。大阪府警は、ＤＮＡが存在することを回答した。そうすると、内山先輩による確認の必要はなくなる」

「そういうことなんですね」

「おそらく、やりとりの中で大阪府警は主導権を主張したのやないかな」

「主導権ですか」

「三上聖華を殺害した人物について、大阪府警があぶり出していると示唆したのやないかな?」

「すでに容疑者を絞っているという示唆ですか」

「せやで」

「誰のことなんですか」

「内山優平やろな。そう言われたなら、奈良県警としては譲るしかないやろ。内山優平の住所地も、亡くなった場所も、府警の管轄内や」

「それで、聖華さんのDNAを採取していたことを褒められたと芝室長が上機嫌だったのですね」

「そんな目的のために、採取したんやないんやけどなあ」

2

「わざわざすみません。今回の合同捜査本部で府警側の調整官を務めている春日部(かすかべ)です」

制服姿の春日部は、警部の階級章を付けていた。眼鏡をかけた几帳面(きちょうめん)そうな五十歳手前くらいの男だ。

「消息対応室の安治川ていいます」

「同じく新月です」

「さっそくですが、スマホを見てもらえますか。もう指紋採取は終わってますので、触ってもかまわないです」

「あの、ポシェットの中には財布やキャッシュカードとクレジットカードがあったと聞きましたが、スマホも入っていたのですか？」

良美が尋ねる。

「いいえ、スマホはスキニーのポケットに入っていたのです。それで、少し見つかるのが遅れました」

土に埋まり、雨の染み込みもあったのだろう。汚れて少し錆も浮いていた。春日部は遺体発見現場の写真も見せてくれた。土にまみれた女性の顔は腐敗が始まり、シデムシに食われたような形跡もあったが、内山良造が行方不明者届に添付した三上聖華の写真と同一人物だと言えた。

「このスマホに一番よくかかってきているのが、内山良造という人物です」

「三上聖華の婚約者です」

「ええ、われわれもそれは行方不明者届で確認しました。一週間に一回程度のペースで電話をかけています。三上聖華のほうからも発信していますが、六月六日以降は、内山良造からかかってきた電話に未受信です。つまり、三上聖華が電話に出ていないわけです。内山はそれまでほとんど電話で連絡を取っていましたが、折り返しの電話がなかったことで七日にショートメールを送っています。〝連絡ほしいです。全然電話に出てくれなくて気に病んでいます。何か失礼なことしてしまったのかな？〟という内容です」

春日部は、内山良造からの通話記録日を一覧にした紙を取り出しながらそう説明した。

「ちょっとよろしいですやろか？」

安治川は、紙を見せてもらう。六月六日に二回内山はかけている。ショートメールをした翌七日にもう一度電話しているが、やはり聖華は出ていない。内山は八日にマンションを訪れたが不在ということだった。九日にも電話をかけているが未受信だ。安治川が相談を受けたのは、その翌日だった。

「六月二日の前は、五月三十日にかけていますね。この日は、聖華は電話に出ているようですね」

「ええ」

「五月三十一日は彼女は銀行で二万円を引き出しています。犯行日はその後ということになりそうですね」

「それは、新しい情報です。ありがたいです」

春日部はメモをしたあと、もう一枚紙を取り出した。

「他に、別の男性と五月二十日にＬＩＮＥのやりとりがあります。ネームには、カネアキという表示がされています。内容は、焼き肉を食べに行こうという彼女からの誘いです」

「それは、藪原兼明という男です。三上聖華の愛人で、婚約後も男女関係が続いていると思われます」

「おやおや、そうなんですか」

春日部はまたメモをした。

「どうやら死亡日は六月二日に絞れそうです」

「そうなのですか？」

内山からの電話に出なかったのは、六月六日からだ。

「ポシェットに入っていた会員証からわかったのですが、六月一日は三上聖華はホットヨガに行く曜日でして、午後二時から四時まで出席していたことが確認できました。そしてその夜の八時前にホットヨガの女性講師から電話がかかっていて、彼女は出ています。女性講師に確認しましたが、内容的には彼女から訊かれたサプリメントの名前がすぐに思い出せなくて、帰宅して調べたうえで忘れないうちにかけたというものでした。そして翌日の二日の十一時過ぎに公衆電話から着信があって出ています。そのあと、十八時半ごろと十九時過ぎに、公衆電話から二回電話がかかっているのですが、こちらは出ていません」

「公衆電話ですか」

「十一時過ぎの着信には出ているのですよ。ところが、十八時半ごろと十九時過ぎには出ていません。一回だけなら番号間違いですぐに切ったということもあるかもしれませんが、二回ですからね」

「他の人物からの通話やLINEなどのメールは？」

「ええ。記録を全部お見せします」

それほど大量ではなかった。

通話では、内山良造がダントツに多い。藪原はほとんどをLINEでやりとりしている。内山の次に多かったのは、美容院のものであった。予約などで使ったのであろう。ホットヨガのスタジオとの通話もある。在籍していた陶芸教室からも一度かかっている。そして氏名未登録で表示がなされず、番号のみの表示がされているものが二十件ほどある。その多くは一回限りで、残りも二、三回にとどまる。公衆電話は六月二日の三回だけだ。

「この中に、内山優平の電話番号はありましたやろか」

「いえ、なかったです」

LINEのほうは、藪原以外は女性と思われる下の名前やニックネームが並んでいて、その会話のやりとりは、ざっと見たところ他愛（たあい）もないものだ。

「安治川さんは、内山優平の父親とお知り合いだそうですね」

「はい、高校時代の一年先輩です」

「父親は、車を所有していましたか？」

「ええ」

フィットネスクラブに訪ねたときに、良造は安治川を彼の車に乗せて鴻池新田の家に戻ったことがあった。

「任意でその車を調べさせてもらえるように、持ちかけてもらえませんか」

「父親が共犯やと考えてはりますのか」

「私見ですが、そうではなくて、優平が勝手に借りたのではないかと考えています。遺体をあの現場まで運んで埋めるには車が必要です。優平は免許のほうは持っていますが、車は所有していません。レンタカーを借りるとアシが付いてしまいます。父親と同居なら、車のキーのありかも知っているでしょう」

もしそうだとすると、自分の義母になる女性を殺害して、その遺体を父親の車で運んだことになる。

「わかりました。話をしてみます」

どうやら安治川を捜査本部に呼んだ最大の理由がそれだったようだ。良造が共犯でなく優平が勝手に使ったのなら、強制的に良造の車を鑑識にかけるのは難しい。親子でも、法的には別人格だ。

「そのかわりと言うたらなんですけど」

安治川は、聖華の通話記録のコピーを願い出た。

「内山良造に見せる気ですかね」

「いや、それはせえしません」

安治川は、コピーをもらって捜査本部をあとにした。


「まだ優平さんが容疑者だと言えるほどの材料が揃っていないので、父親の車を調べて物証を得たいということでしょうか」

「せやろな。奈良県警と合同という形やさかいに、証拠が整わないと被疑者死亡で書類送検という結論は採りにくいということやろな。わしらが優平の部屋から持ち帰って提供したものからも、手がかりは出えへんかったんやろな」

「良造さんは、また同意してくれますかね」

「頑張ってみるしかあらへん」

「もしも死体遺棄現場の土がタイヤに付着していたり、車内から聖華さんの毛髪が出てきたりしたら、車が犯行に使われたということになりますね」

「せやな。優平の単独犯行か、あるいは内山先輩との共犯か……いや、内山先輩の単独犯行ということかてありえへんわけやないか」

他に良造の車を使うことができた人間はいなさそうだ。三つのどの結果になっても、安治川にとっては辛いこととなる。

「春日部警部は、『優平が勝手に借りたのではないかと考えています』と言うてはりましたから、良造さんの単独犯行という見立ては、捜査本部はしていないのやないですか」

「額面通りには受け取らんほうがええで。何しろわしは、後輩という間柄なんやから」

「春日部警部は、安治川さんに気を遣ってはるということですか」

「かもしれんが、わしが内山先輩に情報を漏らしてしまう可能性も危惧しているんとちゃうか。せやから、あえて内山先輩には嫌疑がかかってへんということを『私見ですが』と断ったうえで示したんやないかな」

「そうなんですか」

良美は、ふうっと息をついた。

「それにしても、捜査本部はNシステムを調べたのでしょうか」

「もしNシステムに内山先輩の車を運転する人物が映っていたなら、有力な証拠になる。当然検索はかけたと思う。けど、ヒットはせえへんかったんとちゃうか。Nシステムは幹線道路や主要道路にしか設けられてへん。遺体発見現場は奈良県境の室生山の近くやということやから、その周辺にも設置はされてへんと思われる」

「Nシステムに映っていたら、走ったという証拠になりますけど、Nシステムになかったからといって、走っていないという証拠にはなりませんよね」

「せやから、ぜひとも車両を鑑識したいということなんやろな」

「任意提出に、また安治川さんの個人的繋がりが使われるのですね」

「そら、しゃあないで。わしがおらんでも、捜査本部は内山先輩に任意提出を求めたのは確実や。わしが言うたほうが、内山先輩はソフトに感じてくれる……そう思いたい」

「うちは同席を遠慮しましょうか」

「いや、来てくれたほうがええ。証人役として居てほしいんや」

「まだ何かあるんかいな」

内山良造は、鬱陶しそうな顔をした。そしてタバコを取り出した。

「もう一度、協力してもらえませんやろか。先輩の車を調べさせてほしいんです」

「協力して何のメリットがあるんや。たしかに聖華の行方を探してほしいと頼んだ。けど、最悪の結果やったやないか。そして優平も死んでしもた。ドラ息子やったけど、たった一人の子供やった」

「優平はんが亡くならはったことについては、わしかて胸が痛いです。ひょっとしたら、わしが動いたことが影響したんやないかという危惧が当たってへんことを祈っとります。せやけど、聖華はんについては最悪と言えますやろか」

「どういう意味や？」

「ここにいる新月巡査長が『あなたの財産目当てやったのかもしれないのですよ。ある意味では、いなくなってよかったのやありませんか』と言うたとき、先輩は『知らないまま結婚できていたら幸せだったとも言える。蟷螂のメスは、交接中のオスを喰うが、オスは嫌がっていないのやないか』と答えはりました。けど、それって本心ですやろか」

「何が言いたいんや？」

「先輩に対してこんな口をきいたらあかんのはわかってますけど、意地を張ってはりませんか。財産も命も取られるなんて、いかれこれですよ。先輩が会社員として長年きばってきはったから、退職金ももらえて財産が残っているんとちゃいますか。それを横取りされるなんて、たまらんやないですか」

「どう生きようと勝手やろ」

　良造はそう言ったが、声に力がない。

「先輩はけっして投げやりな性格やないと思います。ラグビー部の解団式のときは、残念で悲しかったと繰り返してはりましたよね」

「それとは別やろ」

「このまま終わりとうないということで、もうひと花咲かそうと考えはったんとちゃうんですか」

「それはそうやが」

　良造はタバコに火を点けた。

「三上聖華はんは埋められていました。他殺は明らかです。正直言うて、警察は優平はんには動機があり、有力容疑者やと考えています。凶行に及んだことで良心の呵責から自殺したという見方もされとります。そして、先輩自身にも聖華はんを殺す動機がゼロやとは言えしません。このままで、ええんですか？」

「だから、どうなんや？」

「真実に目をそむけるのはようないと思います。先輩は、高三のときの全国大会の地区予選の初戦で、自分のノックオンをレフリーに自己申告しいひんかったことを悔(く)いてはりましたよね。わしもあのときは見ていながら黙っていました。勝ちはしましたけど、後味が悪い結果となりましたよね」

「安治川よ。おまえも、私を疑っているのか？」

「警察官は疑うのが商売です。そうさせとうなかったら、協力してください。先輩の車を鑑識にかけたいんです」

内山は、睨(にら)むような視線になった。

「そんなに調べたいなら、勝手にやれ。だが、もう安治川とは絶交やぞ。先輩でも後輩でもない」

「承知しました」

内山はベルトに付けたキーホルダーから、車のキーを外して投げつけてきた。

「すんまへんけど、同意書にサインしてもらえますやろか」

「したるけど、もう二度と顔を見せるなよ」

安治川は、頭を下げた。曲がりなりにも同意は得られたのだ。

3

「鑑識がやってきて車の運び出しをすることになる。悪いけど立ち会うておいてくれるか」

内山邸を出たところで、安治川は捜査本部に連絡したあと、車のキーを良美に渡した。

「安治川さんは、どうしはるんですか」

「先に帰らせてもらう。いや、このあと休暇をもろうて、サウナにでも行ってくる。老骨（ろうこつ）に鞭打（むちう）って疲れた」

「ホントですか。うちを引き離しておいて、何か行動するつもりやないですか」

「いや、そんなことは……」

「コンビ組ませてもらって二ヵ月半になります。鈍感なうちでも、わかりますよ。休暇を取っての私的行動という体裁（ていさい）を採って、何かあったときに、うちや消息対応室に迷惑かけへんつもりなんでしょう」

「あのなあ」

「うちにも手伝わせてください」

「あんたを連れてくるんやなかったな」

「内山さんからは、同意の言葉があっても、サインまではもらえなかったかもしれなかったです。せやから、そのときに備えて、証人役は必要でした。ただ、内山さんは怒らはりましたけど、予想以上に早く同意があったのとちゃいますか。もしも自分にやましいことがあったら、あんなふうには了承しないですよね。それに、ズボンのベルトにキーホルダーをチェーンで付けてはりました。あれでは、優平さんが勝手にキーを持ち出すことは不可能ですよね」

「なかなかよう見とるな。手伝うてくれるなら、頼まれてくれ。鑑識が到着するまでに、内山先輩が何か不審な動きをせえへんか、見張っていてほしい」

「うちをここに張りつかせて、どこに行かはるんですか」

「あんたを巻き込むわけにいかへん。それに、あんたはまだ若くて将来のある身や。たとえクビになっても、退職金を返さんでもええわしとは違う」

「じゃあ、せめて理由を聞かせてください。どうして次の行動をしはる気になったんですか」

「正直言うて、明確な根拠らしいものはあらへん。強いて言うたら、先輩が『絶交やぞ』と怒りながら投げてきた車のキーを受け止めたときの感触なんや」

「感触ですか」

「内山先輩のラグビーでのポジションはスクラムハーフやった。ボールを右に左にとパスしていくのが最大の役目や。単純なように見えるけど、ボールを受ける相手に合わせてスピードや角度を考えんと、ノックオンという落球に繋がる。試合中に、内山先輩からボールをもらって走ったことが何度かあったが、いつも取りやすい絶妙なパスやった。投げられた車のキーも、受け手であるわしが取りやすいように考えられていた。あれだけ怒ってはったのに」

「それは習性やないのですか」

「引退して約四十年も経って、習性はあらへんと思う。社会の荒波に揉まれて狡猾になったが、そこまで落ちぶれていないぞ。私や息子の無実を信じて証明してくれ……その思いが込められているパスやという気がした」

「安治川さんは、悪く言えばお人好しですね」

「悪く言わんでも、お人好しや。自分でもわかっとるで。せやから、これ以上つき合わんでもええ。ここに残って鑑識課に引き継ぐのも、わしらの大切な仕事や」

「じゃあ、どこに行かはるのかだけでも、教えてください。室長から、安治川さんに付いているように指示されています。それもうちの仕事ですよって」

「十三署に行ってくる。あとはよろしく」

安治川は、内山から受け取った車のキーを、優しい放物線で良美に投げた。

4

「ああ、どうも」

十三警察署の大迫は、ワイシャツを腕まくりしながら、ガニ股で近づいてきた。

「どないですか？」

「はっきり言うて、なかなか進展がないです。あれから、クレジットカードの履歴を手がかりに、紺野さゆ里がよく通っていたホストクラブがわかりました。ホストクラブの場合は、永久指名と言って、一度担当のホストを決めるとお客は別のホストを指名できないというシステムになっているんです。その店も基本的に永久指名だったので、古川竜一という担当ホストを割り出すことは容易でした。古川にとって、さゆ里はいわゆる太客だったのですが、彼女は最近入店した若い矢部万希志という男がお気に入りになって、指名替えを店の代表に頼んでいたそうです。永久指名というのはホストクラブ独特の制度で、もともとは売り掛け、つまりツケの場合に担当ホストに責任を持って肩代わりさせるためのものだそうです。ホストクラブは、それだけツケ払いが多いんでしょうね。でも、紺野さゆ里の場合はいつもクレジットカードか現金できちんと支払っていて、店にとっても上客で、他店に行かれることを懸念して店の代表は例外的に指名替えを認めたそうです。古川竜一にとっては、成績は下がるうえに恥をかかされたようなことになって、さゆ里のことをよく思っていなかったのは事実です」

「けど、そういう恥をかいた程度の理由で殺していたんでは、キリがあらしませんね」

「そうなんですよ。紺野さゆ里が亡くなった夜は、店休日で古川竜一も矢部万希志もアリバイがないですが、動機が不充分です」

「他殺ということは確定したんですか」

「解剖の結果、首の痕跡は、強い力で手で押さえつけられたことがはっきりしました。肺に水が溜まっていて、死因は溺死でした。肺の水の成分は淀川のものでしたので、犯行現場は河川敷のようですが、遺体発見現場からは争ったような跡は見られませんでした。血液からは、かなりのアルコールが検出されました。クレジットカードの記録からは、紺野さゆ里はその夜は十三にある別のホストクラブに行っていました。その店によると、午後九時半頃に一人でやってきて二時間ほど居て、指名のようなことはせずに帰ったそうです。初来店ということでしたが、かなりハイテンションで金も使ってくれたということです。そこまでは摑めたのですが、そのあとが進みません。われわれの中からは、酔い覚ましに河川敷まで行ってうっかり足を滑らせて転落したと解釈したほうがいいんじゃないかという見解まで出ています。事故死ということにすれば楽は楽ですが、それでは押さえつけられた首の痕跡が説明できませんよね。それによほどの泥酔でもない限り、川岸はたいした深さはありませんから起き上がれますよ。逆に深く泥酔していたなら、河川敷まで歩いて行くことも困難です」

「酔うていたなら、押さえつけるのは女性の力でも可能ですかね。たとえばですが、紺野さゆ里のダンナはモデルの若い女と浮気しているって、藪原は言うてましたでしょう」

そのモデルとのトラブルがあった可能性はないだろうか。

「ええ。そっちも調べました。角田真未という二十五歳の中堅事務所に所属するモデルです。でも、夫の紺野理一郎以上のアリバイがありました。女友達と二人で台湾旅行中でした。これは渡航記録で確認済です」

「ダンナのほうは東北でしたな」

「ええ。デザインの創作のヒントのために、蔵王や白神山地をマイカーで一人で回っていたということでした。六月十五日からマイカーで出発して一週間の予定でしたが、連絡を受けて十七日に切り上げて帰阪しました。その供述どおり、Nシステムで仙台や弘前など三日間にわたって数地点での通過画像を捉えることができました。仕事ということで、浮気相手を同伴しなかったということでしょう」

「堂島にあるオフィスというのは、規模が大きいんですか」

「いいえ、簡単に言うと張りぼてです。もしかして、協力者がいるのではと調べてみたのですが、スタッフは二人だけで、ともに五十代のパートのオバサンですよ。あまりファッションのことは知らない素人ですな。電話番程度のことしかしていないようです。摑めたのは、ここまでです」

たしかに、八方塞がりという印象を受ける。

「ほんまに小さいことかもしれまへんけど」

安治川は、春日部からもらった三上聖華のスマホの通話記録を取り出した。氏名は表示されていなくても、番号表示がされているものが二十件ほどあったが、その中に紺野さゆ里の電話番号があった。四月と五月の計二回だ。

「二人の女性は、モンサンヴェルを辞めていますけど、そのあとも薄いとはいえ繋がりがあったと思われます。けど、紺野さゆ里はわしとの電話で『昔のことです。今はもう何の関係もありません。連絡も取っていません』と嘘をつきました。そして『今は専業主婦として平凡ですけど幸せに暮らしています。波風を立てないでください』とも言いましたけど、夫の浮気やホストクラブ通いなど、平凡で幸せとは言えへんと思えます」

「そうですね」

「嘘をつかれたことが、どうも気になりますのや。今となっては、もう問いただすことがでけへんのが残念です。紺野さゆ里のほうのスマホの記録を、見せてもろてもよろしいですやろか」

「ええ、いいですよ」

プリントされたリストをチェックしていったが、引っかかるところは特になかった。ただ、非通知からの受信が数件あったことは目を引いた。ＬＩＮＥメールは、その大半がホストの古川竜一であり、最近になって矢部万希志からのものが増えていた。その内容は、いわゆる営業トークであったが、古川竜一からのここ最近の何件かは、指名替えに対する抗議や不満のようなものが続いていて、さゆ里はそれを適当にあしらっていた。

十三署を出た安治川は、藪原兼明に会いに行くことにした。三上聖華と紺野さゆ里という亡くなった女性二人のことを知っている人物は、藪原しか安治川の持ちカードにはなかった。

そこへ、良美から電話連絡が入った。

「鑑識のほうが、良造さんの車を運び出していきました。良造さんは険しい顔をしながらも、協力していました」

「ご苦労さんやった」

「これから、どこに行かはるんですか」

「もう一度、藪原兼明に会うてくる」

「せやったら、合流させてください。三上聖華に関することなら、消息対応室が最初に案件を扱った部署ですし、室長も鼻を明かしてやれという方針です」

「そこまで言うなら来たらええけど、この先あかんときはあかんと言うで」

5

「もういい加減にしてくれよ。短時間で終わらないなら、帰るからな」

藪原は、露骨に嫌な顔をした。

「まあまあ、そう言わんといてんか」

「まだ、おれのことを疑っているのか。たしかに、聖華とはつき合っていたよ。だけど、世間で言うところの恋人関係とは異質だ。おれにとっては複数いるセフレの一人だ。本命でもなかった」

「けど、複数とはいえ、親密やったんでしょ」

良美が言葉を挟んだ。

「だから、どうしたっていうんだよ」

「あなたは、無関係な人やないんです。土に埋められて死んだ聖華さんの死を悼むという気持ちはないんですか」

「そりゃあ、あるさ。だけど、疑われるのはたまらない」

「それなら、潔白を明らかにできるように、うちらに協力すべきやないですか。短時間で終われ、なんて言わないで」

「潔白なんて、証明する必要はないさ。はっきり言って、もうどうでもいい女の一人なんだ。そんな女を殺して、何の得があるんだ。状況を考えれば、わかるだろ」

藪原は、次第に粗野な物言いになっていった。

「穿った見方は、いろいろでけまっせ」

安治川は、ゆっくりといなした。

「あんたにとっては遊びやったかもしれまへんけど、聖華はんはかなり本気やったと思いますで。あんたかて、オーストラリアへ行かはったころ『ピークだった』と言うてはりましたな。そんときはかなりの気持ちが入ってはったんとちゃいますか。聖華はんは、あんたから別れを切り出されて、ほんまに納得しはりましたやろか」

「言いがかりもいいところだ。だいいち、聖華は別の男との結婚を控えていたんだから」

「いや、聖華はんにとっては、結婚のほうこそ本気やなかったんとちゃいますやろか」

「そうかもしれないけど、おれはもう飽きてきてたし、既婚者となんか続けたくなかった」

藪原と聖華のＬＩＮＥのやりとりは、五月二十日が最後だった。

「聖華はんの結婚のことを聞いたのは、いつごろやった？」

「たぶん、三月頃だったと思う」

内山は正月にプロポーズをしたと話していた。

「結婚を申し込まれて悩んでいるという言いかたやなかったんか？」

だとしたら、藪原に引き留めてほしい。そしてさらに藪原にプロポーズしてほしいという思いがあったのかもしれないと安治川は思った。

「いや、違う。聖華は、おれが結婚までは考えていないということは悟っていた。副店長という肩書はあっても、たいした収入がないことも知っている。それに、オトメチックな結婚に憧れるようなタイプじゃない。おれにも、はっきりと『いい金づるを見つけたから、結婚しようと思う』って言ったんだ。そして『結婚しても、関係を続けてほしい』とも……前にも話したとおりだよ」

「聖華はんが、前にも神奈川県の男性と年の差婚をしていたことは？」

「神奈川県ということまでは知らないが、聞いてはいた。やはり、金づるだったと。まあ、そういう女ですよ」

「今回の婚約について、相手の息子が障害になっている、もしくはなりそうだといった話は？」

「聞いていない。おれは、あまり関心もなかった。結婚することを知って、そろそろ潮時だとも思った。何べんも言うけど、どうでもいい女だった。たとえ、しつこく迫られていても、うざいから殺すなんて、算盤に合わないことはしない」

「六月二日は、何をしていたんや？」

「アリバイか。やっぱり疑われているんだな」

「関係者全員に訊くのが警察の常識や」

「別の刑事からも訊かれたけど、あの日はモンサンヴェルで仕事だった。夕方五時頃に出勤して、午前一時過ぎまでいて帰宅した。その前後のことは、一人暮らしだから証明のしようがない」

それだと、アリバイが完全に成立しているとは言えない。

「あんたは、車を持っているんか」

「あるよ」

それなら、死体運搬も遺棄も難しくはない。

「ほな、次に紺野さゆ里はんのことを訊きたい」

「あの女とは、まったく関係がない。ちょっかいを出されたが、相手にする気にはまったくならなかった」

「それは以前に聞いた。わしが知りたいのは、聖華はんとさゆ里はんの繋がりや。二人はわりと最近まで連絡を取っていた。それほど頻繁やなかったけど」

「おれに訊かれてもわからない。美脚三人娘のときは、わりと仲がいいような印象はあったけどね」

「聖華はんから、なんぞ聞いてへんのか」

「聞いたことないよ」

「あんたが、さゆ里はんからちょっかいを出されたときのことをもう少し教えてくれ。いつのことやったんや?」

「一年ほど前だよ。聖華が復帰する少し前のことだ。さゆ里が、うちの店を訪れて『もう一度、ホステスにしてもらえないか』と訊いてきた。それも『毎日ではなくて週三日程度にしてほしい』と。副店長として、おれはすぐに断った。そんなパートみたいな生半可な気持ちでは来てほしくないし、それにさゆ里は劣化がひどかった。美脚三人娘のときも顔は一番良くなかったけど、まだ若さがあったし、スリムだった。ところが、店を離れている間にぶくぶくと太ってしまって、目も垂れてしまってオカメ顔になってしまって、すっかりオバサンになっていたよ。さゆ里は、『ギャラはいらないから』と言ったけど、おれは叱りつけた。『プロの世界にアマが入ってくるもんやない』と。さゆ里は、泣き出しそうな顔で帰っていったんで、少しだけあとを追いかけて、ご苦労さんとだけ声をかけた。そのときに、『飲みにいきたいので仕事が終わるまで待っていてもいいですか』と言ってきた。そんなつもりで声をかけたんじゃないので、『待ってもらっても時間の無駄だよ』と答えた。でも『一度だけでいいから食事につき合ってください。何でも奢りますから』と言われて、昔の仲間だから無下にもできず、次の店休日にステーキをご馳走になった。でももちろん、ステーキだけで終わりにした。そのあとで『また会いたい』と誘われたけど、『一度だけという約束だっただろ』ときっぱりと断った」

紺野さゆ里にとっても、モデルと不倫をしている夫との結婚生活はもはや仮面夫婦状態だったと思われる。さゆ里は気晴らしのつもりでホステス復帰を考え、藪原にも誘惑をかけたのではないか。それがかなわなかったので、ホスト遊びに走ったように思える。

「さゆ里とはそのあと何の接触もない。さあ、もういいっすか?」

「うちから一つ質問があります。聖華さんは、ジュエリーが好きでしたか?」

良美が引き留める。

「好きなほうだったね」

「金属アレルギーとかは」

「聞いたことがない」

「聖華さんに何かジュエリーのプレゼントをしはったこと、ありますか？」

「オーストラリアのシドニーに行ったときに、ちょうどクリスマスも近かったんで、夜景の見えるレストランでペンダントを贈ってあげたよ」

「どんなペンダントやったのですか？」

「写真があったかな」

藪原は携帯を取り出した。そして、聖華が三日月をデフォルメしたペンダントを胸に当てて笑顔を見せている写真を出した。背景は有名なオペラハウスだ。

「聖華さんの他の写真も見せてもらえませんか」

「そんなにたくさんはないけど」

良美は、差し出された写真に目を凝らす。

「ピアスはしてはらへんかったのですか」

「高校のときに、友だちに穴開けをしてもらって失敗して化膿したことがあったということで、もっぱらイヤリング派だと聞いている」

「聖華さんのマンションにはジュエリーが一つもなかったのですよ」

「それは妙だな。少なくともシドニーで贈ってあげたものはないとおかしい。他のペンダントをしてきたこともあった」

「アクセサリー類はゼロでした。聖華さんが自分から持ち出した可能性はありますけど」

鑑識の結果が、その日の夕方に出た。

内山良造の車からは、三上聖華の毛髪や指紋といった痕跡は検出されず、遺体発見現場の土や植物種子がタイヤに付着していることもなかった。

「しかし、言えることは、内山良造の車が遺体運搬に使われていなかったということだけだ。他の車、たとえば盗難車が使用されていた可能性までは否定できない……ということになる」

芝が、鑑識結果にそう付け加えた。

「そしたら、依然として内山優平さんが最有力容疑者ということですか。せっかく任意提出に同意してもらったのに」

良美はちょっと頬を膨らませた。

「それは、しかたがない。犯人でないという証明は、犯人であるという証明よりも難しいのだから」

「犯人でないという証明……」

安治川は小さく呟いた。

6

その夜、安治川は内山邸に向かった。

もう絶交だと言われていたが、やはりこのままということはできなかった。

「どの面下げて来たんや。さっさといねや」

インターホン越しに内山はぶっきらぼうに言った。

「そういうわけにはいかしまへん。車の鑑識結果が出ました」

「鑑識課から、車とキーがもう戻されとる。結果も聞いた」

「先輩の車が、犯行に使われたものやないということははっきりしました。けど、まだ他の車が使われた可能性までは否定されとりません」

「そうやって、とことん疑うのが安治川たちの商売なんやな」

「わしら警察官は、神様やあらしません。一つ一つ検証していくしか方法がないんです」

「ご苦労なこっちゃで」

「先輩からのパスをもう一回おくれやす。車のキーを投げてもろたとき、熱いものを感じました。安治川よ。なんでわしのことを信じられへんのや、という思いを受けました」

「それは安治川の主観やろ」

「ええ。けど、犯罪をするのは人間です。そしてそれを追及するのも人間ですのや」

「何が言いたいんや」

「人間やからミスもしますし、思い込みもあります。これまで警察官人生の前半は捜査共助課ということで他県警との連携や後方支援、そして後半は事務部門におりました。こういう殺人事件に携わったことはほとんどなかったです。せやから、昂ぶりも覚えました」

「昂ぶったからミスをしたと言うんか」

「検証のし忘れをしました。優平はんのことです。もしかしたら、アリバイがあったかもしれませんのや。それやったら、犯人でないことの証明になります」

「どういうことや？」

「先輩は、優平はんから徳島の地酒と饅頭を取材旅行の土産にもうたと言うてはりましたよね」

「そうやが」

「そのことを聞いたころは、まだ聖華はんの遺体も出てへんで、もちろん死亡推定日もわからしませんでした。けど、もしかしたらそれにかぶっているんやないかと今になって気づきました。たしか、あれは六月の初めやと言うてはりませんでしたか」

「そうや。たしか六月一日か二日くらいから四日くらいまでやったと思う」

もしそうなら、アリバイ成立の可能性が出てきた。三上聖華のスマホを見せてくれた春日部警部の話によると、死亡推定日は六月二日にほぼ絞られるということであった。

「それを証明でけるもんはあらしませんか」

「そう言われてもなあ」

「土産はまだ残ってますのやろか」

「酒は飲んだし、饅頭は食うたで。ただ、饅頭は一個だけ、甘い物が大好きだった家内の仏壇にまだ供えているけど」

「箱はどないしはりました」

「箱に入れて置いてある」

「ぜひ見せとくれやす。製造年月日や賞味期限がわかるかもしれまへん」

「わかった。今夜だけ玄関を開けてやろう」

内山は、少し赤ら顔で出てきた。飲んでいたようだ。

「すんまへんな。失礼します」

安治川はようやく家の中に入ることができた。

「上司の許可はもろうてきたんか」

「いえ、あらしません。府警の大半は、優平はんが容疑者やと見てます。それと逆方向となる無実の材料を探すことなんか、賛成しまへん」

「あとで叱られても責任持たんで」

「叱られてもかましません」

「ここで待っとれ」

内山は奥の部屋から、饅頭の入っていた小さめの空き箱を持ってきた。

「こんなもので、アリバイ証明ができるのか？」

「それはわかりまへんけど」

饅頭の賞味期限は、六月五日となっていた。ラベルに書いてある製造元の電話番号にかけてみる。夜間だが、残業や交替勤務の従業員がいれば、教えてくれるかもしれない。

「こんな時間にすんまへん……」

「はあ、何でしょうか?」

中年の男性社員が応対してくれた。

六月五日が賞味期限なら、おそらく六月一日に製造されたものである、ということであった。

優平が、六月二日に徳島県にいた可能性が出てきた。

「饅頭を渡されたとき、袋に購入時のレシートは入ってまへんでしたか」

優平の部屋を探したときは出てこなかった。

「レシートはなかったと思うが。あ、そうや。前に、優平に届いたゲーム雑誌を見せたことがあったな」

「ええ」

「あのあと中を読んでみたら、優平の寄稿があって、徳島旅行のことが写真入りで出ていたんや」

「それ、見せとくれやす」

内山が持ってきた雑誌には、ゲーム作家から読者へ向けた新作予告のページがあり、優平が新しいゲームの舞台となる徳島の大歩危峡の写真を載せるとともに、創作の大きなヒントを得た旨を書いていた。観光客を乗せた和舟が、竿を持った船頭に操られながら水しぶきの跳ねる渓流を豪快に下っていく写真だ。安治川は、以前に姪っ子二人を乗せて京都の保津川下りを体験したことがあるが、それに似た印象を受ける。


雑誌を借り受けて、翌日の土曜日を利用して、安治川は徳島県に向かった。神戸市の三宮から明石海峡大橋を通って淡路島を縦断する高速バスに乗れば、約二時間と意外に早く徳島市に着けた。伊丹空港から飛行機を使うという方法もある。

(ということは、優平も日帰りした。あるいはトンボ帰りした可能性もあるな……)

そう思いながら、徳島駅前でバスを降りた。

雑誌社に照会したところ、優平はゲーム作家としてときどき寄稿をしていたが、今回はかなり詳細な紀行文が送信され、写真も数枚添付されていたが、短く抜粋して写真も一枚だけに留めたということであった。

それらを送信してもらうように頼んだところ、編集責任者の許可を得てからということで待たされたが、徳島駅の手前でようやく安治川のスマホに届いた。

紀行文の全文によると、六月一日に徳島に着いて、鳴門海峡の渦潮を見たあと、吉野川を北上するルートで、二泊して六月三日に徳島をあとにして、帰路は坂出から瀬戸大橋を通って岡山から新幹線で大阪に着いていた。

徳島の阿波おどり会館と鳴門公園での自撮り写真があったが、日付の証明はできなかった。他の日に来て撮った可能性があったからだ。

唯一手がかりになりそうなのは、大歩危峡の観光舟下りであった。雑誌に載ったものよりもっと大きく船頭が写っているものがあった。船頭が特定できれば、その乗船日や時間帯がわかるかもしれない。そう考えて安治川は、JR土讃線に乗って大歩危峡に向かうことにした。

二億年かけて吉野川の激流が作り出した奇跡の渓谷——というキャッチフレーズにたがわぬ見事な美しさであった。歩くのが危ないことから大歩危という名が付いた、と言われている急峻な崖が続く秘境地であるが、絵の具では出せないほどの川の深い青色と岩肌のコントラストが実に鮮やかであった。

照会のために乗船案内所に向かった安治川の目に、乗船名票提出所の文字が入った。尋ねてみると、万一のために乗客にはライフジャケットの着用と乗船名票の提出を求めているということであった。六月二日の分を見たいと願い出ると、快く応じてくれた。

六月二日の午後三時半発の舟の乗船名票の束の中に、内山優平の名前と住所が書かれたものがあった。雑誌社から送信してもらった写真を見せて確認すると、船頭は間違いなくその舟を担当していたということだった。

乗船名票をスマホに撮らせてもらう。これで、優平のアリバイがかなり固くなった。

7

「勝手に動いたのは遺憾だが、結果オーライにしよう。合同捜査本部がまったく摑んでいないことが、得られたのだからな」

月曜日に安治川から報告を受けた芝は、そう反応した。

「だが、内山優平がシロだとなると、彼が自殺した理由がわからなくなってきたな」

「ええ」

三上聖華を殺害して遺体を隠したものの、警察に疑われ始めて、良心の呵責にも耐えきれなくなって自殺をしたというのが、信貴山署の菅沼をはじめとする府警の主流の見方であった。

しかし、三上聖華を殺害したことが揺らいだとなると、その構成が破綻をきたすことになる。

「府警本部に報告をしてくる。内山優平はロッジの宿泊利用者名票に記帳していたから、乗船名票の画像との筆跡照合もしてもらうことにする」

芝はどこか愉快そうに言った。

「整合性が取れなくなる証拠が出てきたことで、あわてる連中の顔が見たいな」

芝は軽い足取りで帰ってきた。筆跡鑑定は一致したということだった。

しかし、その日の午後に、予想していなかった事態になった。

三上聖華の遺体発見現場近くで地道に聞き込みを続けていた奈良県警が、重要な証言を得たのだ。

曽爾高原から赤目四十八滝に向かっていたカップルの車が、道路脇から飛び出してきた男と接触しかけたというのだ。六月四日の午後四時前のことだ。

そこは、三上聖華の遺体発見現場から一キロも離れていない太郎岩と呼ばれる大きな岩のそばであったということだ。

運転していた男性は、こう証言した。

「隣に乗せたカノジョが、早く赤目四十八滝に行きたいとせかすもので、急いでいました。陽が落ちると、赤目四十八滝は下流の一部しか立ち入れませんからね。あの道路は歩行者なんてほとんどいないんですが、突然サングラスをかけた若い男が脇のほうに横切ったんですよ」

「車との接触はしていないんですね」

「はい。危うい（あや）ところでしたが、しかけただけです。急ブレーキをかけて『大丈夫ですか』と声をかけたら男は黙って手刀を切って道路脇に走ってきました。事なきを得たので、こちらも発進しました。後ろを見ていたカノジョの話によると、男は何ごともなさそうに道路右手の藪（やぶ）で立ち小便をしていたということでした」

どうやらドライブ中に尿意（にょうい）を我慢できず、近くに車を停めて走ったということだろう。後続車が来るまでに渡り切れると思っていたが、予想が違ったようだ。

「その近くで停まっていた車を見ていませんか？」

「見なかったと思いますが、あやふやです」

「男の特徴は？」

「サングラスに野球帽でした。他は特には覚えていません。あ、ドライブレコーダーの映像は残していますよ。もしもあとで何かトラブルがあってはいけないと思い、男のほうから飛び出してきたということの証拠になると考えて、その箇所だけはまだ消去していないのですよ」

ドライブレコーダーの映像が再生された。

少しカーブした道路を曲がったところで、紺色の野球帽に黒いサングラスの若い男が、フロントガラスの前を走って横切った。フロント部分に触れそうになり、車は急停止した。若い男は、自分から謝るかのように手刀を切って道路脇の藪(やぶ)のほうに小走りに向かう。道路の反対側は、崖になっている。横切った男が乗っていたと思われる車は映っていなかった。

サングラスと野球帽で、若い男の人相ははっきりとはしない。しかし男の顔面が一瞬とはいえ捉えられていることは貴重であった。

奈良県警の科捜研は、輪郭照合を行なった。ドライブレコーダーに映った若い男の顔の輪郭と、内山優平の顔写真が比較された。その結果、九十パーセントの確率で合致(がっち)するという結果が出た。

第五章

1

「とんだ恥をかいた。これでは、消息対応室は無用な、いや邪魔なセクションだと言われかねない。しかも奈良県警が成果を挙げたことで、府警の幹部は極めて不機嫌だ。規模も予算も奈良県警とは桁が違う大阪府警がうっちゃりを食らった。アリバイがあるなどというガセを消息対応室が言い出したのが遅れの原因だと、名指しで叱られた」

芝は、口をへの字に曲げた。

「ガセは言い過ぎです。大歩危峡の乗船名票があるやないですか。お土産品も」

良美が言った。

「あんなものは、誰か協力者が出したり、買ったりしたのかもしれない。安治川さんよ。名票は受付で一枚ずつもらって、その場で書くのかね？」

「いえ。受付の手前に積んでおいてありますのや」

「それなら、内山優平が別の日に前もってやって来て、自撮りをしたあと、白紙のまま名票を持ち帰り、協力者に渡して、その協力者が内山優平になりすまして乗って、船頭の写真を撮って、内山優平がそれを雑誌に投稿したことも考えられる。そもそも、雑誌に投稿したのも、今にして思えば、あざといやりかただ」

「その協力者って、何者なんですか」

「そいつはわからん。今どきは、ネットで高額アルバイトだと募集すれば、特殊詐欺の受け子や出し子も容易に集まる時代だ。内山優平なら、ネットに長けていただろう。安治川さん。何か言いたいことがありそうだが」

「いえ、あらしません」

たとえ、大歩危峡で乗船したのが替え玉であったとしても、そして死体遺棄現場付近で後続車と接触したのが内山優平であったとしても、安治川には内山優平自殺説がまだ腑に落ちないことがあった。

一つは内山優平のノートパソコンがいまだに見つかっていないことだ。パソコンには、いろんな手がかりが埋まっている気がする。かりに協力者を金で募集していたとしたらその足跡が残っているだろうし、それ以外の人物とのメールのやりとりもあるはずだ。内山優平のスマホには、参考になりそうな通信記録はなかったということだが、父親の良造が「あいつはしょっちゅう持ち歩いていた」とするパソコンを使って、メール類は送受信していたのではないか。自殺する人間が、それを隠す必要性はないと思える。アダルトサイトの閲覧記録などはあったかもしれないし、内山優平はホテヘルも使っていた。だが、そういう痕跡は、彼ほど使いこなせたなら、簡単に消去できていたはずだ。

もう一つは、内山優平の死と三上聖華の遺体発見の順番だ。三上聖華が内山優平の生きているうちに殺されて埋められたのは解剖結果や死亡推定日などから、確実だ。そして三上聖華の遺体は、内山優平が死んだあとで見つかっているのだ。これがもし、見つかったほうが先なら、埋めた遺体が出てきたことで、捜査の手が及んでくることを懸念した、ということもあるかもしれない。しかし、見つかったのがあとなのだから、そこまで追い詰められた気持ちは起きないのではないか。もっとも、内山優平をマークした最初の人間は、他ならぬ安治川だ。安治川の追及は、自分では厳しくなかったと思っていても、受け止めるほうはどうかわからない。

「勇み足やったかもしれまへん。迷惑かけました」

安治川は、それ以上のことは言わなかった。良美も、少し不満そうな横顔を見せながらも、黙った。

定時に退庁した安治川は、四天王寺署にある消息対応室から足を延ばして真田山公園に向かった。現在では府立プールや市立テニスコートなどのスポーツ施設が設けられているが、その名前は公園の西側にあったと推定されている大坂冬の陣で築かれた真田丸に由来する。安治川の信繁という名前は、大奮戦した真田幸村の本名と言うべき信繁からもらって、親が名づけてくれたものだ。

安治川は心が晴れないときは、この真田山公園か、天王寺公園内にある茶臼山を訪れることにしている。茶臼山は冬の陣で徳川家康が本陣を置き、夏の陣では真田丸を講和によって壊された真田信繁が本陣を設けて激戦の舞台となった。

真田山公園の北側には、日本最古の陸軍墓地がある。日清戦争、日露戦争、第二次世界大戦をはじめとするさまざまな戦闘などで亡くなった陸軍兵士たちの墓碑が五千基以上も並ぶ姿は壮観だ。

ここに来ると、主君や国のために命を賭して戦った漢たちの偉大さに身が締まる思いがする。

（わしは、とてもそこまできばってへん）

真田信繁は、勝ち目がほとんどないことをわかっていながら夏の陣に臨んだ。陸軍兵士の中にも、生きて帰れない状況で覚悟を決めて戦闘に向かった者たちがいただろう。

（まだまだ、心が足りとらん）

安治川は自分自身を評価しながら、陸軍墓地の中をゆっくりと歩いた。

（そもそも状況は、夏の陣までいっとらん。まだ一連の事件に対する最終結論が出たわけやないんや）

奈良県警による輪郭認証の結果は、九十パーセント合致だということできわめて数値は高い。しかし、優平が遺体発見現場付近にいたとしても、それは彼が殺害したというまでの証拠にはならない。遺体を運んで埋めたということは推認させるかもしれない。だがそうであっても、殺したことには直接結びつかない。

死体遺棄罪と殺人罪とは違うのだ。優平が生きていたなら、死体遺棄罪で逮捕して、殺人について供述を迫るというやりかたもあるが、もう他界しているのでそれはできない。

天王寺まで出ると、安治川はデパートでケーキを買った。姪っ子姉妹の姉である名保子の誕生日があと二日後だった。誕生日当日は安治川が仕事で多忙を極めるかもしれないし、夫と幼い息子がいるので家族水入らずで過ごしたいだろう。行けるときに行っておこうと、今夜立ち寄ってケーキを手渡しておくことにした。

「叔父さん、よかったら少し寄っていってくださいな」

名保子は、マンションのエントランスまで出てきた。

「けど、夕食どきやないか」

「きょうは、夫は接待で遅くまで帰ってきません。息子はアニメに見入っています。それが終わったらケーキをお裾分けします。それまでヒマですから、コーヒー一杯だけでもどうですか」

「さよか。ほな、一杯だけもらおか。坊やのアニメが終わったら帰るで」

名保子とともにエレベーターで三階に向かう。

扉を開けたら、カレーの匂いがした。リビングで投げ座りをしているまだ幼い息子は安治川を見て愛想笑いを浮かべたが、すぐにテレビ画面に視線を移した。

こういう家庭の空気を安治川は味わうことなく、この歳になった。だが、姪の養育と両親の介護から逃げることなく立ち向かった人生に悔いはない。家庭が持てる友人たちを羨ましいと思った時期はある。だが、結婚当初や子供誕生のときの幸せを維持できている者はほとんどいない。内山もその一人だ。妻には先立たれ、定職に就かずに低収入の一人息子に悩み、最後の恋とばかりに若い女性に走り、そのどちらをも失った。

「叔父さんは、薄めがよかったですね」

名保子は、手際よくコーヒーを淹れていく。学生時代にシアトル系カフェ店でアルバイトをしていただけあって、彼女のコーヒーは美味い。

「座ってくださいな」

勧められるままキッチンと対面の椅子に腰を下ろそうとして、冷蔵庫からフレッシュを取り出そうとする名保子の後ろ姿に目がいった。

「あんたが穿いているのは、スキニーなんか？」

聖華の遺体写真のものとよく似ていた。

「ええ、そうよ。細く見えるので、最近気に入っているわ。あの子を産んでから、なかなか体重落ちないんでね」

名保子は明るく笑った。

「ポケットは案外と小さいんやな」

「メーカーによっていろいろだけど、レディース物は、ポケットは飾りという場合も少なくないわ。女性はみんなバッグを持っているから」

「スマホをポケットに入れることもあるんか」

「人それぞれやけど、あたしはしないわ。前ポケットは小さいので、お尻のポケットに入れることになるけど、座り心地が悪いから。それに細く見せるためにスキニーにしているのに、ポケットに財布やスマホを入れたら膨らんだ印象になるでしょ」

聖華はポシェットの中に財布やクレジットカードを入れていたが、スマホはポケットの中だった。

「ポシェットがあるのに、スマホだけはポケットに、ということはせえへんか？」

「あたしなら、しない」

「ファッションのことでついでに訊くけど、紺野というデザイナーは有名なんか？紺野理一郎というたはずや」

「ええ。ファッション誌でインタビュー記事を見たことがあるわ。わりとハンサムで知的な感じのオジサマだったから覚えている。どんなデザインの服を創っているのかは知らないけど」

「服のデザインよりも、デザイナーのルックスかいな」

「そういう要素って、人気商売には必要なんじゃないかな。政治家だって、イメージのいい写真をポスターに使うでしょ。政策は掲げずに」

「うん、まあせやな」

「あとはファッションの場合は、価格よね。一つのブランド物で固めることができるお金持ちはともかく、普通の人はデザインの良さと同格くらいに値札を見てしまうわ」

「ブランドで固めるのって、どこがええんや？」

「それができる女性は、少数なので優越感があるんだと思う。ブランドで飾れたなら誇示できるでしょ。見ただけでわかることだから、してみたくなるのだと思う」

「成功した男性が、高級車を何台も所有したり、綺麗な女性を連れて歩くのと同じ心理なんかな」

「ええ。ある種の自己顕示というか、承認欲求でしょうね。それができない人は、インスタ映えする写真を載せて、〝いいね〟をもらおうとするのかもしれない」

「名保子もブランド物で固める生活に憧れるんか」

「そんなのずっとは続かないでしょ。あたしは、どんな高級ブランド品よりも値打ちのある宝物を持っているんだから、それで充分よ」

名保子は、アニメのエンドロールを楽しそうに見つめる息子のほうを手で示した。

翌朝、朝食をかき込んだあと、急いで歯を磨いている安治川のところに電話がかかった。良美からだった。

「朝からすみません。ちょっとだけ、ええですか」

「どないしたんや」

「きのう、帰ったあと、悔しさがどっと込み上げてきました。なんだか消息対応室が負けた気持ちになって」

「あんまし、勝ち負けで捉えへんほうがええんとちゃうか」

「けど、奈良県警にやられてしまった、と府警の上のほうは考えていて、その責任を消息対応室に負わせようとしてくるんやないですか」

「そうかもしれへんけど」

「このまま終わるのじゃなくて、自分ができることをやってみようと思いました」

「それは悪いことやない」

「うちが引っかかったことの一つに、聖華さんの部屋にジュエリーが何もなかった点がありました。藪原は、彼女はジュエリーが好きだったし、金属アレルギーということもないだろうと言ってましたよね。そして、オーストラリアでペンダントを贈ったと」

「せやで」

「それで、ネットで調べてみることにしたんです。個人取引サイトです。ジュエリーがなくなったということは、処分されて捨てられたのか、盗んだ人間が身につけようとしたのか、売って儲けようということになったのか、の三つだと思ったからです。処分されたのなら調べようがないけど、処分する理由は見当たらないのです。何かの証拠品といったものではないはずです。盗んだ人間が身につけるのは、危ないですよね。そこからアシがつきかねません。そうなったら、個人取引サイトで売られたのではないかということになります」

「けど、それも身元を辿られたなら危険なんやないかな」

「いえ、個人取引サイトの場合は匿名で写真を掲載して匿名で発送することが可能なんですよ」

「せやったら、本名は摑めへんのとちゃうか」

「発送は匿名でできますが、登録には本名が必要です。せやから運営元は把握しています。手続を踏めば、開示してくれると思います」

「さよか」

ネットやサイト関係には疎い年代だ。個人取引サイトなど一度も利用したことがない。Ｙａｈｏｏを初めのうちは、ヤッホーと読んでいたくらいだ。

「それで、昨日の夜、いろいろある個人取引サイトをチェックしていって、ようやく今、見つけました。たぶん、藪原に見せてもらった三日月をモチーフにしたペンダントと同じです」

「徹夜したんかいな」

「ええ。悔しさがエネルギー源になりました」

「努力には敬服するけど、似てるだけかもしれへんのとちゃうか」

聖華が身につけていた写真を見ただけだ。

「うちにもその懸念はあります。せやから、藪原さんにもう一回会うて、確認してもらいたいんです」

「けど、たとえ藪原が同じものやと言うても、唯一無二のオリジナルなものやとは限らへんで」

「それはそうですけど、確かめてみたいんです。安治川さんにつき合わせる気はないんで、うちが休暇もろてこれから行きます。藪原さんの電話番号を教えてください」

「藪原は、遅うまで働いてるがな。午前中は寝てるで。今夜いっしょに行こやないか。休暇は取らんでもええ。あんたは、わしのコピーにならんでもええ」

「九万八千円という値段を、出品者は付けているのか」

藪原は、良美が差し出した個人取引サイトの写真に目を凝らした。

高額なためか、まだ売れていなかった。出品者は〃いちごみるく〃という名前を使っている。

「シドニーで撮影した写真を、もう一度見せてくださいな」

藪原は、出して見せた。

「たしかによく似てるな」

「ですよね。藪原さんは、いくらで買わはったのですか？」

良美は、その画像をコピーさせてもらいながら訊いた。

「正確には憶えてないよ」

「シドニーで買わはったんですか？　それとも旅行前に日本で購入して用意してはったんですか」

「それはまあ、シドニーで……」

それまで良美に任せていた安治川が、一歩前に進んだ。

「何という店でしたんか?」

「もう忘れたよ」

「藪原はん。あんたが聖華はんにプレゼントしはったペンダントが、彼女の部屋からなくなっていますのや。そして、よう似たもんが売りに出されとります。出品の日付は六月十三日やさかい、聖華はんが亡くならはったあとです。犯人もしくはそれに近い人物が盗み出した可能性があるんです。同じもんやということを確定させるためも、購入店を思い出してもらえまへんか」

「そう言われても……」

「疑おうと思たら、あんたを疑うこともでけますで。結婚する聖華はんに、『うまく年寄りの財産を取ることがでけたら、自分にもお裾分けをしろ。さもないと、その年寄りにおまえの本性をバラすぞ』と脅して、トラブルになって殺してしもうた。このペンダントは元々自分が買ったものだからと持ち帰って売ることにした」

「言いがかりはやめろよ。こんなサイトなんか使ったことがない」

「せやったら、協力してもらえまへんか。どの店での購入やったんですか」

「だから、それは……」

「あんたは、こないだ『オーストラリアのシドニーに行ったときに、ちょうどクリスマスも近かったんで、夜景の見えるレストランでペンダントを贈ってあげたよ』と言わはりましたけど、買うたとは言うてはりまへんでしたな」

「聖華を殺してなんかいない。信じてくれ」

「ほなら、正直に言うてくれまへんか」

「わかったよ。このペンダントはもらったものなんだ。男でも使えるフォルムだし、この業界では飾りにする者もいるけど、おれはそういうことはしない。デリカシーのないプレゼントだったけど、ケースに入っていて高額そうだったので捨てずに置いていた。それを、クリスマス用に聖華にあげることにした。オーストラリア行きの費用は全部おれ持ちで、ビジネスクラスを張り込んだから正直金欠だったから」

「誰からもろうたんや？」

「前に言うた、ちょっかい女や」

「紺野さゆ里はんやな」

　殺された二人の女性が、ペンダントで繋がった。

2

「わかった。府警に具申して、出品者の情報開示要請を求めよう。それにしても、また勝手な行動をして、私は蚊帳の外だな」

芝は、硬い表情だった。

「すんまへん」

「しかも、今度は新月君も巻き込んで」

「巻き込まれたのやないです。うちが頼んだんです」

良美は、徹夜で眠そうな目をこすった。

「似たようなものだ。今回の情報開示請求の必要性は認めよう。だが、恥の上塗りにならなければいいが」

芝は、サイトに載せられた写真を指で叩いた。

「オンリーワン商品ではないのだから、無関係のものかもしれない。殺人者が、戦利品を持ち帰ることはあるが、たいていは自分の犯行の記念品として持っているそうだ。売りに出したなら、そこから発覚することがある。それが予想できないやつは、おバカだよ」

サイト運営者から、出品者である〝いちごみるく〟の登録情報が明らかにされた。

ニックネームは若い女性を連想させたが、その正体は三十五歳の男・古川竜一であった。ホストをしている古川の名前は、十三警察署の大迫から聞いていた。

都島(みやこじま)区友渕(ともぶち)町にある古川の住むマンションに、安治川と良美が向かった。まだ真新しい小洒落(こじゃれ)たマンションだった。

「紺野さゆ里からもらったんだよ。死んでしまったから、あまりゲンが良くないと思って、売りに出したんだ」

古川は、肩まで掛かる軽くウエーブした茶髪を掻き上げた。目も鼻も眉も、そして顔の輪郭も体型も細い。身長は百七十センチ半ばといったところだ。

「いつ、もろうたんや？」

「六月に、彼女の車でドライブデートをしたあと同伴出勤してくれたときだ」

「六月の何日や？　正確に答えてくれ」

「待ってくれ」

古川は小さな手帳を取り出した。

「紺野さゆ里はんは、よう通うてたんか？」

「六月九日や」

「そうだね」

「彼女が亡くなったことは、どうやって知った？」

「ニュースで見たし、十三署の刑事が聞き込みにきたこともあった。おれは、関係ないよ。疑うのはムダだよ」

「そいつはこっちが決めることやで。なんで、あのペンダントをサイトで売ろうとしたんや？」

「さっきも言ったように不吉だし、金になるからだよ。他の客からのものも、売っているぜ」

「まだ売れてないんで、持っているんやな」

「死んだ女からの貢ぎ物とは書いていないのに、ケチがついて売れないようだ」

「提供してもらうで。事件と無関係なら問題ないやろ」

「タダでもらうってか？」

「貸してほしいと言うてるだけや。必ず返す。箱に入っていたんやな」

「路上で売っている安物とは違うぜ」

「だったら、箱ごとだ」

「貸すから、もう帰ってくれ」

「まだもうちょっと訊きたいことがあるで。さゆ里はんは上客やったけど、若いホストに指名替えをされてしもうたそうやな？」

「思い出したくないこと、言うなよ」

「やはり三十五歳というのはきついんか？」

「答える義務はないね」

「指名替えされて、恨んでいたんやなんか？」

「おい、まさかそれで殺したと疑っているんじゃないやろな。指名替えされてクソッとは思ったけど、それだけだ。客は、あのブス女だけじゃないんだから。さあ、もう早く帰ってくれ」

借受書(かりうけしょ)と引き換えに、ペンダントを受け取った。

「このペンダントって、さゆ里さんから藪原に贈られて、それを藪原が聖華さんへのプレゼントに使って、それがまたさゆ里さんの手に渡って、そこから古川さんがもらったものなんでしょうか」

「そうとは言い切れへん。同じデザインの二つのペンダントがあって、一つがさゆ里から藪原そして聖華と渡り、もう一つがやはりさゆ里から古川に贈られたのかもしれへん」

「もしそっちやとしたら、聖華さんが持っていたほうはどこへ行ったんでしょうか」

「それがわかれば、聖華の命を奪った犯人に近づける気がする」

「ペンダントがオリジナル限定品やったなら、一つしかないと言えるんですけど、そうやない感じですね」

「指紋を調べてもらう。何かわかるかもしれへん」

「もし優平さんの指紋が出てきたら、ますます彼への容疑が深まるんでしょうね」

「せやな。けど……」

安治川は小さく息を吐いた。

「けど……どうなんですか」

「わしのような昭和生まれの警察官は、古いタイプやと言われるやろな。靴底をすり減らして歩き回って、経験を積んで、勘を磨け、と先輩から教えられて育った。今のような防犯カメラやNシステムといったデジタル重視のやりかたからしたら、時代おくれなんやと思う。せやけど、犯罪をするのは人間なんや。被害者もまた人間や。それも、A、B、Cといった記号や識別番号で表わされる無機質なものやのうて、喜怒哀楽などの感情やキャラクターを持った人間なんや。防犯ビデオに、性格までは出えへんがな」

「性格ですか。それは出ませんね」

「内山優平は一度、父親がいた三上聖華のマンションに押しかけて、トラブルを起こしている。息子なんやから母親への思いはあるやろし、自分が相続できるとアテにしていた財産を聖華に取られてしまうのではないかという危惧もあったやろ。動機はあると言える。けど、聖華はそれで警戒心を抱いたに違いない。優平のほうも聖華への行動を起こしにくうなったはずや」

「そうですね」

「優平が再び聖華のマンションを訪れても、彼女は入れへんやろ。優平が呼び出しても、簡単には応じひんはずや。そんな優平が、どうやって犯行でけたかは、まだ説明されてへん」

「たしかに」

「優平の自殺動機というのも、はっきりしてへん。かりに優平が聖華を殺していたと仮定して、父親が聖華と音信不通になって落ち込んだのは事実やが、それは優平にとって想定内のことやったと思う。わしらが聖華の行方を調べようとして動いたが、そないにあわてた素振りはなかった」

「ええ、そうでした」

「聖華の遺体がまだ埋まったままの段階で、捜査の手が伸びることを恐れることも、良心の呵責を必要以上に感じることもなかったんとちゃうかな」

「どう見立てたら、いいんですか」

「いや、わしにもわからへん。とにかく、でけることをコツコツやるしかないと思う。このペンダントの指紋検出を鑑識にやってもらうように依頼する。そして、もう一度三つの現場を見ておきたい。発見順に言うと、紺野さゆ里の淀川河川敷、内山優平のロッジ、三上聖華の奈良の山中や。その順に回ろう」

「行き詰まったら現場に戻れ、ですね」

「それも、古いアナログかもしれへんけど」

3

持ち帰ったペンダントおよび箱からは、紺野さゆ里と古川竜一の指紋しか出なかった。

「さゆ里さんは、ペンダントを二つ買っていて、一つを藪原に贈ったけど、色よい返事をもらえなかったので、もう一つをホストの古川さんにプレゼントした。だけど、そのあと彼女の関心は若いホストに移った――そういうことでしょうか」

「ペンダントは二つあったとは言い切れへんで。指紋は拭われたのかもしれへん。ペンダント本体ならともかく箱には、宝石店の人間の指紋があってもおかしくないのに、それが出てへん」

「そうですね。高級店なら店員さんは手袋をしますけど、箱にリボンをかけるときまではしないことも少なくないですよね。ペンダントからこれ以上辿ることは、むつかしいかもしれないですね」

安治川と良美は、淀川河川敷の現場に足を運んでいた。

「よほど水かさが増えた日でもない限り、うっかり足を踏み外すことはなさそうですね」

堤防から降りてすぐが水際(みずぎわ)ではなく、丈の低い草が土の上に生えている。五十センチほど進んでようやく水面となる。幅広くゆったりと流れる淀川は、中心部へ行けば水深もあるだろうが、水際はそうでもない。

「新聞で天気予報を調べてきたけど、遺体が発見された六月十六日もその前日も晴れやった。きょうくらいの水かさやと思う」

「血中アルコール濃度はかなりのものやったそうですけど、事故死は考えにくいですね。酔いを覚まそうと、この水際までやってきて足を踏み外したとしても、水深はしれています。たとえ水の中に足を突っ込んでしまったとしても、それで酔いは覚めるのやないですか」

「普通ならせやな」

「なのに、府警はまだ事故死の線を捨てていないのですね」

「こちらは水死やからな。絞殺痕があって埋められていた聖華の場合は、明らかに他殺や。その犯人を優平と認定して、彼の死を自殺としたら、それで一件落着や。そして、こちらは事故死としたら、捜査の必要はなく、未解決事件にはならへん」

「そんな安直（あんちょく）な」

「けど、そういうふうになるべく未解決事件という汚点を残さへんように、というのが府警に限らず、警察の習性なんや」

「誤認捜査で終結するほうが汚点やと思いますけどね」

「少なくとも、この水死案件が、三上聖華殺害事件と関連してる可能性があるとは、わしらを含めて誰も気づいてへんかったな」

安治川は、周囲を見渡した。都会の河川敷や堤防は、公園のような役割を果たしていることが多い。こうしていても、犬を連れた散歩者やジョギングをする人たちが幅の広い堤防の上を通り過ぎていく。バドミントンをしている若者もいる。

「昼間ほどやないけど、夜間にも人の目はある。通勤路として自転車で走る者もいるし、カップルもやってくるやろう」

「川の向こうに見える梅田の街の灯り(あか)が綺麗ですものね」

「事故死やのうて殺人として、その犯人の立場になって考えてみたんや。ほんまやったら、もっと事故死と思われる場所を選びたかったと思う。たとえば、高い階段のある神社とか柵のない港湾とか……けど、その機会がなかったんやと思う」

「なんで機会がなかったんですか」

「さゆ里はんが警戒してたのかもしれへんし、早いとこ命を奪いたい事情があったのかもしれへん。ともかく、事故死が無理なら、物取りの犯行に見せかけようとした。それでバッグのファスナーを開けて、財布を取ったんやろ。けど、ファスナーからは彼女以外の指紋は出ず、この現場に争った跡はあらへんかった」

「争った跡がなかったということは、どこかで殺されて運ばれた可能性が高いのですね」

「ここで犯行をするのは危険や。深夜でも、悲鳴を上げられたら危(あや)うい」

「さゆ里さんは、お酒を飲んでいたんですね」

「十三署の大迫はんに電話で訊いてみたんやが、その日は古川竜一たちが勤めているホストクラブが定休日やったので、別のホストクラブに入ったことがクレジットカードの記録からわかっている。一人で店を出たところまでは、防犯カメラで追えていることが、そのあとが摑めてへん。考えられるのは、そのあと犯人の車に乗ったということや。住んでいる高層マンションの玄関に設けられたカメラにも彼女の帰宅姿は映ってへんかったさかいに、その可能性が最も高いと言える」

「いくら酔っていても、まったく見ず知らずの男性が運転する車には乗りませんよね。その犯人が、優平さんとは考えにくいですよね」

「優平と面識がなければ、そうなる。そして、さゆ里の肺には、淀川の水が入っていた。首には押さえつけられた痕跡も見られた。犯人は、あらかじめ淀川の水を大きめの洗面器かバケツに汲(く)んでおき、そこへさゆ里の顔と頭を強引に浸けて水死させたのかもしれへん。洗面器の水でも人間は水死する。その実例は過去にもある」

「だとしたら、計画的な犯行ですよね。行き当たりばったりではなく」

「せやな」

「動機の点では、若いモデルと不倫している夫の理一郎さんが怪しいなとうちは思いました。夫婦仲が悪くて、さゆ里さんがホストクラブ通いしているのって、デザイナーとしてイメージ的にもマイナスですよね。けど、東北に行っていたことがNシステムで捉えられていて、アリバイがありましたよね」

「それに、相手がホストであっても浮気は浮気なんやから、離婚をする方法はあったと思うで」

「モデルの女性はどうなんでしょうか。さゆ里さんがいなくなったら結婚できますよね」

「女性の力では、むつかしいやろ。それに、大迫はんの話によると、彼女は台湾で旅行中やった」

安治川のスマホが受信を告げた。

「ああ、先輩。えらい無理なお願いをしてすみません。ええんですか、日曜日はお客さんが多いんとちゃいますか？　わかりました。では、のちほど」

安治川は、見えないはずの電話の相手に丁寧に頭を下げた。

「発見順としては逆やが、先に三上聖華の遺体があった現場に向かおう。案内してくれはる人の都合を優先や。ちょっと急ぐで」

安治川は歩き出していた。

「先輩って、言うてはりましたね」

「先輩は先輩でも、府警の先輩や。内勤をしていた肥後橋署総務課時代の先輩でいろいろ世話になった。今回は、奈良県警と大阪府警があまりうまいこと合うてへんさかいに、奈良県警に照会するのはようないと思うた。捜査共助課時代に各府県警に知り合いがでけたけど、奈良県警にはおらんかった。新聞記者を使う手もあるけど、ギブアンドテイクでこれまでの経緯や成果を話してやらんとあかん。わしらは、ないしょで勤務時間外に動いとるだけに、それも賢明やない。そのときに、高原という先輩のことを思いついた。もともと奈良県出身で定年退職したあと、そば打ち教室に通って腕を磨いて、現在は長谷寺の近くで奥さんと二人で小さな店を開いてはる」

「へえ、そういう第二の人生もあるんですね」

「人それぞれ、いろいろや。元警察官ということで地元の防犯委員もしてはる。食通で器用な高原先輩は、在職中から定年後の道を考えてはったんや。もともと高校時代は料理人志望やったそうやが、安定してへんと親に反対されて諦めた。それを六十になってから実現したわけや」

「いいですね。他にしたいことがあるって」

「わしは、こうして動き回れることが、定年後にしたいことやった」

4

「奈良のこのあたりは、そうめんで有名なんだが、私はあえてそば店を開いた。収支はトントンだけど、楽しくやっているよ」

「営業時間中にすんません」

「お昼どきが過ぎたらお客さんはまばらだよ。うちの店は、老舗(しにせ)でも有名でもない。在職中の貯(たくわ)えや退職金があるのでやっていけている」

「けど、お好きなんですね」

「ああ、充実感はある」

高原は、長谷寺の参道沿いにある店の前から、軽自動車に安治川と良美を乗せてくれた。

「ここらへんは、桜井(さくらい)市になりますのやな」

「そうだよ。東隣が宇陀(うだ)市そして曽爾(そに)村だ。そこから北は、名張(なばり)市となって三重県だ。

県境も入り組んでいるが、現場が奈良県でよかったよ。防犯委員同士の繋がりも県警が違えば途切れるからな」

高原は軽く笑った。

「ここを訪れるのは初めてのことですけど、あまり事件に縁のないのどかな山の風景が続きますね」

「殺人事件なんてめったに起きないよ。遺体が出てきたときは、地域の人は大騒ぎだったそうや。曽爾村の防犯委員さんに訊いたら、現場はすぐに教えてくれた」

「うちは、室生寺までは来たことがあります。女人高野と呼ばれているので、どんなところかと思って。古い歴史を感じさせてくれる素敵なお寺でした。それほど観光客も多くなくて、ゆっくり見ることができました」

「室生寺、曽爾高原、赤目四十八滝というスポットがあるので、ひなびた地域ではあるが、とくに紅葉の季節はたくさん県外ナンバーの車がやってくる。車がないと、訪れるのはちょっと厳しい。そういう場所は、よそ者でもあまり不審がられることはなく、地元民に目撃されることも少ないので、死体遺棄には恰好かもしれない。安治川君は、遺体写真は見たんだね？」

「ええ。御遺体の顔と全身の二枚は見ました」

高原が示してくれた。遺体を掘り起こした奈良県警からもらったものだろう。

「ズボン、いやスキニーて言うんですか。その裾と靴があんまし汚れてまへんでした。全身は土まみれやったのに」

「あの前日は、かなり雨が降ったから、それで洗われたんじゃないかね」

「ええ、大阪もよう降りました。それで土が流れて遺体の一部が出て発見に至るケースはときどきあります。今回もせやったんかどうか、確認しときたいんです」

「奈良県警はそう見てるんやろな」

高原は、道路脇に車を停めて、地図で確認しながら山の中へ歩き出した。ハイキングロードと言えるほどの幅はなく、けもの道に近い。五分ほど進むと、現場の斜面が見えた。木製の低い杭が二本打たれ、その間に申し訳程度のKEEP OUT(キープアウト)の黄色いロープが張られている。事件が結論づけられたなら、ロープは取り払われ、開いた穴は埋め戻されるのだろう。見ておくのは今しかない。

「私は防犯委員とはいえ、今は民間人だからここで待っているよ」

「はい、そのほうがええと思います」

安治川と良美は斜面を登り、合掌してから黄色いロープを跨(また)いだ。

「どやろ？　埋まっていたにしては、穴が浅いと思わへんか」

「そう言われたら、そんな気もしますね」

安治川は、穴に身を入れた。

「ちょっと、安治川さん」

「責任はわし一人が取る。離れたところから見てくれ。足が見えるか？」

「しょうがないですね。少年みたい」

良美はくすっと笑いながら、高原のいる方に戻った。

「はっきり見えますよ。短いおみ足が」

「変やと思わへんか。マイナーな道かもしれへんけど、ハイカーの人は通っているのに、それまで気づかれへんかった」

安治川は、穴に入ったまま言った。

「でも、それは雨が」

「台風のような強烈なもんやったらわかる。けど、もしせやったら周囲が地滑りしていてもおかしないのに、そうは見えへん」

安治川は身を起こした。背中は土まみれだ。

高原が小さく頷いた。

「私も、安治川君と同意見だ。たしかに大雨だったが、台風のような暴風雨とは桁が違った」

良美は、安治川のところに戻って、背中の土を払ってあげる。

「何者かが、大雨を利用して、ここに遺体が出るような浅さで埋めたと考えることはできひんやろか」

「じゃあ、それまでは御遺体はどこに？」

「別の場所やな。けど、自宅などに置いておくのは危険すぎるし、次第に異臭もしてくる。どこかに埋めたと考えるべきや。けど、ここからまったく離れた別の場所やと、土の成分や腐敗度が違うてくるさかいに、それを考慮に入れた犯人なら、この地域かもしくは周辺に先に深く埋めたものを、ここに運んでもう一回埋め直したんやないかな」

安治川は、高原のところにいって、頭を下げた。

「もう一つお願いがあります。このあたりの住民のかたに、こういう大きさの穴を見かけたかたがいやはらへんか、防犯委員はんを通じて呼びかけてもらえませんやろか。埋めることとの大変さを考えたなら、こういう斜面やのうて、山の中の平地やと思われます。そのほうが発見もされにくいですやろし」

「うまく情報が得られるかどうか保証はできないけど、引き受けた。警察官の員数には限りがあるし、地理も不案内だ。こんなときは、住民に頼るほうがいい」

5

奈良から大阪に戻った安治川と良美は、柏原市郊外にある信貴山中央野外センターに向かった。

「もうあのロッジは使わせてもらっています。空けておくのはもったいないですからね。信貴山署にお願いして、認めてもらいました。いかに公的団体の運営とはいえ、採算度外視というわけにはいかないのですよ。人が亡くなった部屋なもんで、近くの神社の神主(かんぬし)さんに来てもらってお祓(はら)いもやりましたよ。まったく、こんな健全な場所で自殺するなんて、迷惑千万ですよ」

センター長は忌々(いまいま)しそうにそう言った。信貴山署は、優平は自殺したと見ているから、事件性なしということで部屋の使用を許したのだろう。現に、センター長は「自殺」という言葉を使った。

「すんまへんけど、あのロッジをもういっぺん見せてもらえませんやろか」

安治川は初めてここに足を運んだのだから、正確には「もういっぺん」ではない。

しかしこのセンターにとっては、すでに信貴山署をはじめ府警側が何度も訪れているのだ。

「しようがないですな。でも、さっき関西旅行中の外国人のお客さんから申し込みの電話が入って、あの部屋をあてがうことにしましたので、遅くとも一時間以内には切り上げてもらえますか」

「わかりました。無理言うて、すんまへん」

鍵を貸してもらって、ロッジに向かう。広い敷地を持つ野外センターだから、管理棟から五分ほど歩くことになる。

「大阪にこういう場所があるとは知らなんだ」

「うちは、箕面にあるキャンプ場に行ったことはありますけど、ここは初めてです」

「初めて来た場所で、あんたなら自殺をするか?」

「うちやったら、知らんとこではしません。失敗する確率を低くしたいなら、やはり勝手知ったる場所にします。けど、馴染みの施設ならそこに迷惑かけたらあかんな、という心理も働くかもしれません」

当日に受け付けた佐野という中年の男性職員にも、話を聞くことができた。その日の正午過ぎに電話で小さいほうのロッジの予約を取りたいという申し込みが入り、優平は夜の七時頃にやって来た。予約の段階で、バーベキューなどの用意は要らないということだった。規定どおりに料金を前金で払って、優平はロッジに向かった。特に何か変わった様子はなかったという。

宿泊利用者名票は三ヵ月間保存しているということなので、優平が書いたものを出してもらい、写真にも収めた。安治川には、大歩危の乗船名票の筆跡と同一のものに見えた。

優平が当日使ったロッジの鍵を開ける。自然に近い色の木が使われた部屋であった。内扉の向こうがベッドルームだ。

「内扉が中からロックされ窓も施錠されていたこと、鍵がベッドルームの中にあったこと、農業をしていた優平の祖父が使っていて廃棄せずに置いていた農薬を使った可能性があること、その農薬の入っていたミネラルウォーターのペットボトルに優平だけの指紋が付着していたこと、が主な自殺説の根拠や」

「そして、三上聖華さんを殺した犯人だとしたら動機もある、ということですね。けど、遺書はありませんでした」

「なんで施錠したんやろか」

安治川は、ベッドルームへの内扉のサムターンを観察した。サムターン回しと呼ばれる方法で解錠する空き巣がいるが、そのようなことがなされた形跡はない。またサムターンは、外から施錠をするほうが、解錠するよりも困難だろう。

「服毒はしたけれど、農薬やからすぐに効き目が出ないかもしれません。せやから、施錠することで発見を遅らせようという意図があったのやないですか」

「それやったら、内扉だけを施錠して、玄関のほうは施錠せえへんかったのは、なんでなんや？」

「そうですね。普通なら両方ともしますよね」

「もし仮に他殺やったとして、あんたが犯人やったら、どないなふうに行動する？優平に予約と手続をさせておいてから、ここに泊まった彼のところを訪れるか？」

「準備が必要やと思いますね。さっき安治川さんが、初めて訪れた場所で自殺するか、と言わはりましたけど、もし殺されたのなら、優平さんにどって初めての場所でもおかしくないです。けど、殺すほうは、やはり一度は使ってみて、このロッジが一軒ずつ離れているとか、防犯カメラがないかどうかとかいったことを知っていないと、犯行場所にはしないと思います」

「せやな。周到(しゅうとう)な犯人なら、下見はしておく」

「だとしたら、宿泊利用者名票に手がかりがあるかもしれませんね。三ヵ月間は残しているということでしたね」

「まともに本名を書いたとは思えへんが、当たってみる意義はあると思う」

管理棟に戻り、宿泊利用者名票の閲覧を求める。

「いや、個人情報なので、そう簡単にお見せするわけには」

センター長は、難色を示した。

「だけど、事件捜査なら公益目的があるのではないですか」

良美は食い下がる。

「事件捜査？　自殺なのに捜査が必要なんですか」

「では、こうしましょう」

安治川が割って入った。府警が自殺の方向で結論づけようとしているのに、ここで自分たちが執拗に異議を唱えるのはよくない。

「名票にある電話番号だけでも教えてもらえませんやろか。そして学校団体などは除外してもろてもかまいません」

「どうしてそんなことを？」

「偽名で宿泊利用した者がいる可能性があります。これは、旅行業法第六条違反となります。その場合、自治体や警察はその情報提供を求めることができます」

「電話番号だけで、偽名かどうかわかるのですか?」

「電話をかけて確かめますのや。偽名の場合は、でまかせの番号を書きますよって」

「しかし、この宿泊利用者名票を渡してしまうと、電話番号以外も見せることになってしまい、無関係なかたの情報を示したことになります」

センター長は頑固そうな太い眉をさすった。

「コンピューターに記録があったら、電話番号だけを取り出して、プリントしてもらえないですか」

良美が提案する。

「コンピューターには、利用者の情報は打ち込みません。ハッキングされたり、データの持ち出しがあると責任問題になりますから。あるのは、この名票の原本だけです」

「ほなら、あんたの協力をお願いします。名票の電話番号を読み上げてくださいな。その番号にわしらがかけます。スマホでやると履歴で番号が残りますよって、事務室の電話機を貸してください。もちろん、通話料金は払います。どうか頼んます」

安治川に気圧(けお)されて、センター長は渋々了承した。

「もしもし、こちら大阪の信貴山中央野外センターからかけさせてもうてますねけど、以前にこちらの施設を利用しはったことはありますか？ それはいつごろですやろか？」

センター長が読み上げる番号に、安治川と良美は手分けして、逐一（ちくいち）かけて確認していった。

繋がらなかったときは、後回しにしてまたかけた。

結局、繋がった者は、すべてがセンターの利用を認めた。利用日も合致していた。

しかし、一件だけ「え、知りませんよ」と答えた女性がいた。「大阪なんて、二十年ほど行ったことがありません」という女性は、青森県在住の五十代の農業従事者ということであった。適当に書かれてしまった番号だという可能性が高くなった。

「名票に書かれてあるのは、男性名です」

センター長は、その一枚だけを見せた。

氏名は高橋健太、住所は大阪府阪南（はんなん）市緑ヶ丘北三丁目十二番五号とあった。かなり乱雑で読みにくい字だった。宿泊日は五月九日で、一人利用だった。

良美がスマホで素早く調べる。

「阪南市緑ヶ丘は、北二丁目までしかありません。虚構の住所です」

「この人物を受付で接した職員さん、わかりませんやろか」

センター長は、シフト表を調べた。

「この日も、佐野君ですね」

再び佐野が呼ばれた。何かの作業中だったのだろう。軍手をしていた。

「いやあ、眼鏡をかけた比較的若い男性だったかなということくらいしか憶えてません。それもかなり不確かな記憶です。もう二ヵ月近くも前のことですし、毎日いろんなかたが利用してくださいますので、いちいち記憶していないです。内山さんのように、ここで亡くなられたような場合は別ですが」

「初めての利用者さんですか」

「常連のかたではありませんでした」

「これは本人に書いてもろたのですね」

「はい、そういう規則だと説明して書いてもらいました」

この〝高橋健太〟の名票については、センター長も写真に撮ることを許してくれた。

6

「うちが気になっている人物がいるんですけど、会いに行ってみませんか」

安治川と良美は、信貴山中央野外センターをあとにして、柏原駅前のカフェで一息入れることにした。

「誰なんや」

「モデルをしているという角田真未さんです」

「ほう、なんでそう思うんや」

「これまで、うちらが関わった人たちを整理してみました。亡くなったのは、死亡推定時の順にいくと三上聖華さん、紺野さゆ里さん、内山優平さんです。発見順やと、紺野さゆ里さん、内山優平さん、三上聖華さんとなります。亡くなっていないという表現は変ですけど健在なのは、内山良造さん、藪原兼明さん、古川竜一さん、紺野理一郎さん、が主だったところです。うちはその健在組の中で、得をした人物を考えてみました。得をするというのが、大きな動機と言えると思うからです。そうすると、内山良造さんは、婚約者と息子を失っていて何の得もしていません。藪原兼明さんは、三上聖華さんとの恋人関係は終わっているということなのでそれを信じたら、損得はないことになります。古川竜一さんは、紺野さゆ里さんという上客がいなくなったのですけど、さゆ里さんが死んだからということではなく、その少し前に指名替えされたということで、これも損得はありません。ただし、さゆ里さんがもしかしたら上客として復帰してくれたかもしれない可能性を考えたなら、いなくなったことは損でしょうね。最後に、紺野理一郎さんは得をしています。妻のさゆ里さんが亡くなったので、問題なく再婚できます」

「なるほど」

「再婚相手の角田真未さんがどういう女性なのか、うちらはまだ把握してへんやないですか」

「せやな」

「紺野理一郎さんにも、うちらはまだ会うてないです。他にはあと、矢部万希志という若いホストもどんな顔をしているかも知らないですけど、彼はむしろ紺野さゆ里さんという客がいなくなって損をしていますよね」

「けど、わしらが扱うた三上聖華の行方不明案件と、紺野理一郎との直接の繋がりはまだ浮かんでへん」

三上聖華と紺野の妻・さゆ里は、モンサンヴェルで同僚であった。そして、紺野さゆ里からもらったペンダントを、藪原兼明は三上聖華に贈っていた。しかし、理一郎がそこにどう関わっているのか、あるいは関わっていないのかは、わかっていない。

「三上聖華さんの住んでいたマンション管理人は、女性から解約以降の電話を受けたと言うてはりましたよね。若い女性の声で……それが、角田真未さんだったということは考えられないでしょうか。結婚できるというのなら、協力しますよね」

「紺野さゆ里の事件のほうならともかく、三上聖華の事件に協力したというんか?」

「うちは、二つの事件は地下で繋がっているような気がするんです。あくまでも感触ですけど」

「アナログな感触は大事やと思うで。それで、繋がっていたとして、どない考えるんや?」

「うちは前からアリバイに引っ掛かっていました。紺野さゆ里さんが亡くなったときに、夫の理一郎さんは東北に出張中ということで、容疑から外れました。そして、三上聖華さんの遺体が出て、その死亡日が絞られたのですが、その日も内山優平さんが四国の徳島に行っていたことがわかって、彼を犯人だと断定できなくなりました。奈良県警が、優平さんらしき人物が映ったドライブレコーダー映像を摑みましたが、アリバイ自体が崩れたわけやないですよね」

「せやな。ドライブレコーダーに捉えられたのは六月四日で、彼が死体遺棄現場近くにその日いたことはほぼ確実や。遺体を埋める、あるいは移動させるために行っていたのかもしれへん。けど、彼が徳島に行っていたのは六月一日から三日までやさかい、そのこととは矛盾せえへん」
「四国行きがなかったら、優平さんが犯人で被疑者死亡で送検ということになってい
た気がします」
「その可能性は低うない」
「無関係に思える二人の男が、お互いに殺したい相手を持っていたとき、その殺害相
手を交換するという手口があります。容疑がかかるほうの人間は、他方が殺害してく
れている日時には、自分のアリバイを作っておくわけです。そうすれば、どちらも容
疑から外れることができます」
「つまり、内山優平が三上聖華やのうて紺野さゆ里を殺害して、紺野理一郎が紺野さ
ゆ里やのうて三上聖華を殺した――という推理やな」
「はい。何らかの事情があって、優平さんは紺野さんが殺した聖華さんの遺体を埋め
に行ったのやと考えます。そして、そのあと紺野さんが優平さんを自殺に見せかけて
死なせれば、完結します。そういう計画のもとなら、角田真未さんも協力すると思え
ます」
「交換殺人は、映画や小説の中ではわりとよう登場するけど、現実にはまず起こらへ
んもんやで」

「これまで起きなかったから、ありえないというものではないと思います」

「それはせやな」

「紺野理一郎と角田真未に当たることはできませんか？」

「芝室長が簡単には認めへんやろな。消息対応室の守備範囲を越えとるし、失敗したときの非難は当然に大きい。非難だけやのうて、消息対応室が設置早々に廃止されるかもしれへんで。行き過ぎの責任を受けて」

「きょうのように、土日にうちが動きます。そしたら、うちだけの責任で済みます」

「それで済むもんやないんやが」

安治川は、この女性警察官の意気込みを潰したくなかった。そして将来を失わせることもしたくなかった。

「一つ約束しとくなはれ。動くのはわしで、あんたはこの大先輩にくっついて同行しただけや。そういうことにするんやで。つまり、金魚のフンになるんや。ええな」

「品のない言いかたですね」

「品なんかどうでもええ。単独行動はあかんで」

7

カメラメーカー主催の姫路城モデルポートレート撮影会を終えた角田真未に、安治川たちは駆け寄った。角田真未のツイッターで、日曜開催の撮影会に参加することを、良美が摑んだ。撮影者として申し込みたかったが、すでに満席であった。彼女のほか、人気モデルも登場したようで、撮影者は多かった。

ガードマンに止められかけたが、良美がほかの人間に見えないようにして警察手帳を示した。

「お話ですか？　次のお仕事まで三十分くらいしか時間がありませんけれど、それでよろしければ」

角田真未は、あっさりと受け入れてくれた。身長は百七十センチを少し超えるだろう。とにかく足が長い。十頭身くらいの小顔だ。ヒールを履いているので、よけいに高身長に見える。

姫路駅近くのカフェで、真未は安治川と良美に会ってくれた。兵庫県内なので管轄外であるが、ここはそんなことは言っていられなかった。

「時間をいただけて、おおきにです。マネージャーさんが、同席しはると思うてました」

安治川はまず頭を下げた。真未が一人で応対してくれるのはありがたかった。

「私なんか、マイナーですから、同じ事務所の女の子五人まとめて、所属事務所のスタッフさんが一人来てくれているだけです」

真未は、かすかに頰を赤くした。

「モデル歴は何年目ですか」

「女子大生時代にキャンパスミスコンで準ミスになって、それを見に来ていた事務所のかたがスカウトしてくださったんです。三回生のときです。そこからモデルを始めて、もう五年目です。芽が出ないまま、気がつけば二十五歳になっちゃいました」

「タイヘンな世界のようですな」

「どんどん若い子が入ってきます。私はモデルとしての個性がないって、事務所の人からは言われています。でも、どうやったら個性が出せるかわからないんです」

たしかに長身で愛くるしい顔立ちだが、際立ったものはないかもしれない。どのアイドルグループにもいそうな感じの女の子だ。

「紺野理一郎はんと結婚しはりますのやね？」

「正式のプロポーズを先週いただきました」

「正式ということは、それまでは内定みたいなもんやったんですか？」

「内定と言いますか、まだ奥さんがいらしたので、いくら離婚交渉中でも、お受けするわけにはいかなかったのです」

「紺野はんと知り合わはったきっかけは、何やったのですか？」

「昨年のファッションショーで、彼がデザインした服のモデルをさせてもらったことです。以前から、彼のデザインは素敵だなと思ってまして、私服でも持っていました。打ち上げで声をかけていただき、それからです」

真未は黒髪のストレートヘアをちょっと搔き上げた。

「さゆ里という奥さんがいやはることは、紺野はんから聞いてはりましたのか？」

「何度か会うようになってからですが、きちんと話してくれました。そして、『離婚の話し合いが進んでいるから、ぜひ結婚してほしい』と申し入れてくださいました。あの、理一郎さんが何かの事件に関わっているのですか？」

真未は、形の良い眉を心配げに寄せた。

「その前に、質問させとくなはれ。三上聖華という女性を知ってはりますか？」

「三上聖華さんですか？　いいえ」

「西九条駅近くのマンションに住む女性ですのや。若い女の声で電話があって、退去の申し出がありましたのやけど、本人が姿を見せはらへんので、管理人さんが困ってはりました」

「そのかたが、理一郎さんと関係があるのですか？」

「家財道具の一部が持ち出されてました。それからペンダントなどのジュエリーも見当たりまへん」

真未は眉を寄せたままだ。

「どういう女性なんですか？」

「さゆ里はんの元同僚です」

「そうなんですか」

「さゆ里はんとは、会わはったことがありますか？」

「ないです。『泥棒猫』となじられそうで怖かったけど、いずれは挨拶に行かなくてはと思っていました。でも、理一郎さんは『君は会わないほうがいい』と言いました」

「亡くなったと聞いたとき、どない思わはりましたか？」

「挨拶に行く必要がなくなったと思いました。それが正直な気持ちです。もちろん、お気の毒にも思いましたが」

「そのころ、あんたは女友達と台湾に旅行中やったということでしたけど、前から旅行計画をしてはったのですか」

「前からと言えば前からですけど、もともとは理一郎さんから行かないかと誘われていたのです。でも、まだ正式なプロポーズをしてもらっていなかったので、私は婚前旅行はしたくないと了承(りょうしょう)しませんでした。そうしたら『キャンセルはもったいないから』と二人分のチケットを渡してもらったのです」

「せやったんですか」

「さっきの質問に答えてくださいな。理一郎さんが何か事件に関わっているのですか?」

「彼は、さゆ里はんの件では、アリバイが認められとります。けど、三上聖華はんの件ではどうかわからしません」

「ですから、その三上聖華という女性は、理一郎さんとどういう関係なんですか?」

「それを調べとりますのや。もう一度確認しますけど、初めて聞かはる名前なんですな?」

「はい、そうです」

「もしなんぞ思い出さはったなら、連絡もらえますか」

安治川は、名刺を差し出した。

「どないな印象や？」

「素直でいい子で、あまり世間ズレしていないように思えました。男性にとっては、結婚相手にしたいタイプでしょうね。けど、もしあれが演技やとしたら、コワイです」

「三上聖華の名前も出して反応を見たけど、事件に関わっているようには、わしには見受けられなんだ。せやけど、もしかしたら騙されているかもしれへんな」

「女はみんな女優だと言いますからね。したたかな面もあるかもしれませんよ。離婚をしてからでないと正式なプロポーズを受けないというあたり、そうやないですか」

「いずれにしろ、彼女から紺野理一郎に連絡がいくやろ。もう今ごろ電話しているかもしれへん」

「それを予想して名刺を渡さはったんですか」

「まあな」

あとで責任を問われたときに、あくまでも自分が行動の主体であることを示すためでもあるのだが、それは言わなかった。

「紺野理一郎に会いに行こう。彼はオフィスを持っているさかい、そこに連絡してみる。オフィスの番号は、電話帳に載っておった」

「電話帳ですか。やっぱりアナログですね」

8

「待たせましたな。安治川さんですよね？」

紺野理一郎は、やや硬い表情でオフィスの前に現われた。面長で、二重瞼の眼が鋭い。通った鼻筋や細い顎は、理知的な印象を受ける。すらりと痩せていて、身長も百八十センチほどあり、男性モデルも務まるかもしれない。角田真未となら、背丈のバランスは良さそうだ。

「日曜日に、すんまへんな」

オフィスに電話をしたところ、留守電になっていたので、話を聞きたい旨とこちらの携帯番号を伝えた。一時間半ほどして折り返しの電話が入って、オフィスで会おう、ということになった。

「われわれの仕事は、曜日はあまり関係ないですよ」

紺野はオフィスの鍵を開けた。

それほど広くはないが、天井に星座が描かれ、壁には緑色のグラデーションが施された凝った内装であった。飾り棚には、世界各国の人形が並べられている。

「さすが、デザイナーさんの部屋ですな。こちらは、同僚の新月巡査長です」

良美はぺこりと頭を下げる。

「こちらから、連絡したいと思っていましたよ。真未が電話してきましたから」

「撮影会で突然にお声かけしてしもて、真未はんはびっくりしはったことと思います」

「まあ、あなたたちもお仕事ですから、しかたがないと思います。でも、何度もというのは、困ります。真未は一度、私も三度、妻が亡くなった件で事情聴取を受けています。もううんざりです」

「お気持ちはわかります。けど、さゆ里はんは殺されて亡くなりはりました。事情聴取を受けはるのはやむを得ないと思います」

「安治川さんは、消息対応室というセクションなのですね。殺人事件も扱うのですか?」

「いいえ、わしらは行方不明事件が担当です。三上聖華はんという女性を御存知ですやろか？」

「いや、知りませんな」

「さゆ里はんの元同僚です。モンサンヴェルという店は知ってはりますな」

「若い頃に、妻がいた店ですね」

「店のお客として、知り合って結婚しはったのやないようですな」

「私は、しがない一介の職人でした。地味で自分には不向きだったので嫌になって、バイト生活をしていました。貧乏な身で遊ぶ余裕などありません。そのバイト先に、お客としてきていたのが妻です」

「そうでしたか。さゆ里はんは、ホステスとして働いて、あんたを支えてはったのですね」

「ええ、感謝しています」

ここまで黙っていた良美が、その我慢に耐えきれなくなったように口を開いた。

「それなのに、若い美人さんと再婚するんですか」

「さゆ里も浮気をしていました。向こうのほうが、先です」

紺野も反発するように返した。だが、すぐ冷静になった。

「夫婦間のことは、その夫婦にしかわからないものです。とやかく言われる筋合いにはありませんな」

「でも、それに犯罪が絡んだなら、警察としては放置できないですよ」

「私は十三署に呼ばれて事情聴取を受け、殺害動機があるからと疑われましたよ。しかしそれは邪推でした。東北に居たという確固たるアリバイがありましたから。それに、若いあなたにはまだわからないかもしれないけれど、夫婦関係の破綻はお互いに感じるものです。さゆ里も離婚に応じようとしていました。それなのに、殺す必要がありますか。疑われるだけでも、私はすでに多くのものを失っています。人気商売の一面もありますから、風評被害のようなものがあるんですよ。本当に殺人などしたなら、風評被害では済まないです。これまで苦労して築き上げたものが、砂上の楼閣のように消えてしまいます。もちろん、真未も去っていきます。この歳になって、そんな計算ができないとお思いですか？」

「たしかに夫婦間の実情は、外からはわからへんでしょう。うちのような未婚者には、機微も理解できていないです。けど、確固たるアリバイという点は、疑問に思います。密約を結んだ第三者にやらせて、自分はアリバイを作っておくという方法があります」

「ほう、金で雇うのですか。でも、そうしたなら、その第三者に一生脅されかねないですよ。金で動く人間は金に汚いです」

「お金ではないです。お互いが殺したい相手を交換するのです。そうしたなら、対等の弱みになります」

「発想としてはおもしろいですが、現実にそんなことができますかな？」

「内山優平という男性を知ってはりますよね？」

「誰ですか、それ？」

「うちらが行方を探していた三上聖華さんがいなくなればいい、と思っていたであろう男性です」

「その男性がどうかしましたか？」

「あなたと交換殺人をした可能性があるとうちは考えています。だとすれば、あなたに奥さんが殺されたときのアリバイがあってもおかしくないのです。内山優平さんが奥さんを殺したときに、東北に行ってゆっくりしていればいいんです。あなたが、その前に三上聖華さんを殺していたなら、ギブアンドテイクになります」

「新月さんでしたか。世の中には、言っていいことと悪いことがあることを知っていますか。いくら警察官でも、いえ警察官なればこそ、ルールは守るべきです。根拠もなしに、人の名誉を傷つけることは謹んでもらわないと責任問題になりますよ」

「あの、すんまへん。新月が言うてますけど、実はわしの意見ですのや」

「安治川さん、若い女性ならまだ辛抱しますが、あなたなら容赦はしません。その三上なんとかという人を私が殺した証拠を今すぐ示しなさい」

紺野の口調は、しだいに険しくなった。

「いえ、うちの意見なんです。証拠はまだありません」

「いい加減にしろっ。どちらにしろ、濡れ衣もいいところだ」

紺野は声を張り上げた。

「無実なら答えてください。三上聖華さんが亡くなったと思われる六月二日の前後、あなたは、どこでどうしていましたか？」

良美はひるまずに問いかけた。

「無礼者――」

紺野は勢いよく立ち上がった。良美は身構えた。

だが、紺野は背中を見せると、机の前まで行って卓上カレンダーを手にした。

「五月の三十一日から六月四日までは上京して、東京ハイライトホテルに四泊している。缶詰めで新作デザインに取り組んでいた。そんなことは不可能だ。ホテルのスタッフに確認してみるんだな」

「だけど、それって絶対に不可能なことでしょうか。東京でしたなら、大阪までピストンで戻ることはできますよね。新幹線も飛行機もあります」

「そんなに犯罪者に仕立てたいなら、想像だけで言うな。警察なら、空港でも駅でも、防犯ビデオを調べることができるはずだ。クビを懸(か)けたうえで、私がピストンで戻ったという映像を摑んで持ってこい」

紺野はさらに声を張り上げて、そう言った。

第六章

1

「かばい切れないぞ。紺野理一郎の弁護士から府警に抗議がなされた。元検事の弁護士だそうだ」

芝は、額に皺を寄せて叱責した。

「すんまへん。責任はすべてわしにあります」

「いえ、うちも同罪です」

安治川と良美は、ほぼ同時に頭を下げた。

「消息対応室の室長、つまり責任者はこの私だ」

狭い部屋なので、声がよく響く。

「日曜日だから勝手に行動できる——そういう言い訳が通るものではないんだ。君たちは、消息対応室の名前を出して、ときには警察手帳を示して、公的活動という体裁を採っている」

「ようないことやとは、わかってます。けど、せやないと角田真未にも紺野理一郎にも、まともに会うてもらえしません」

「われわれが扱ったのは、三上聖華の失踪案件だ。彼女が死体で発見された以上は、もう行方不明者ではない。その時点で、われわれの手から完全に離れた」

「それは理解でけています。けど、その犯人が内山優平で、彼は自殺したという誤った結論を出してしもたなら、府警は大きな失態となります」

「誤っていると、どうして言える。その結論には、一応の整合性がある」

「けど、紺野さゆ里がなんで殺されたのかの説明がまだです」

「安治川さんが、三上聖華と紺野さゆ里に繋がりがあったこと、そして元同僚というだけでなく最近も連絡を取っていたことを調べ上げたのは成果だった。府警の方針はそれに基づいて、内山優平が三上聖華を殺したことを紺野さゆ里が目撃したもしくは知ったことで、優平が脅迫されてさゆ里を殺害したのではないか、という仮説を立てて、裏付け捜査を行なっている。亡くなった順は、それで矛盾がない」

「順番はそうかもしれまへんけど、内山優平が二人を殺したとするのは解せません」

「一人殺せば抵抗感が薄れて、また殺人を犯すということはままある。私も警察官として、そういう連続殺人事件に携わったことがある」

「そういう犯罪者心理は否定しませんけど」

「今回は、奈良県警が、死体遺棄現場のすぐ近くで内山優平と思われる男を見たという目撃者とドライブレコーダーの映像を摑んでいる。大阪府警としては、規模も人員も劣る奈良県警の後塵を拝するわけにはいかないのだ」

一般市民が思う以上に、府県警間の対抗意識は強い。

「目撃したのは六月四日の夕方ということでしたよね。三上聖華が死んだと思われるのは、六月二日やないですか」

「六月二日に殺害して、遺棄場所を探したあと、六月四日に埋めたということは充分にありえる。翻って考えてみて、六月二日が殺害日だとは断定できない。遺体は埋められていて、時間も経っているから、法医学的な死亡推定時刻はもっと幅が出てアバウトだ。スマホの着信に出なかった日だということだけが根拠になっている。しかし多忙なときは一日や二日くらい出ないことは誰にだってある」

「奈良県警は、六月四日に現場近くで三上聖華を殺したと見ているのですか」

「自分のところのヤマと考えているから、おそらくそうだろう。とにかく今後、勝手な行動は勤務時間外であっても禁止する。また府警本部から呼び出しを受けた。今から、針の筵に座ってくる」

背中を落として出て行く芝に、安治川は頭を下げた。

「安治川さん。巻き込んでしもうて、かんにんです」

「わしのことは気にせんでええ。わしかて、疑問が解消でけてへん」

「ですよね。室長も、本音では完全に納得してはらへんと思います。せやから『一応の整合性がある』という微妙な言いかたになったんやないでしょうか」

「あんたはなかなかのプラス思考やな。けど、行動禁止は建前やないで」

「もう手も足も出ないってことですかね」

「手足が動かせへんでも、頭を動かすことはでけるで」

「安治川さんもプラス思考やないですか」

「紺野理一郎にぶつかってみて、自信と焦りという相反するものを感じたで」

「自信と焦りですか」

「彼は、『警察なら、空港でも駅でも、防犯カメラを調べることができるはずだ。クビを懸けたうえで、私がピストンで戻ったという映像を摑んで持ってこい』とわしらに突きつけた。自信がなければ言えへんことや。せやけど、彼はそのことをこれまで三回に及ぶ十三署の事情聴取で口にしてへんかったと思える」

「それはうちらが、三上聖華さんを手にかけたのが彼だという疑いを初めてかけたからでしょう。三上聖華さんに関しては、彼はノーマークでした」

「ほいでも、あらかじめ準備されていたアリバイの回答やという印象を受けへんかったか。六月二日を挟んで東京に缶詰めやったなんて」

「たしかに都合が良すぎますね」

「準備していたから自信はあった。けど、ほんまは出しとうなかったという焦りを感じた。せやから、声を張り上げたり、弁護士使うて抗議してきたという気がするんや」

「やはり交換殺人の密約があったんやないでしょうか。紺野理一郎は東京に缶詰めという体裁を整えてホテルを抜け出して大阪にやって来て三上聖華さんを殺害する。そのときは、内山優平は四国に行っています。そのあと返礼として、内山優平は紺野さゆ里さんを殺します。紺野理一郎はそのときは東北に行っていてアリバイを成立させます。交換殺人が終わったあと、紺野理一郎が内山優平を自殺に見せかけて殺せば、完成します」

「交換殺人の難点は、先に殺害実行する者が負担と危険をしょい込むということや。後から実行する者にとっては、殺したい相手が亡くなったのやから、もう知らん顔をして約束を破ってしもうたら、先にやったほうは骨折り損のくたびれもうけになる。そういう損な役回りを、あの利口そうな紺野理一郎が簡単に引き受けたとは思えへん」

「内山優平に、後で必ず実行しますと確約をさせて、その様子をビデオに撮っておいたのやないですか」

「たとえそういう手立てをしたとしても、逃げられてしもうたらどうしようもあらへん。ビデオがあっても訴えることはできひん。先に実行したほうは殺人を犯してしもうたんやから、それを明らかにすることは自分の逮捕に繋がる」

「それはそうですね」

「ほかにも、交換殺人の難点はある。お互いが殺す相手のことをようわかってへんことや。相手の顔は写真などで知ることができたとしても、殺害に至る接点は容易には持てへん。もし頻繁に持ったとしたら、捜査線上に浮上するおそれがある。たとえば、紺野さゆ里はホストクラブに寄ったあと殺されて、淀川の河川敷で遺体が発見されたけど、内山優平はいったいどこで実行したんやろか。わしらが検証してみたところ車に誘い込んだ可能性が高そうに思えたけど、いくら酔っていても簡単には知らん男の車に女性は乗らへん。かりに強引に乗せたなら、悲鳴を上げられたり、誰かに目撃される可能性がある」

「じゃあ、河川敷で実行したんでしょうか」

「さゆ里が河川敷に行くって、どないしてわかったんや？」

「尾行したんやないですか」

「素人の尾行は難しいで。十三から淀川までは歩いて五分ほどで近いけど、その夜に河川敷に向かうという確証はあらへん。タクシーに乗ってしまわれたら、空振りやないか」

「あ、そうですね」

消息対応室の電話が鳴った。安治川が出る。

「芝だ。府警本部に到着した。さっき奈良県警から連絡が入ったそうだ。ドライブレコーダーに内山優平が映っていた場所を中心に、捜索をかけてゴミや空き缶を回収して、時間をかけて県警の科捜研で調べていたところ、捨てられていたミネラルウォーターの空きペットボトルの飲み口から採取されたＤＮＡが内山優平のものと合致した、という誇らしげな報告だったそうだ」

「ミネラルウォーターですか」

安治川が、内山優平のところを訪ねたときに出してくれたのもミネラルウォーターだった。信貴山中央野外センターのロッジで、パラコートが入っていたのもミネラルウォーターのペットボトルだった。

「ドライブレコーダーのほうは横切った映像なので、似ているという域を超えていないが、個人識別の王様であるＤＮＡとなると動かしがたい。私が座る針の筵は、さらに棘々しいものになりそうだ。君や新月君にも呼び出しがかかるかもしれない。覚悟しておいてくれ」

2

芝は、二時間以上も経ってから帰ってきた。かなりの苦言を受けたと思われたが、何も語ることはなく、安治川たちの呼び出しも、きょうのところはなさそうだ。

安治川は、黙々と他の案件のパソコン作業を続けた。そして定時に退庁した。

何もしなければ、こういう平穏な時間が流れていくセクションではある。だが、それでは安治川はやりがいを感じなかった。警察官として再雇用された以上は、何らかの形で犯罪と相対し、正義を実現したかった。もちろん、芝に迷惑をかけたり、良美を巻き添えにしてはいけない。自分はすでに退職金をもらい、懲戒処分を受けてもたかだかあと五年という気楽な身ではあるが、だからといって無茶をしようとは思わない。しかし、犯罪の見過ごしやスルーはしたくはなかった。

安治川は、姪の名保子のマンションを訪ねた。前に名保子は、ファッション誌のインタビュー記事で紺野理一郎のことを知ったと言っていた。その雑誌が彼女の手元にあれば、読んでみたいと思ったからだ。

「叔父さん。エントランスのオートロックを外しますから、上がってきてくださいな」

「夕食作りで手が離せへんなら、あとにしよか」

「違うの。来てくれたほうがありがたいわ」

安治川は、言われるままに向かった。

名保子は、玄関扉を開けながら待っていてくれた。

「なんぞあったんか？」

「たいしたことやないけど、アニメなら何でも見せていいってことではないって、勉強したわ」

中に入ると、ミートスパゲティがコンロの鍋に入れられているが、湯気が上がっていない。

「坊やは？」

「それがアニメの主人公の真似をして、押し入れに隠れんぼしてしまったんです。うちの家は倉庫がないので、押し入れの下の段はいろんな物がよく整理せずに入れてあるものだから、息子が無理に入ったことで、物が落ちてしまって中からつっかい棒のようになってしまったのです。幸い息子は泣いておらず、むしろ面白がっていますが、なかなか開けられなくて」

「よしわかった」

安治川は寝室の方へ向かった。押し入れは引き戸タイプだ。中から物が落ちてしまったので内側の戸が膨らんでしまい、その膨らみが邪魔をして外側の戸も開けられない。

「どう、大丈夫？　叔父さん来てくれたから開けてもらうわ」

「うん」

中の声は元気だ。

「戸全体を持ち上げて、桟(さん)から外そう。小麦粉があったら手の滑り止めに付けたい」

「わかったわ」

まだまだ自分は若い——そう言い聞かせて、小麦粉を手につける。

腰を据えて、「エイヤッ」と声を上げながら、両腕に力を込めた。

うまく扉は外れてくれた。

「よかった。さすが叔父さんは警察官やわ」

「救出成功！　再雇用の警察官やけどな」


名保子が読んだファッション誌は、行きつけの近くの美容室に置いてあるものだということだったが、気をよくした彼女は借りに走ってくれた。

見開き二ページでインタビュー記事が載っていた。白地に赤色チェック柄のジャケットに身を包んだ紺野理一郎は、自信に溢(あふ)れた表情でポーズを決めていた。

もともと服飾デザインに関心があったが家業を継ぐために地元の工業高校に進学してしまったこと、家業が嫌で家出を試みたが逃げるのは負けだと踏み留まったこと、思い切ってフランスに留学したチャレンジがあったので開眼できたこと、これから取り組みたいテーマは日本の自然美をファッションに取り入れていくことだ、といったインタビューがされていた。

経歴欄には、尼崎市出身とあった。好きな言葉は〝向上心〟と書かれている。

（この男のことを、もっと知ってみたい）

この写真の紺野は、「無礼者」と立ち上がったときの彼からは想像がつかないほど柔和だった。それだけ、イメージ戦略を重要視しているのだろう。

（尼崎なら、何とかなるかもしれへん）

尼崎市は、大阪市西淀川区と隣接しており、市外局番も大阪市内と同じ06だが、兵庫県の一部だ。

捜査共助課時代に知り合った五つ年下の兵庫県警捜査共助課員がいた。大阪府警にとって兵庫県警は最大のライバルとされ、警視庁と神奈川県警の対立関係に似ていると言われている。しかし何事にも例外があり、安治川は彼――水口則男とはウマが合った。彼の自宅に招かれて酒を酌み交わしたこともあった。阪神・淡路大震災が起きたときは、安治川はリュックに水と食料を入れて、途絶した線路の上を歩いて水口の家まで届けた。

（自分やのうて、人に動いてもらうのはかまへんのやないか）

安治川は、そう理屈を付けて、水口に連絡を取った。

3

水口のお蔭で、紺野についてのさらに詳しい情報が摑めた。

紺野理一郎は、尼崎の時計修理職人の家に三代目の一人息子として生まれた。近所の住人の話によると、昔ながらの職人気質の父親だったようだ。理一郎は、強制的に工業高校の精密機械科に行かされて、家業を継ぐことになったが仕事は少なくて、あっても低報酬で貧乏であった。父親が癌になって、入院費もかさんだ。

そして、父が病死すると、理一郎はすぐに廃業した。そして、高校時代の友人の紹介でアルバイトを始めて、そのあと女性と半同棲するようになった。その女性が、さゆ里であった。彼女は夜は厚化粧をして駅前のスナックでアルバイトをして、昼間はスーツに身を固めて補整下着の訪問セールスをしていた。

二人は結婚を機に、尼崎の理一郎の生家を出て、大阪に引っ越していった。それから理一郎はパリの専門学校に二年間の留学をしにいくのである。

（その留学費用は、どないしたんやろか。パリは物価が高うて、生活費もかなり要ったやろう）

父親の入院で貯えは底をついたはずである。葬儀は自宅で行ない、ごく簡素なものだった。持ち家ではなく、借家である。理一郎のアルバイトでは稼ぎはしれている。さゆ里はダブルで働いていたが、補整下着の売り上げ成績は芳しくなかったようだ。もちろん、このあたりの事情は、インタビュー記事では触れられていなかった。写真の紺野は、金持ちの家の出身のように見えた。いや、見せていたというべきだろう。

安治川は、引き続きの調査を水口に頼んだ。

その一方で、別の情報が安治川に寄せられた。奈良の桜井市に住む高原からだった。

「もしかしたら、安治川君が探している穴かもしれないものを、地元の人が見つけてくれた。立ち入り禁止のロープが張られていた場所から、一キロほど離れた山林の中だ。私も見に行ってきたが、今度は斜面ではない。穴と言っても埋め戻されてはいるが、おそらくかなり深く掘られていたと思われる」

「おおきに、ほんまありがとうございます」

安治川は、良美にそのことを伝えず、一人でその現場に足を運んだ。

4

「室長、夜分にすんまへん」

安治川は、最初に謝った。

「ここなら誰にも気兼ねしなくてもいい。新月君に聞かせたくないんだろ?」

「ええ、まだ何ともわからへん段階やのに、巻き込んでしまいかねまへんから」

芝は自宅に近いショッピングモールを待ち合わせに指定してきた。落ち合うと広い駐車場に向かい、芝のマイカーの扉を開けた。どこかに行こうというわけではない。ここで話を聞こうということだ。

「その『まだ何ともわからへん段階』という話を聞こう」

「三上聖華は、けったいな失踪をしていました。電話で解約を申し入れ、家財の多くは残したままでした。そして奈良県で遺体となって埋められていました。遺体発見の少し前に、動機があった内山優平が亡くなっています。死亡日は三上聖華のほうが先ですさかいに、内山優平が三上聖華を殺害して、警察にマークされ始めたことで逃げられへんと観念して自殺したという推論は成り立ちました」

「府警の主流はそう考えている」

「けど、三上聖華の遺体が見つかった場所に行ったときから、疑問に感じていたことがおました。掘る作業がしんどいと思われる斜面に埋められていたことです。斜面で、しかも浅い穴やったから大雨で土が崩れて遺体の足が出てしまいました。まるでハイカーの目にとまるかのように……」

「つまり、三上聖華が行方不明のままではなく、死亡したということがわかるように、あえて斜面に埋めた――と安治川さんは考えるのか」

「ええ、そうです。ほんまは、遺体が出てからのほうが、追い込まれるという自殺動機はより強うなったと思います。けど、遺体発見がニュースに流れたなら、内山優平がさっさと警察に自首してしまいかねない可能性があったと思えるのです」

「その仮説を裏付けることができるのか」

「遺体発見現場から一キロほど離れた山林の平地から、埋め戻された深い穴の痕跡を地元の人が見つけてくれました。まったく別の場所から移すと、土の成分が違ってくるさかいに近い場所で、と実行者は考えたのですやろ」

安治川は、深い穴の跡の写真を見せた。

「三上聖華の遺体は、少し腐敗が進んでいましたし、シデムシなどに食われた形跡もありました。精査すれば、彼女の組織の一部がこの見つかった山林の深い穴から出てくる可能性があります」

「しかし、たとえそれが出てきたとしても、いつ新しい斜面の穴に移されたのか、そして誰が移したのかはわからない」

「そうです。けど、遺体を発見させようとしたという意図があって移したということは言えると思います。仮に内山優平が三上聖華を殺害したとして、行方不明のままというのが理想形やったと思うのです。内山良造との結婚式も婚姻届もまだですので、三上聖華には相続権は発生しまへん。そして遺体が出えへんかったなら、殺人捜査は簡単には行なわれしまへん」

「それは確かにそうだな。今回は、専門部署であるわれわれ消息対応室が調査をしたが、従来のままだったら特異行方不明者にならなかったかもしれない」

「わしには、気になる人物がおります。紺野理一郎です。今のところ、妻であった紺野さゆ里が、モンサンヴェルという店で三上聖華と同僚であったという繋がりしか出ていまへんけど。紺野さゆ里は、遺体発見は三上聖華より先でしたが、殺害されたのは三上聖華よりも後でした」

「紺野さゆ里は、行方不明ということではなく、淀川河川敷で遺体となっていた」

「行方不明では、理一郎にとってはあかんのです。モデルの角田真未と結婚するには、離婚せん限り、妻が死んでへんとできまへん。普通失踪の場合は、七年間行方が不明でそのあと裁判所が失踪宣告をしてくれて初めて、再婚でけます」

「まあ動機としては考えられないわけではないが、離婚したがっている男はゴマンといるぞ。だけど彼らは、女房を殺さないだろう。離婚手続を時間をかけてでも進める。ましてや、さゆ里の場合はホストに入れあげていたのだから不貞行為の主張もできる。理一郎は財力もあるだろうから、離婚慰謝料も払える」

「そのとおりです。せやから、動機としては薄いという点はわかります。けど、まだ何か摑めてへん事情があったら別です。彼らの新婚時代のことを調べてみる必要があると思えます」

「安治川さんは、どう動くつもりなのだ？　動くなと言っても動くんだろ」

「無茶はせんとこと思います。新しく見つかった山林の穴のことは、まだ地元の人たちしか知りまへん。けど、いずれ近いうちに奈良県警の耳に入ると思います。奈良県警はどないしますやろか」

「私に奈良県警のことを訊かないでくれよ」

「おそらく奈良県警は、新しい成果として大阪府警に通知してきますやろね。目撃者とドライブレコーダーの件、飲み口から優平のDNAが出たペットボトルに続く三つめになります」

「そうなりそうだな」

「先に大阪府警のほうから奈良県警に通知したほうがええのやないですか」

「そうやって、埋められた穴を県警と共同で調べさせる気だな。しかし何も出てこないかもしれないぞ」

「それはそれでええんです」

「安治川さんの意図はどこにあるんだ」

「紺野理一郎が何らかの関与をしている可能性があります。せやったら、看過でけへんと思うてます」

「これは一般論だが、頭のいい人間が構築した犯罪の牙城を崩すのは容易ではない。安治川さんもベテランなのだから百も承知だろうが」

「ええ。せやけど、人間が構築したものである以上は、どこかに隙間や矛盾があると思うてます。ましてや、今回は、新しい手を使うてる気がします。新しいものは試作の脆さを持っているんやないですやろか」

「自信がありそうですね」

「いえ、正直言うて、あらしません。三上聖華、紺野さゆ里、内山優平と三人もの事件関係者が亡くなっているんで、もうその証言を取ることができませんし、物証も乏しいです」

「埋め戻されたかもしれないという穴については、上申しておこう。府警にとっては、奈良県警よりも早く知ることは、マイナスにはならないだろうから」

「ありがとうございます」

「こうして府警を動かす方法を考えるあたり、やっぱり安治川さんは、いぶし銀だな」

「いぶし銀、ですか」

「銀に硫黄のすすで曇りをつけることで、光沢はなくなる代わりに渋みと深みが増していって、玄人好みする味わいが出てくる。安治川さんはまさにそれだよ」

「そんなええもんやおまへんで」

「実はね。私からも、安治川さんに伝えておきたいことがあるんだよ。私には姉がいて、結婚して東京で暮らしているが、全国紙の文化部記者をしている。たまたま電話をする機会があったんで、紺野理一郎のことを訊いてみた。デザイナーの世界で彼がどういう位置にいるのだろうか、関西在住というのは少数派ではないか、と気になってね。姉は紺野理一郎の名前を知っている程度だったので、記者らしく知り合いの大学教授やデザイン関係者に取材をしてくれた。その結果がこうだった。フランスから帰ってきても鳴かず飛ばずの時期が続いたが、新人賞を受けたことがきっかけで脚光を浴び始めた。斬新な色の組み合わせと、日本の伝統的風景をモチーフに使ったユニークさで注目されたそうだ。新人賞作品は、琵琶湖と比良の暮雪を描いたワンピース仕立てだったそうだ。そのあとも新作を次々と発表していったが、最近は少しネタ切れの様相も呈していたということだ。飽きられるということも少なくない世界のようだ。それだけでなく、性格的に独善的なところがあって、オーダーしてきた企業の意向に沿わなくても強引に制作して発表してしまう癖があって、評判が良くない部分もあるようだ。留学で技術は身に付けたが、基礎を勉強してから行ったのではないので底が浅いという指摘もあった」

芝は、途中からメモを見ながらそう話した。

「室長が、そんなふうに調べてくれてはるとは思うてませんでした」

「私だって、気になったことは放置はしないよ。あなたたちにブレーキをかけるばかりが仕事じゃない」

芝は翌朝、掘られて埋められた形跡を地元住民が見つけた旨の報告を上げた。

それにより、大阪府警と奈良県警の合同で、現場の鑑識が行なわれた。

土の採取が行なわれて、府警も県警も検体を持ち帰った。

両府県警の科捜研は同じ結果を得た。

三上聖華の皮膚組織の一部が、微量だが出た。

「移し替えられたことがわかった。だが、その具体的時期は特定できない。場所的にも、ドライブレコーダーが捉えた地点にどちらの穴も近い」

芝が、府警本部から消息対応室に戻ってきた。

「けど、発見させるために、あえて斜面に浅い穴を掘ったという可能性が出てきました」

「すみません。いいですか」

良美が控えめに手を挙げた。

「少し前に亡くなった優平さんの自殺動機が、聖華さんを殺したからだったと思わせるために、あえて遺体を移して発見させたのではないでしょうか。遺体が出なければ、自殺動機ははっきりしません」

「それはありえる」

「ということは、優平さんは聖華さんを殺していない――だから、そう見せかけられたんではないですか」

「いや、そうとは言い切れへん」

「だけど、優平さんが亡くなってから、聖華さんの遺体の移し替えがあったんやないのですか？」

安治川は小さく首を振った。

「室長が言うたように、移し替えの具体的時期を断定することはできひん。移し替えのほうが優平の死後になされた、という証拠はあらへんのや。それと、殺した人間、遺体を埋めた人間、さらに移し替えた人間が同一とは限らへん」

「なんか、わからなくなってきました」

「けど、事件関係者というのはそう多うはない。三上聖華は絞殺されていた。腕力の要る手口や。遺体の移し替えも、聖華は小柄なほうとはいえ、女の力では難しい。容疑者は、ほぼ男に絞られる。紺野さゆ里も、首を押さえつけられていた。わしらが知る男の事件関係者は、内山優平、内山良造、紺野理一郎、藪原兼明、古川竜一、矢部万希志や。このうち、動機が強いのは、これまでのところ、内山優平と紺野理一郎やないかな」

「安治川さんは、事件を通しての見立てがあるのかね？」

「いや、まだ読めしません。わからんことがまだまだおます。たとえば、三上聖華はどこかで殺されて、奈良の山中に埋められたと思えます。大阪から四十キロ以上離れた場所へ、のこのことは付いていかへんでしょう。いったい犯行現場はどこなのか、まずそれを知りたいです」

「聖華さんのマンションということはなさそうですね。うちらも調べました」

「室長、今回のことで府警の上層部の空気はどないですか？　もう一つ現場検証の提案をしても、聞き入れてもらえますやろか」

「上層部と親しいわけではないので、わからないよ。何がしたいのだ？」

「内山良造の車と内山優平の住まいは、鑑識にかけました。けど、内山良造の住まいのほうはまだでした」

「え、つまり……内山良造が怪しい、と言いたいのか」

「いえ、あくまでも、犯行現場がわかればということです」

「もしかして、安治川さんは優平が容疑者と考えているのかね？」

「先輩の息子を疑うことはしとうなかったです。ずっとそのつもりでおりました。けど、いろいろ調べるうちに、聖華の失踪や死に何らかの関与をしたと思えてならへんようになりました」

「父親は息子をかばっている、もしくは幇助したということか？」

「いえ、それやったら聖華の行方不明のことを調べてほしいとあえて依頼してくることは普通はせえへんと思います」

「まあ、警察を関与させてしまうと、自分から語るに落ちることになりかねないからな」

「優平は聖華のマンションに怒鳴り込んだことがあるということですさかいに、彼女は部屋に優平を入れることはもちろん、普通なら警戒してまともに相手をせえへんかったですやろ。けど、緊急事態なら別です。たとえば『オヤジが家で倒れた。意識はあるが、しんどそうだ』と公衆電話から通話をしたら、どないでしょうか」

「まだ婚姻届を出していないときに倒れられたら、あわてて駆けつけるだろうな。病状によっては、すぐに婚姻届にサインしておいてもらおうと考えたかもしれない。さもないと相続権が発生しない」

「父親は毎週フィットネスクラブに行っていましたし、そのほかにも出かけることはありましたやろ。留守中に、嘘で呼び寄せることはでけたと思います。優平にとっては、聖華の本心をテストする意味もあったのかもしれまへん。財産狙いならすぐにやってくるだろうと……」

「けど、優平さんにはアリバイが」

良美が小首をかしげた。

「アリバイについては、ちょっと横に置いといたほうがええと思います。もし優平が犯人なら、他の犯行場所はわしには考えられません。もし何も出えへんかったら、犯人の可能性は大きく減ります。その観点から、もう一回内山先輩を説得して、任意検証の同意を得ようと思います」

「もし何か出たなら、父親にとってきつい結果になりますよ」

「真実から目を背けたらあかんと思います。後輩の分際ではありますが、先輩のフォローをする覚悟はでけてます」

「そういうことなら、上申してみよう。このままでは前に進まない。こうなったら私も、安治川さんと同じ舟に乗ろう」

「うちも、もうすでに乗っていますよ。呉越同舟というやつですね」

「それは違う。呉越は敵同士だ」

安治川が内山良造を説得したうえで、任意での家宅検証が行なわれた。

内山の意気消沈は続いていた。聖華とのツーショット写真に収まっていたときは、小ぎれいにしていたし、表情がいきいきしていて艶もあった。だが、今は無精髭が伸び放題で、白髪も染めずにボサボサで、まるで世捨て人のようであった。

「好きにしてくれ」

というのが、内山の短い同意の言葉であった。

「真相を明らかにしよと思うてます。それが警察の義務やと考えてますので」

安治川は、淡々と鑑識作業を見守った。

そして、分析の結果が出た。

内山良造の居間に続く廊下の板の隙間から、わずかながら血痕が見つかった。そのDNAは、三上聖華のものであることもわかった。

首筋に吉川線が見られたように、聖華はロープ状のもので絞められながらも何とか息を継ごうとして自分の首を掻きむしったと思われる。そのときに彼女の爪に付いた血痕が、現場である廊下に残ったと推測できた。〝父が倒れて、すぐに連絡するように言われた〟と聖華を呼び出した優平が、「父は居間で横になっている」と嘘をついたうえで、廊下から居間への障子を開けようとした聖華に背後から襲いかかった構図が想像できた。

5

「被疑者死亡で、内山優平を三上聖華殺害容疑で書類送検する方針が本決りとなった。安治川さんの先輩には気の毒だが」

「しかたおません。ただ、こうした結果だけやのうて、プロセスを明らかにしておかんかったら、まだ道半ばやと思います」

「プロセス？」

「なんで、そうなったかということです」

「うちは二回も会うていながら、優平さんがそこまで行動力があるとは見抜けていませんでした」

良美は肩を落とす。

「わしには、優平一人が立案して実行したとは思えへんのです。大学時代の彼はゲーム研究部のサークルに所属していて、そこで部長をしていた上級生に影響を受けて共同で新作を創ってゲーム作家の道を踏み出したということでした。それほど、能動的(のうどうてき)な性格には思えしません。普段は半ば引きこもりのようなインドア生活をしていながら、神奈川まで行って警察に質問するという積極性を見せたのも意外でした」

「つまり、誰かに感化され、誘導されたと考えているのか」

「ええ、コントローラーがいたと思えるのです」

「そのコントローラーは？」

「紺野理一郎やと、わしは思います」

「しかし、二人の接点はまだ掴めていない」

「紺野理一郎の妻であるさゆ里と、優平の義母になる予定やった聖華には、繋がりがあります。理一郎は、さゆ里から聖華の再婚話を聞いて、調べたのではないですやろか」


良美が口を挟んだ。

「優平さんが、聖華さんの前夫の死亡案件に辿り着いたのは、一社では心許ないからと三社もの調査会社に依頼した結果らしいですね」

「それも、優平の性格らしくないと思う。紺野理一郎が手配して、紺野自身も動いたのやないですやろか。聖華の前夫である阪口英次の兄のところへ、生命保険会社から委託を受けた調査員とかたって事情を聞きに来ていた男がいました。調査会社の人間やないかと思うていたのですが、その兄にさいぜん電話で確認したところ、紺野理一郎に風貌が似ていました。まだこのころは紺野としても計画立案前の下調べ段階やったので、眼鏡という軽い変装だけで動いていたのやないですか」

「かりにそうだったとして、紺野理一郎をどう攻め落とす？」

「相手の強所は、うまく突けば弱点になるのやないですやろか。人間のやることですさかいに、綻びは出てきます」

　高校時代にいくつかの強豪ラグビー校と試合をした。安治川はフォワードであったが、スクラムの強いチームに対して、スクラムを押すことができれば、相手は慌てた。モールが得意なチームに、逆にモールで前進できれば、敵は守勢に慣れていなかった。

「うーん、攻める駒はあるのか？」

「これから探します。もう一度、徳島に行かせてもらえまへんか」

「行ってどうするんだ？」

「優平が書いたと思われる乗船名票は、たしかに強所ですやろけど、そういう観光地なら他に乗船客がおります。乗船名票を手がかりに同乗客を辿ってみます」

「うまくいくかなあ」

「やってみんことには、わからしません」

「うちにも、追ってみたいことがあります」

良美がためらいがちに手を挙げた。

「ペンダントが動いていたことが、気になっています。さゆ里さんが藪原さんに贈ったものが、藪原さんから聖華さんへと流れました。それは聖華さんの部屋には見当らず、そして同じタイプのものがさゆ里さんから古川さんに渡されていました。同じタイプのペンダントが二つあった可能性も、聖華さん自身が持ち出したことも、ありえます。けど、そうでなかったらさゆ里さんが聖華さんの部屋から取ったことが考えられます。もともとは彼女が藪原さんに贈ったものなら、腹が立って奪ったのではないでしょうか」

「つまり、それは」

「さゆ里さんが協力したのです。解約の電話を管理人室にかけた女性は、さゆ里さんです。そして部屋からの家財道具の一部運び出しを手伝ったのです」

「それをどう立証していく？」

「例のペンダント以外に、聖華さんはジュエリーを持っていたと藪原さんは言っていました。それを探してみたいです。さゆ里さんは、聖華さんの遺体発見前に死んでいます。聖華さんが殺されたことを知らずに協力しただけなら、他のジュエリーをたとえば別のホストにあげていたことも考えられます」

「聖華のジュエリーだという証拠が要るな」

「内山良造さんは、安治川さんに見せた以外に聖華さんの写真を持っていませんでしょうか。その中に、ジュエリーを付けたものがあるかもしれません」

「調べてみる意義はあるかもしれないな。それにしても、金持ちの奥さんだろうに、ジュエリーをどうして持ち去ったんだろう」

「女性心理かもしれません。自分が好意を持っていた男性にあげたものが、自分よりも美しい女性のところにあったなら許せない気持ちになります」

「どうやら、われわれ消息対応室は職責を越えて、荒海に漕ぎ出すことになりそうだ。新月巡査長言うところの呉越同舟でな」

芝は、諦めと覚悟が入り混じったような複雑な苦笑を浮かべた。

6

安治川は、大歩危峡に再び足を運んだ。〝内山優平〟の乗船名票が出された六月二日の同乗者を教えてもらい、連絡を取る。それほど大きくない和舟だが、十七人が同乗していた。観光地であるから、乗客たちはカメラやビデオを携えている。その被写体は、青く澄んでいながらも白いしぶきを上げて流れる急流や両岸に迫る奇岩がメインであり、あとは自分と連れ、そしてせいぜい巧みな竿捌き（さおさば）きの船頭だ。だが、どこか片隅にでも、他の乗客が映っているかもしれない。

根気の要る、そして当てのない試みであった。だが、ひょっとしたら内山優平本人が乗っていたのか、別人だったのか、がわかるかもしれない期待があった。

乗船名票は借り受けたが、そこから出た指紋は内山優平のものと乗船場職員のものだけであった。筆跡鑑定は内山優平本人にほぼ間違いないという結果が出た。内山優平が実際に行っていたのかどうかは、そのことだけではわからなかった。別人物であれば、自分の指紋が名票に付着しないように気をつけていたと思われる。

当日の乗客たちは協力的であり、そのときの画像や映像を送ってくれたが、成果は得られなかった。峡谷や急流とともに乗客の姿が映っていても、前のほうの席は後ろ姿である。救命胴着を全員が身につけているので、後ろからでは男女の差がかろうじてわかる程度だ。自撮りの場合は、後ろの席の客の顔が映っていることがあった。その中には、内山優平はいなかった。

安治川は、そうして映っている乗客一人一人に照会をして、乗っていた舟の席を特定していった。結局、最前列の真ん中に座っていた人物だけが特定できなかった。内山優平がゲーム雑誌の編集部に送った写真も、その席のアングルから撮ったものだった。

その最前列の人物は、座っている後ろ姿の映像や画像しかなく、そのうえグレーの中折れ帽を深くかぶり、サングラスもかけているので、顔はまったくと言っていいほどわからない。日差しがあるので、サングラスも帽子もそれほど不自然ではない。体つきからして、比較的若い男だろうという推定ぐらいしかできなかった。

二列目に乗った乗客がビデオ映像を提供してくれたが、中折れ帽の人物は、終始うつむき加減である。一度急流の水しぶきが最前列の席を襲い、隣の席の乗客は身体をのけぞらせてよけたが、中折れ帽の人物は体勢を崩すことなく、かかった水を拭おうともしなかった。

良美は、内山良造から三上聖華の写真の提供を受けて、その中から一種類のペンダントと二種類のイヤリングを見つけて、拡大化した。

そして個人取引サイトを丹念に調べていった。だが、少し似たものはあったが、同じと思えるものの出品はなかった。

もう一度、藪原兼明や古川竜一と会って写真を見せたが、二人とも「知らない」と言った。そのあと、もう一人のホストである矢部万希志にも会った。

「紺野さゆ里様から、アクセサリーを贈りたいと一度言っていただいたことがあります」

矢部は、様付けをした。

「いつごろですか」

「指名していただいた頃だから、五月半ばですね。だけど、自分はあえてアクセサリーはしない主義なんです。ホストの中には、複数のお客様から同じアクセサリーをもらって、そのうちの一つだけを身に付けて、あなた様からいただいたアクセサリーを使わせてもらっています、という顔をして、残りの同じものは質屋でお金に換えるという者もいます。でも、自分はそういうせこいことは嫌いなんで、丁重に辞退させてもらいました」

良美は、矢部万希志には古川竜一が持っていないホストとしての矜持のようなものを感じた。髪の毛も長髪ではなく、ネクタイもきちんと締めて、一流商社マンと言われてもおかしくない風貌だ。新人ながら、いや新人なればこそ、紺野さゆ里はお気に入りになったのかもしれなかった。

芝は、信貴山中央野外センターに足を運んだ。事前にセンターの運営母体である公益社団法人に行って許可をもらってきていたので、さすがの堅物のセンター長も〝高橋健太〟という架空名義で記された宿泊利用者名票の原本を提出してくれた。そして当日の他の宿泊者についての情報提供も求めた。

名票の原本からは、センターの職員以外の指紋は検出されなかった。バイクで来場する利用者も少なくないということで、ライダー手袋などをしていても警戒されないと思われた。

芝は、当日の宿泊客たちに連絡を取って、目撃情報を求めた。だが、たまたま居合わせただけの他の宿泊者のことは、何か記憶に残ることでもない限り、そう覚えているものではなく、また約一ヵ月の時間も経過していた。

そして兵庫県警の水口則男から安治川に連絡が入った。尼崎時代の紺野理一郎・さゆ里について、調査を続けてくれていた。

「さゆ里は昼の訪問販売員の仕事を辞めていました。神戸に本社のある補整下着の販売会社で確認したのですが、夫の理一郎がフランスに留学する二週間ほど前です。歩合制の契約社員なので退職金は出ていません。さゆ里の場合は、若い人向けの補整下着よりも高齢者向けの失禁対策下着のセールスの数字のほうがよかったのですが、それでも成績は下位だったそうです。スナックのアルバイトで稼ぎを補っていたのでしょうね」

「アルバイトではそれほどの収入はなさそうですね」

理一郎がフランスから帰国しても、二年間留学したというだけですぐに売れるわけではなく、さゆ里はモンサンヴェルで働き始めたのだろう。そのときも藪原の話によると、それほど売れっ子ではなかったようだ。

「さゆ里の下着販売の顧客を調べてみたところ、西宮に住む独居老女が亡くなっていました。顧客の中で一番多く買ってくれていた女性です。販売会社のほうでは、その女性客が亡くなったことで、さらに成績が下がると考えて紺野さゆ里は退職したのだろうと言っていました、死因は一酸化炭素中毒で、冬場は昔ながらの練炭火鉢を使っていたので、事故死と所轄署は判断しました。死因に間違いはなかったでしょうが、紺野理一郎の留学時期と近接していることがどうも引っ掛かったので、近所の人に聞き込みをしてみました。その独居老女は、早くに夫を病気で亡くして、一人娘と一緒に暮らしていたのですが、当時短大生だった娘を交通事故で亡くしています。それ以降は、家でできる手内職で生計を立てて質素に暮らしていたそうです。近所の人は、その独居老女から『娘の交通事故の賠償金は、急遽入院が必要になったときや施設に入るときに備えて、手をつけずに残してある』と聞いていたというんですよ。それで、もう少し調べてみました。交通事故を起こした運送会社は、保険で二千万円の賠償金を支払ったそうです。事故現場が信号のない交差点で、亡くなった娘が自転車に乗っていた事情もあって、その額で落ち着いたということでした。独居老女の甥にあたる男性が相続したのですが、預金通帳の額は約七百万円だったそうです。残りの千三百万円はどこに消えたんでしょうか」

7

「すみませんな。ここまで来てもろうて」

安治川は、吹田市江坂にあるビルの前で、やって来た紺野理一郎に頭を下げた。

「まだわかってもらえないようですが、私は忙しい身なんですよ。こうして時間を取られることで、発表会が控えている新作デザインへの取り組みが遅れてしまいます」

紺野は苛立たしそうに言った。

「御多忙なところを申し訳ありまへん。けど、奥さんのさゆ里はんを殺した犯人が憎いですやろ」

「それはそうですが」

「早いこと解決するため、協力を頼んます」

安治川はビルのエレベーターに乗り、五階のボタンを押した。

「どこへ行くんですか?」

「コンピューター関係の映像系制作会社ですのや」

大学を出た内山優平が、九ヵ月間働いていた会社だ。どうやら、紺野はそのことを知らないようだ。

「制作会社から御好意をいただいて、ミーティングルームを貸してもらうことがでけました。制作会社のオフィスは四階にありますねけど、倉庫とスタジオとミーティングルームは今から向かう五階にあります。六階には、親会社である映像関連会社があって、五階は親会社との共用スペースとなっておるそうです」

「そんなことはどうでもいい」

「ほな、入ってくれやす」

安治川は借りている鍵で、部屋のドアを開けた。

中には誰もいない。楕円形のテーブルが中央に置かれ、プレゼンテーションなどに使われるプロジェクターなどの機器が備わっている。

「いったい何を始める気ですかな？　しかもたった一人で……上司の了解は取っていないのですか？」

「まあお座りくださいな。ちょっとずつ説明させてもらいますよって」

「電話でも言ったように、あまり時間は取れませんよ」

紺野は、しかたなさそうに座る。

「内山優平という男性を知ってはりますか？　年齢はあんたと同じで、ゲーム作家をしてはりました」

「いや、知らないな」

紺野は表情を変えない。前に良美が訊いたときも、彼は「誰ですか、それ？」と答えていた。

「内山優平はんの交友関係がわからへんのです。彼はスマホやのうて、ノートパソコンでのメールのやりとりで連絡をしていたと思えるのですが、そのパソコンが見つかりまへんのや」

「私には、関係のないことですよ」

「では、三上聖華という女性を御存知ですやろか。モンサンヴェルで、さゆ里はんと同僚でした」

「記憶にないですな。妻は、ホステスをしていた時代のことをあまり話したがりませんでした」

「けど、ホステスをしてはった時期は、もう結婚してはりましたのやないですか？ 店の同僚のことが会話に上ったりしませんでしたか」

「私は、デザイナーになろうと専門学校に通いました。そのあとフランスに留学しました。留学中は、一度も帰国していません。帰国後も脇目も振らず、頑張っていました」

「ええ。入国管理事務所で記録は調べさせてもらいました。さゆ里はんが三回渡仏してはります。よう尽くしてくれはりましたね」

「感謝はしてます」

「つかぬことを訊きますが、留学費用はどないしはりましたか？」

「失敬な。そんな質問に答える義務はないが、奨学金や借金など、いろいろ方法はある」

「調べましたが、奨学金制度はあらしませんでした。その留学費用の工面が原点にあったとわしは、思うとります。西宮の村野暢子（むらのようこ）という一人暮らしの女性を知ってはりますか」

「さっきから、知っているかという質問ばかりですな」

「大事なことやと思いますんで、確認させてください。村野暢子という女性を御存知やないですか？」

「知りませんな。誰なんですか？」

「さゆ里はんが下着販売で担当してはったお客さんで、あんたが留学する少し前に亡くなってはります」

「そんなことがあったのですか」

紺野は動じた様子を見せない。

「フランス留学時代にも、帰国後に頭角を現わしていくことにも、御苦労があったことと思います。わしら公務員は、天から給料が降りてくる気楽なところがありますけど、自立自営というのはタイヘンですな。そのかわり、成功したなら収入は桁違いですし、名声も地位もちごてきますな。女性からもモテはりますやろ。角田真未はんと会いましたけど、若くてベッピンはんで、性格も良さそうなおなごはんでした」

「何が言いたいんですか」

「もしそうやって必死で獲得したポジションを、足元から脅かす白蟻(しろあり)のような難儀(なんぎ)なものがあったなら、駆除を考えるのやないですか。たとえ、以前に恩義があったとしても」

若いときの紺野理一郎にとって、さゆ里は昼夜働いて夢を支えてくれる存在であった。彼女がいなければ、レストランのウェーターで一生が終わっていたようなものである。精神的に励ましてくれ、経済的に支えてくれ、それまで閉じこもった職人生活を続けていた彼におそらく初めての肉体的喜びも教えてくれたであろう。年上の妻であっただけでなく、姉であり、母であったのではないか。

そして、さゆ里の稼ぎと貯えでは足りない留学費用を、村野暢子から千三百万円奪うことで調達した。連携プレーで一酸化炭素中毒事故死に見せかけた。それを元手に、紺野理一郎はステップアップを果たした——けれどもそれは、さゆ里から一生離れることも、のがれることもできないという大きな債務を負う諸刃の剣であったのではないだろうか。

成功者となった紺野は、名誉と富を得て、上流社会を知るようになった。そして、無垢で美しい角田真未と出会った。一方のさゆ里は、外見的にもさらに劣化していき、夫の収入が高いことをいいことに無駄遣いもするようになり、さらに夫婦の溝は深まっていった。不満とストレスを溜め込んださゆ里は、藪原に声をかけ、あっさりフラれるとホストクラブ通いに拍車がかかっていった。紺野としては、さゆ里と離婚して真耒と新しい人生を歩みたかった。だが、村野暢子の件が、一生の手枷足枷となった。共犯で殺害したことが世間に明らかになったなら、イメージが大事なデザイナーの世界で、たちまちすべてを失うことになる。さゆ里は、それがわかっているからますます横柄で傍若無人となった。

重い鎖をなくすには、断ち切るしかない。さゆ里がいなくなれば、村野暢子のことも永遠に葬ることができ、すべてがうまくいくのだ——。

安治川は、そう推理した。確信はあった。だが、証拠はなかった。そして、村野暢子の案件は兵庫県警のシマだった。

「ほな、少し別の話をさせてもらいます。柏原市の信貴山中央野外センターに行かはったことがありますな。キャンプ場やロッジのある自然豊かなええとこです」

安治川は、〝高橋健太〟と記された宿泊者名票を取り出した。

「阪南市緑ヶ丘北三丁目という住所も、高橋健太という名前も、架空のものでした。携帯電話の番号にかけてみたら、青森県在住の五十代女性で、まったく身に覚えがないということでした。つまり適当に書かれてしまった番号やったのです。この日の前後に、他の野外センターで、やはり架空名義で利用した男性がいいひんか調べてみました。府下だけでも同じような野外センターが二十ヵ所ほどあり、近隣府県も入れれば相当な数になりますが、そのうちの二ヵ所で、別の架空名義での宿泊がありました」

「一つ一つ調べたんですか。そいつはご苦労さんでしたな」

「犯行に適した野外センターを探したこの〝高橋健太〟はんも、ご苦労やったと思いますで。見てのとおり、ずいぶん乱雑に書かれた字です。けど、定規(じょうぎ)を当てて書かれたような場合を除いて、優秀な科捜研(かそうけん)職員ならかなりの確度での筆跡鑑定ができるそうです」

　これは安治川のカマかけであった。実際は、意図的に崩された字の鑑定はかなり厳しいということであった。

「わしの上司が、この〝高橋健太〟はんが利用した日に宿泊した人たちを訪ね回って、聞き取りをしてくれました。そうしたら、ちょっと興味深いことがありました。男子大学生の三人組が、野外センターにはあまり縁のなさそうな垢抜(あかぬ)けた長身美人がロッジのあるエリアを夜七時頃に一人で歩いているのを見かけて、彼らのうちの一人が『僕たちヒマしているんで、よかったら少しお話ししませんか』と声をかけたということです。あっさり『ごめんなさい』とかわされたそうですが、彼らは女性の顔を覚えていました。その大学生たちに、姫路城で行なわれたモデルポートレート撮影会の角田真未はんの写真を見せたところ、『この女性です』と証言してくれました。美人というのは目立ちますなあ。角田真未はんを当日乗せたタクシーの運転手も見つかりました。この〝高橋健太〟は、あんたですね」

「まいったな」

紺野は視線をそらせた。

「他の野外センターも回ったうえで、ようやく最適の場所を見つけたあんたは喜んで、気の緩みから角田真未はんを呼び寄せた――わしは、そう考えました。『一人利用として書いているから、このことは小さな秘密にしておこう』とでも言うておけば、彼女は口外しませんやろ」

紺野は視線を安治川に戻した。

「青少年の健全な育成を主目的にしている野外センターで、まだ家族になっていない女性とロッジを使うと言ったら、ラブホテル代わりにするなと拒否されるかもしれないですからね。偽名を使ったのはよくないことですが、微罪ですよね」

「認めはりましたね。けど実は、それもあんたの計算の上やなかったですか。わしは、あんたが気の緩みから、と最初は考えましたけど、せやないんとちゃいますか」

指紋を隠し、字を乱雑にしたものの、それで完全に隠し通せるとは限らない。眼鏡をかけてはいたが、記憶力のいい職員が受け付けていたなら、証言される可能性もある。そんなときに、野外センターに恋人を呼ぶつもりだったと言えば、偽名使用の理由が立つ。

「すなわち、もしもあんたがロッジに宿泊したことが明らかになったときに、ほんまは下見目的であるということを悟られへんためやないですか」

「下見目的？」

「ズバリ言わせてもらいます。後日、内山優平はんにロッジの予約をさせて泊まらせておいて、自殺に見せかけて殺害するためです」

「無礼者っ、言っていいことと悪いことがあるぞ」

「あんまし怒らんと、話を聞いとくれやす。内山優平はんが亡くならはったベッドルームは密室でした。ドラマや小説で、密室殺人事件が描かれますけど、刺殺や絞殺といった他殺体なら、それはあんまし意味がないんです。殺害方法の謎が残るだけです。けど、自殺か他殺かわからへん中毒死のようなときは、大きな意味があります。誰も入れへん密室で死んでいたなら、自殺ということになります。内山優平はんは、まさにそういう状態でした。飲んでいたのは農薬のパラコートで、かつて農業をしていた彼の祖父が倉庫に残していた可能性がありました。農薬が入っていたのは、ミネラルウォーターのペットボトルで、彼が好んでいた飲料メーカーのものでした。さあ、ここで一息いれまひょ」

安治川は、内線電話をかけて良美を呼んだ。

「失礼します」

良美は、盆の上に湯飲みとグラスを載せて入ってきた。

「ほんまはコーヒーくらいお出ししたいんですけど、そういうのは利益供与やと批判されかねませんのや。許されるのはお茶と水だけですのや。近ごろはいろいろと、うるそうなりましてな」

「早く話を進めてほしいですな」

「わかりました。わしは、一口いただきます」

熱い茶の入った湯飲みと冷水のグラスを、紺野と安治川の前に置いて、良美はプロジェクターの電源を入れる。

「知ってはりますやろけど、現場のロッジの間取り図を映します」

安治川は、熱い茶を少し飲んだ。

「入り口に近いリビングルームは鍵が開いていて、奥のベッドルームのほうだけが中から施錠されていました。そのことにもっと注意すべきでした。自殺するなら、両方ロックするのが普通やないですやろか」

「私に訊かれても」

「あんたは実際に泊まらはりましたけど、施錠はどうしはりましたか？」

「よく覚えていないですな。両方したかもしれないが、一方で充分と思ったかもしれない」

「一方だけにするなら、玄関口にあたるリビングルームのほうをしまへんか」

「それは好き好きではないですかな」

「他にも疑問があります。優平はんのパソコンが見当たりまへんのや。自宅にもおません。ゲーム作家という仕事からしても不可欠のアイテムで、メールのやりとりはパソコンでしていたようですから、持ち歩いていたと思えます。スマホのほうは、ベッドルームに置かれとりました」

「パソコンに残していた記録などを見られたくない場合は削除をしますが、それを復活させる技術があるそうじゃないですか。頻繁に使っていたプロのような人間なら、そういう技術があることを知っていて、パソコン自体を処分してから自殺したということはありえませんかね」

「あるかもしれませんね。けど、メールのやりとりを第三者に見られとうない誰かが持ち去って壊したという可能性もあると思うとります。そしたら、パソコンの件はいったん置いといて、わしは逆にどういう場合にベッドルームのほうを施錠せえへんかを、考えてみました。それは、来客があったときやないですやろか。客が来たなら、普通はリビングのほうを使いますよね。テーブルセットもありますよって」

良美が、リビングのほうの写真を映し出す。

「この来客を仮にXと呼びます。Xをリビングに入れた優平はんが、玄関扉のほうを施錠したかどうかはここでは考える必要はありまへん。もし施錠してあっても、Xが出るときには開けますさかいね。ベッドルームのほうは、内側からしか施錠でけまへんから開いたままです。Xは優平はんと面識があったはずです。せやないとXを入れしません。むしろ、Xが主導的立場にあって、優平はんに泊まるように指示したんやと思います」

優平は、このあと起こることを予想していなかったに違いない。だから、とくに変わった素振りもなく、宿泊利用者名票に自分の名前も書いたと思われる。

「ずいぶん持って回った言いかたをしますな」

紺野はグラスを手にして、冷水を少し飲んだ。

「警察という立場上、しかたおませんのや。名誉毀損を問われることがありますよって。優平はんとしては、Xへの相談事があったと想像してます。重い相談やったら、じっくり話そうと宿泊を提案されても受け入れますよね。たとえば、金銭的支援を受けたいといった内容で、Xも理解を示していたとします。ところが、優平はんが予想もしてへんかった強襲をXが突然にしてきたら、どうでしょうか。誰だって逃げ込みますよね。出入り口のほうにXがいたなら、必然的にベッドルームのほうへ」

安治川にとってヒントになったのは、名保子の息子だった。彼はアニメの主人公の真似をして押し入れに自分から身を入れて出られなくなっていた。

「密室が外側から作れへんものやったなら、内側からなされた場合が残ります。つまり、優平はん自身が、ロックをかけたのです。サムターンに優平はんの指紋が残っていたこともそれで説明がつきます。オタク少年やった優平はんは父親からラグビースクールに入れられたとき、『ああいう身体のぶつかり合いは、僕には全然向いていないし、タックルするのも怖かったです』と辞めています。聖華はんのマンションに乗り込んできたときも、口論になっただけです。格闘を好まへん彼は、ベッドルームの扉を挟んで、Xと言い合ったのやないでしょうか。それでXのほうも少し軟化してきたなら、優平はんはホッとしてきたことやと思います。人間誰しも、緊張しながらしゃべったら喉が渇きます」

安治川は、先ほど紺野がしたようにグラスを手にして冷水を飲んだ。

「かつて出回っていたパラコートは無色無臭やったそうです。それやったら、普段から飲み慣れているミネラルウォーターのペットボトルに入っていたら、口にしてしまいます。喉が渇いていたら、ぐいと飲みます。言い合いになるまでは、Xが優平はんに理解を示して平和的に話し合いをしていたなら、隙はでけます。たとえば、優平はんがリビングのほうにあるトイレに入ったなら、その間にXはペットボトルをすり替えることがでけます。ロッジの鍵がリビングにあれば、ベッドルームに移しておくことも可能です。パソコンにはXとのやりとりなどの証拠がようけ入っていますが、優平はんに対して『こちらの到着時刻はあとでメールで伝える』と言っておけば、彼はパソコンを持参してきてリビングで待機してますよね。それを、Xは持ち帰ったらええんです」

「まさしく勝手な想像だな」

紺野は、冷水のグラスを遠ざけた。

「私が、以前にあの野外センターを利用したことは確かだ。新鮮な空気と緑に囲まれて、いつもと違う経験がしたかった。真未を呼んで、それゆえ偽名を使ったことも認める。だが、そうだからと言って、別の件を無理やり結びつけるのは飛躍しすぎて無茶苦茶だ」

「Xがあんたやとは言うてしまへん」

「それは詭弁だ」

「けど、あんたに動機はありますのや」

「うちの意見を言うてもええですか」

良美がちょこんと頭を下げた。

「優平さんは、本来はあまり戦闘的な性格やなかったと思うんです。三上聖華さんを許しがたいという気持ちから、Xに駆り立てられて犯行に及んだものの、警察が動いていることを知り、自信がなくなって自首を言い出していたのやないでしょうか。もしそうなったなら、Xにとっては、九仞の功を一簣に虧くと言いますか、せっかくうまく積み上がった塔が土台から崩れてしまいます」

「わしの考えはちょっと違いますのや。内山優平は金銭的支援を求めたのやないですか。結婚は消えましたけど、父親はまだピンピンしてますがな。遺産の全額が入るのは、先のことです。それまでの生活資金が必要ですさかいに……犯行の動機がいずれにしろ、Xにとっては優平の存在は爆弾を抱えているようなもんやったですやら。いや、むしろ爆弾になることを想定したうえで、内山優平の殺害まで初めから計画に盛り込んでいた可能性が高いと考えとります」

「つくづく無礼者だな。私がXだというなら、その証拠を見せてみろ、さもなくば、私はただちに帰らせてもらう」

「内山優平は、コンピューター技術には長けていましたけど、あまり世間知らずのインドア派でした。その彼が、父親の婚約相手について複数の調査会社を通じて調べていたというのはアクティブ過ぎると思いましたで。三上聖華に結婚の前歴があり、前夫の阪口という男が亡くなっていることを知りながら、父親に言わなんだというのも彼らしくはなかったです。その時点で、すでに誰かのコントロールがあったと考えたなら、辻褄が合います。調査会社というのは、浮気調査など民事事件については秘密厳守ですが、刑事事件が絡むと姿勢はまちまちのようですな。警察のOBや中途退職者が入っているところもありますし、警察と良好な関係を保っておかんと業務がやりにくうなると考えて、刑事事件への協力という限定で依頼者情報の開示がなされる場合もあります。それと、前夫の阪口はんの死亡案件で、内山優平は宮前北署を訪ねて、詳細を聞いていますが、宮前北署はかつて過激派から爆破物を投げ込まれたことがあり、不発弾に終わったもののそれを機に庁内や玄関だけやのうて、周辺にも防犯カメラが設置されていますのや。保存期間も長いです。近くの路上での映像がありました」

良美が、機器を操作する。一台の車が停まり、助手席から内山優平がゆっくり降りてきて、緊張を和らげるかのように深呼吸をした。運転席から紺野理一郎が出てきて、励ますように肩を叩く。そして、背中をぐいと押し出した。

「警察署に行かせるのに、えらいハッパをかけてはりますな。さいぜんは内山優平のことを『知らないな』と言わはりましたけど、これであんたと内山優平がいっしょに川崎市まで行くほどの仲やったということがはっきりしました。Nシステムには引っ掛からんように注意してはったようですけど、警察署から少し離れた場所にある防犯カメラに気づかなんだということは、上手の手から水が漏れましたな」

「知り合いであったとしても、それは犯罪ではない」

「けど、犯罪に繋がったら、話は別です。三上聖華が父親をたぶらかし、前夫と同じように死に至らしめて財産を独り占めしようとしていることを知り、阻止したいと考える内山優平と、一生の手枷足枷を嵌められ愛情のない形だけの夫婦関係を強制され、角田真未という愛らしい女性が現われたのに結婚できないあんたとは、ある意味で利害関係が一致しました」

良美が続いた。

「うちは、あなたたち二人が交換殺人をしたのやないかと考えました。だけど、それでは説明のつかない部分がありました。たとえば、ホストクラブ帰りの紺野さゆ里さんに警戒されないように声をかけて殺人に至るというのは、内山優平さんには簡単なことではありません。それに、憎しみや排除したいという感情が相手に対して抱けなければ、そう簡単に人は殺せませんよね」

そう話しながら、良美はプロジェクターの写真を替えた。東北での幹線道路を走る紺野のマイカーと運転席の紺野理一郎の姿を映したNシステムの画像が出た。その車は、宮前北署近くに停まって優平と紺野が出てきたセダンと同一でナンバーも一致している。

「Nシステムの画像が仙台や弘前など数地点で出てきた以上は、紺野理一郎さんのアリバイは揺らぎませんでした」

「このアリバイがどないかして崩れへんものかと、あれこれ考えてみました。せやけど、さゆ里はんの死亡推定時刻に東北にいた者が、殺すことはどうやっても不可能です。ということは、可能性は低いけど彼女は事故死かもしれへん。そう考える捜査員もおりました。わしは、ない知恵を絞って考えました。そして、この画像があるさかいに、あんたが捜査圏外にいるんやという単純なことに気がつきました。今の警察は、デジタル捜査が主流です。画像や通信記録によって、いろんなことがわかります。昔ながらの、足を棒にして歩き回って、目撃者がいいひんか聞き込みを続けるという旧来のやりかたは、もう流行(はや)らしまへん。けど、犯罪をするのは人なんやから、人に対する聞き込みや聴取をないがしろにしたらあかんと思います。人それぞれ、性格や考え方がちごていて、それが行動や動機、さらには犯行方法にも反映すると思うからです」

安治川はNシステムの画像を消してくれるように、良美に頼んだ。

「今の画像がなかったら、あんたが一番怪しいし、あんなふうに実行でけるのはあんたしかおりまへん。ということは、今の画像はないと考えたらええんです」

「君は、自分が何を言っているのか、わかっているのか?」

紺野は気色(けしき)ばんだ。

「わかっとるつもりです。比較的近接した日に、三上聖華はんが亡くなりました。首を絞められ遺体が埋められていたのですよって、こちらは殺人に間違いおまへん。そして、内山優平には動機がおました。また彼なら、呼び出すことも可能でした。せやから、新月巡査長が言うたように、交換の殺人やったんです」

「さっき否定となったはずだぞ」

「そうです。交換は交換でも、殺人の対象を交換したのやのうて、アリバイを交換したのです。三上聖華の遺体は埋められていて発見が遅れましたけど、ポケットにあったスマホの送信記録や受信・未受信から、ほぼ六月二日に絞られました。六月二日の前後には優平はんは徳島まで取材に行っているということで、一応のアリバイにはなりました。ゲーム雑誌社に優平はんは徳島での写真を寄稿文とともに送り、大歩危峡の乗船名票もおました。一方、さゆ里はんのほうは、六月十五日の深夜から日付が変わる頃と死亡時刻が明確でした。そして、あんたが東北にいたことを示すNシステムの画像がおました。さいぜんも言いましたように、今の警察はデジタル捜査が主流です。とりわけ、車のナンバーを入力すれば全国どこでも検索でけるNシステムには引きずられてしまいます」

良美が、再びプロジェクターに、紺野理一郎の車と運転者の画像を映し出す。

「わしは、徳島で優平はん名義の乗船名票を提出したのは、あんたやと思うてます。乗船名票は、別の日に優平はんが行って名票だけもろてきて、彼が書き込んだのなら、優平はんの筆跡も指紋も残ります。そんときに、他の場所で風景写真や自撮り写真を撮っておきます。大歩危峡の乗船写真は、船頭や乗客がちごていたらあかんので、あんたが撮影したわけです。そして、この東北のほうは、逆に優平はんがあんたの身代わりを務めたと思うてます」

「バカも休み休みにしろ。無礼者！」

紺野は机を叩いて、安治川を指で差した。

「そうやって怒鳴らはったときのあんたは、迫力がおますな。一対一で激高されたなら、逃げ込みとうなります。そして、無礼者という言葉がお好きなようですな」

「つき合ってられん。忙しいんだ」

紺野は立ち上がりかけた。

「まあ、もう少しいてくなはれ。こんなふうにお呼び立てすることはもうあらへんと思うてます」

安治川は、柔らかいが強い口調で言った。

「しかし、証拠もなしに想像で」

「証拠はありますんや。順にお見せします」

良美がプロジェクターに、ペンダントを映し出す。

「うちは、行方不明者届が出された三上聖華さんのマンションを訪ねたときに、中途半端な印象を受けました。自発的蒸発ならパスポートを持っていってもええのに、ありました。健康保険証はなかったです。そして服やバッグが置かれてあったのに、アクセサリー類が何もなかったことにも違和感を持ちました。解約の申し入れは管理人室に電話でありましたけど、契約では不動産管理会社に文書で一ヵ月前に通知をしなくてはならないことになっています。そして、電話で告げられたように、十五万円が退去費用として残されていましたけど、その紙幣から聖華さんの指紋は出ませんでした。もし自発的蒸発をするのなら、そんなことをしなくてもいいはずです」

プロジェクターに、聖華が住んでいたマンションの解約通知書のヒナ型を映しながら、良美は続けた。

「別人が不動産会社に出向くのはもちろん怪しまれますし、この解約通知書を聖華さんの名をかたって郵送するのも筆跡が残ってしまいます。それで、管理人室に電話をするという方法にしたのですね。だけど、電話をするにしても、男性の声というわけにいきませんよね」

良美の言葉を、安治川が引き取った。

「電話があったのが六月十日ということですさかい、もう三上聖華はんは亡くなってはったわけです。電話をする前に、部屋の引き払いと十五万円を置いておく必要があります。あんたは、それを引き受けたわけです。内山優平は、聖華を殺したばかりでそんな余裕はなく、女性のアテもないので喜んだことでしょう。いやむしろ、徳島に行くだけでなく、それも含めて引き受けるから、と説得したのやと思います。電話役に使うたのは、さゆ里はんですね。無垢な真未はんを犯罪には巻き込みとうはなかったはずです。それに、さゆ里はんはそのあとすぐに殺害するわけですよって、死人に口なしです。管理人の安竹はんに、あの電話内容をもういっぺん確かめてきました。『安竹さん。いつもすみません。急なことで申し訳ないですが、二一五号室を解約します。家具はすべて放棄するから処分してください――』とほぼ一方的に言うて切れたということです。三上聖華の名前は出してまへんけど、部屋番号を言うて、『安竹さん』と名前を呼んでいるんで、イタズラやとは思わへんかったそうです。そして部屋を見に行ったら、メールドロップに鍵が入っていてガス台の下の引き出しに十五万円が置かれていたので、彼は三上聖華はんからの電話があったと思い込んだんです。一方的に言うて切れたんやから、もしかしたらさゆ里はんに録音させたのかもしれまへんね。浮気相手との縁を切るとか言いくるめて」

「そんな簡単にうまくいくと思うのか？」

「いいえ、簡単やないですやろ。そもそも、あんたが内山優平の存在を知ったのは、さゆ里はんが三上聖華のことを言うていたからでしょう。いくら仮面夫婦同然でも会話がゼロやないですよね。三上聖華はホステス時代に美脚三人娘と呼ばれた同僚でしたさかい、そのころからさゆ里はんは彼女のことを話題にしてはったことと思います。さゆ里はんは副店長の藪原という男にあっさりフラれたのですけど、三上聖華はつき合うてました。三上聖華が前に婚姻歴があることや内山良造という妻を亡くした男を狙って再婚しようとしていることをさゆ里はんは、憎しみを持って調べていたんやないですか。それらのことを知って、あんたは優平はんに近づいたのやおませんか?」

紺野は何も答えない。

「ここから先はほんま、わしの想像になりますけど、あんたから解約電話の吹き込みを頼まれたさゆ里はんは、浮気相手との縁を切るというあんたの説明に疑問を感じて、したたかにあんたの後を尾けて、マンションの片付けに向かって内山優平から渡された鍵を使うて三上聖華の部屋に入ったところを押さえたんとちゃいますやろか。さゆ里はんとしては最初は、あんたも三上聖華に取られたかと嫉妬したんやと思います。さゆあんたは驚きながらも三上聖華との関係を否定して、実は息子の内山優平とかねてから知り合いであったと言って、彼とのメール記録を見せたのやないですか。三上聖華と何もないことは事実やし、内山優平が彼女を殺したこともメールからさゆ里はんは察することがでけたと思います。彼女にとっては、嬉しい結果やったわけです。けど、あんたにとっては誤算になりました。マンションにあんたとさゆ里はんの指紋を残さへんように注意を払いながら、とにかく十五万円を置いて健康保険証などいくつかのものを中途半端ながらも持ち帰りました。そのときに、さゆ里はんは藪原に贈ったペンダントを見つけました。もともとは自分のものやったのです。そのペンダントを含めて、ジュエリーを彼女は盗りました。必死やったあんたはそれに気がつかなんだと思います。それよりも、妻の殺害を急がなあかんということで頭は占領されていたですやろ」

管理人の安竹が電話を受けたのが六月十日ということだから、マンションを訪れたのは前日もしくは当日早朝だっただろう。さゆ里は六月十五日の深夜から日付が変わる時間帯に亡くなっている。紺野は急ピッチで計画を進めたわけだ。

その間に、さゆ里はホストの古川竜一にペンダントを与えた。彼女のお気に入りは、若い矢部万希志に移っていたから、聖華のように消えていなくなれという意図で渡したのかもしれない。古川はそれを、個人取引サイトに出すことになった。そして、さゆ里は亡くなる夜も十三にある別のホストクラブでハイテンションだった。

「わしが高浦真由子はんから番号を聞いて、さゆ里はんに電話したことも影響したと思えます。とにかく実行を急いだために、ほんまはもっと事故死と見られる確率が高い方法がよかったんですやろけど、選んでいる余裕はあらへんかったのですやろ。優平はんを東北に行かせて、さゆ里はんにもオフィスのパートはんにも『東北に行く』と言うておいて、十三のホストクラブから出てきたさゆ里はんに、『予定が変更になった』と声をかけ、あんたは運転してきた彼女の車に乗せます。今度はさゆ里はんが驚く番でした。そして『見せたいものがある。説明はあとだ』といった口実で、河川敷のひとけのない場所に向かい、凶行に及びます」

「証拠もなしに」

「そうですやろか。まず、あんたがアリバイ交換をした徳島のほうですけど、大歩危峡の同じ舟に乗ってはったお客さんを探して、画像や映像の提供を求めました。二列目に座った乗客がビデオ映像を撮っていました。最前列の真ん中に座った男性客は、中折れ帽をかぶり、終始うつむき加減でした」

安治川が合図を送り、良美がプロジェクターに映像を映し出す。

「急流の水しぶきが一度かかりましたが、彼は体勢を崩さしまへんでした。隣の客が、身体をのけぞらせて水しぶきをよけたのと好対照です。このとき、隣の客は驚いて大声を上げましたが、男性客も反射的に小さく声を出していたのです。この映像では、ほとんど聞き取れへん程度のものでしたけど」

部屋の扉が開いて、芝が一人の男性を連れてきた。四十代半ばで、ネクタイを締めて白衣を羽織っている。

「紹介しときまひょ。この部屋と機器を貸してくれはったコンピューター関係の映像系制作会社で、主任研究員をしてはる大崎はんです。内山優平はんが九ヵ月間勤めてたときの上司にあたります」

「どうも」

大崎は、紺野に軽く一礼した。

「技術者の大崎はんには、多大の協力をしてもらいました」

「内山君は、有能な新入社員でした。若い彼は自分の時間が取れないうえに、社内の人間関係に馴染めないという理由で辞めてしまいましたが、惜しい人材でした。われわれの係が、新規事業に取り組んでいて四苦八苦していた時期で、残業続きでギスギスしていたのは事実です。そのときの上司として、もっと相談に乗ってやればよかったと後悔しています。なので、今回はせめてもの罪滅ぼしですよ」

もう一度、水しぶきがかかったときの映像が再生される。

「最前列のうつむいた男性客が、小さく何を言うたのか、他の乗客の驚きの叫びを除外したうえで、拡大する作業をコンピューターを駆使して、大崎はんにやってもらいました」

　プロジェクターに、作業後の映像が映し出された。男性客は、隣の客が身体をのけぞらせてのしかかるようになったことに対して「無礼者」と怒っていた。

「あんたは、こないだオフィスで会うたときも、きょうも『無礼者』と口にしはりましたな」

　安治川は、胸ポケットからボイスレコーダーを取り出した。

「こないだの分は録音してまへんけど、きょうは録らせてもらいました。見てもろた映像の『無礼者』とともに音声鑑定にかけたなら、同一人物のものやと立証でけます。つまり、このとき舟に乗ってはったのは、あんたです。そして、その日に内山優平は、緊急事態を装って父親の住むほうの家に三上聖華を呼び出して、絞殺したと思われます。廊下から、三上聖華の血痕が出ました」

「………」

　紺野は、何も言葉を発しない。

　安治川は、プロジェクターの画像を、東北でNシステムが捉えた写真に再び切り替えるように良美に指示した。

「Nシステムは、警察の犯罪捜査に大きく貢献してくれています。全国の幹線道路に配備され、そこを通過する膨大な量の車両をすべて自動的に次々と画像に捉えて、ナンバー、車体、運転者を記録します。高速道路であっても、瞬時に撮影します。そして、ナンバーから検索がでけるのです。けど、欠点がないわけやないです。たとえば、自転車での通行はチェックしません。それから、Nシステムの機器が設置されているかどうかは見たらわかりますよって、回避が可能です。そして、ある程度の高さのあるところから、通過していくすべての車両という途方もない分量を毎日二十四時間記録しますさかいに、普通のカメラに比べて鮮明度や画素数はやや落ちます。そのうえ、焦点は車のナンバーに向けられています。もちろん、人物の識別はでけます。せやけど百パーセント完全とは言えしまへん」

安治川は、プロジェクターに新しいものを映すように良美に指示した。

画面が切り替わって、場違いな戦国時代の合戦シーンとなった。

甲冑(かっちゅう)と鎧(よろい)に身を固めたベテラン俳優が「ひるむな！　退(ひ)かずに進め！」と部下に檄(げき)を飛ばし、馬に跨(また)がって刀を抜いて、先頭に立って突撃を始める。手負いの部下たちは士気を鼓舞されて、それに続く。

敵軍は、銃を構えて一斉に発砲する。その後方から矢が次々と放たれる。馬上のベテラン俳優は標的となり、銃弾を受け、矢が刺さって、血しぶきを上げながら落馬して壮絶な最期を遂げる。

「ここの会社が制作に関わった映画の一シーンですのや。CG合成やあらしません。大崎はん、説明してくれはりますか」

「はい。馬に跨がるまでが本物の俳優さんで、敵軍に切り替わったあとは、スタントマンが吹き替えをしていて落馬します。さも、俳優さんがずっと演じているように見せるため、われわれの会社で俳優さんのフェイスマスクを3Dプリンターで作って、スタントマンにそれをかぶってもらいました。少しカメラを引きにして。動きでごまかせば、まず観客は気がつきません。マジックショーのイリュージョンでもフェイスマスクは応用されています」

画面は、フェイスマスクになった。

「いつごろから、これを製作してはるのですか」

「始めてもう十年くらいになりますね。私がプロジェクトの責任者でした」

「ほな、内山優平はんは？」

「携わっていました」

フィギュアを3Dプリンターで作ったことは、優平から聞いていた。

「フェイスマスクの欠点はありますのか？」

「極端に言えば、お面をかぶったようになります。戦国時代のような時代モノだとメイクができるので境目がわかりにくいですが、現代モノだとアップは厳しいです。それに表情の動きが出ません。とりわけ目のあたりが不自然になります」

「つまり、アップよりも遠景が、動画よりも画像が、適しているということですやろか」

「そのとおりです」

プロジェクターはまたNシステムの画像に切り替わった。

「おおきに、ご協力に感謝します」

「いえ」

大崎は軽く礼をして、芝とともに出ていった。

「紺野はん。あんたは優平はんに自分のフェイスマスクを作製させ、車を提供して東北での運転をさせましたな。その前に、逆に優平はんのフェイスマスクを持って徳島に行きました。けど、乗り合いの舟では、他の乗客に表情が不審に思われたり、近い距離で映像を撮られるおそれがあったので、中折れ帽をかぶって終始うつむき加減やったのですね。いや、映らへんようにした理由は、他にもあります。フェイスマスクそのものの存在を知られとうなかったからです。そのほうがあんたのアリバイはより強固になりますさかいな。つまり、東北では優平はんに自分のフェイスマスクを使わせておきながら、徳島ではあえて使わへんかったんです。それも計算の上ですやろ。そうやって、アリバイ交換をして、お互いが居てほしゅうない相手を自分の手で殺害してから、そのあと優平はんを殺せば、すべてが闇に帰しますな」

良美が、さゆ里の遺体が見つかった淀川河川敷をプロジェクターに出して言った。

「優平さんのほうとしては、三上聖華さんが行方不明になれば目的は達成できたわけです。事件性がない失踪なら、捜査も行なわれません。あなたのほうは、さゆ里さんの死がはっきりする必要がありますが、いくらアリバイがあったとしても捜査は避けたいところです。事故死に見せかけることができればベストだったのですが、さっき安治川巡査部長が説明したようにさゆ里さん殺害を急ぐ必要が出てしまいました。その結果、事故で河川敷に転落した可能性は低いということで捜査が始まりました。それによって、優平さんの殺害も前倒しにすることになりましたね。聖華さんのマンション引き払いも不充分でしたし、優平さんのところにうちらが事情を聞きに行くことにもなりました。優平さんとしては『話が違うぞ。単なる蒸発ということで警察は動かないという計画だったじゃないか』と抗議したと思います。もちろん、もしもそうなったときの予備的なものとして徳島でのアリバイは用意してありました。それだからこそ、優平さんはあなたの提案に乗ったのだと思いますけど」

プロジェクターは、奈良県境の山林で地元民が見つけた深い穴の写真に替わった。

良美は続けた。

「聖華さんの遺体は、最初はここに埋められていたと思います。掘り出される前は、きちんと埋められ、枯れ枝や落ち葉などもかぶせられていて、地元の人でもわからなかったと思います。この作業は深く掘る労力がいったので、あなたと優平さんの二人で行なったと思います。六月二日に聖華さんを絞殺した優平さんは、遺体をあなたから借りた車のトランクに入れて、あなたのマンションの地下駐車場に留めておいたと思っています」

安治川が良美の言葉を引き取った。

「わしは、二人で山中に埋めたのは六月五日やと考えています。六月一日から三日に徳島に居たあんたは、六月四日に遺棄場所の下見に行くと優平はんに言うて、奈良県境まで出かけました。優平はんのフェイスマスクはまだ処分せずに持っていきました。そして、マスクをかぶって道路脇に構えて、ドライブレコーダーの付いている通行車を待って、わざと接触しそうになる小技をしました。大崎はんが言うてはった欠点である表情が動かへんことも、一瞬でしかもサングラスをかけていたら防げます。そして、優平はんが飲んだミネラルウォーターのペットボトルも用意しましたね。交換アリバイを計画したのですよって、彼とは何度も綿密な打ち合わせをしましたやろ。打ち合わせ場所が、夜間のあんたのオフィスやったら、彼が飲み終わったペットボトルを『こちらで捨てておくよ』と言うても自然ですな。空になったペットボトルはもう一本確保されていて、パラコートを入れておいて、ロッジでのすり替えに使われました。農薬のことは、優平はんから祖父が使っていたものが残っているかもしれないという話を打ち合わせのときに聞いていたのでしょう。あんたは『実際に倉庫を見てみたい』と、父親の良造はんが留守のときに案内させて、パラコートを見つけると密かに懐に入れておいて『使えそうなものはなかった。三上聖華は確実な絞殺にするのがいい』と答えておいたのやないですか。優平はんには農薬の知識はあらしません。あんたは、西宮の村野暢子を殺す計画を立てたときに、巧い殺害方法がないかと研究していて、知識を得ていたのでしょう。結局西宮では、練炭という被害者の習慣を利用することにしましたけど」

紺野は黙ったままだが、その表情は少しずつ硬いものになっているように、安治川には見えた。

「いずれは内山優平を自殺に見せかけて殺すことは、あんたの計画に織り込み済みやった。せやから野外センターの下見もしておったわけですけど、彼は予想以上に早くリアクションしてきましたね。六月五日に三上聖華の遺体を二人で運んで深く埋めて、優平はんの顔を元に作ったフェイスマスクも粉砕するなどして処分したと思います。そのあと優平はんはお返しとして、あんたのフェイスマスクをかぶって、東北地方をあんたの車で走りました。けど、そのあとで、なんぞあったんですやろか、二人の齟齬が始まりました。言いましたように、新月巡査長のほうは〝警察が動いていることで自首を考え始めた〟という見解ですし、わしのほうは〝防衛はでけたけど金は手にでけてへんと金銭的要求をしてきたのやないか〟と思うとります。いずれにしろ、優平はんの早いリアクションはこれまた誤算やったですやろ。あんたは、ロッジで優平はんを追い込んで自分から密室を作らせて、興奮させたあと落ち着かせて、農薬の入ったミネラルウォーターのペットボトルを飲むように仕向けました。それはうまくいき、あんたとのやりとりが詰まった彼のパソコンも回収でけました。そやけど、やはりこれも少し急いだので、彼の遺書やメッセージを残すことはでけしませんでした。あんたはそれから優平宅に行って、聖華はんの通帳類の入ったポケットファイルを郵便受けに投げ込みました。そのあと、奈良県境まで行って、人の目に気を配りながら、三上聖華の遺体を掘り返して、浅い斜面に埋め替えました。大雨が降れば、一部が出て発見されるようにしたわけです。そのうえで、事前に用意してあった優平はんの飲んだペットボトルも捨てましたな」

奈良県警が回収したペットボトルの写真が映し出される。

「こうして、三上聖華を殺した犯人は内山優平で、自殺の動機は良心の呵責や捜査の手が及んでくる恐怖、という図式ができました。内山優平が三上聖華を殺したのはほんまのことなんやから、いくら調べても、そうなります。あんたは、遺体を埋め替えたときに、スマホをポシェットからスキニーのポケットに移したのやないですか。大雨の降水量によっては、土が流されて遺体が現われるときにポシェットが斜面から転がり落ちるかもしれへん、あるいは小動物やカラスなどが巣作りなどに使うためにポシェットを持ち去ることもありうると思うたんでしょう。けど、女性は普通はスキニーの尻のポケットにスマホを入れへんそうです」

「そのことは、うちも思いました」

「そうやってスマホが確実に出るようにしたあんたの意図は何やろか、考えてみました。六月一日は彼女がホットヨガに行く曜日やということは、あんたたちも調査済みやったでしょう。そしてスマホには六月二日に、公衆電話から三回着信があって、午前中の一回目は出たものの、夜はどちらも〝受信せず〟ということやったので、六月二日に亡くなったという可能性が高うなりました。公衆電話の一回目は、内山優平が呼び出しに使うたもので、あとの二回は、殺害したあとで内山優平がかけたものやとわしは睨んどります。六月二日にあんたが徳島で彼が書いた乗船名票を出しているので、六月二日に着信に出えへんかったという記録を作っておきたかったのです。もちろん、あんたのアイデアですやろけど」

スマホの着信記録画面が映し出される。

「あんたとしては、警察が優平はんとあんたの関係には辿り着かへんと踏んでいたと思います。さゆ里はんは、ほぼ他殺でしたが、あんたには東北で車に乗っていたという盤石のアリバイがおました。捜査は、他の人間を洗うことになりますけど容疑者は出てこず、流しの物取りの線もあるということになって、迷宮入りという構図が期待でけました。内山優平が三上聖華殺害容疑者になっても、彼が死んでいたら、あんたとしては痛くも痒くもあらへんです。いや、むしろ内山優平が自殺した動機になりますのや」

内山優平としては、三上聖華の遺体が出てこずに行方不明のままというのが理想だ。だから山中に深くに埋めた。もし万一遺体が出たときにも、日時が経てば死亡推定時期は曖昧になるが、スマホの受信記録は手がかりになる。そのときにアリバイがあれば、自分は抗弁ができる。内山優平は、そう考えていた。

「せやけど、優平はんのアリバイは、あんたのアリバイほど強固やあらしませんでした。受信に出えへんかっただけで、六月二日が死亡日やとは完全には断定でけまへん。遺体を埋め戻したときに、あんたは彼女のスマホを確認したと思います。そして、最初に山中に埋めた翌日である六月六日に内山良造はんから電話が入り、七日にショートメールが入っていることを見ました。六月二日の公衆電話以降は中三日の間隔があったので、これは逆に使えると考えて、スマホを持ち去らずにスキニーのポケットにしまい込んだわけです。優平はんの徳島取材旅行紀行文は、六月一日から二泊して六月四日に大阪に着いてます。これがほんまやとしても、四日と五日は犯行が可能やということになりますよって」

「六月六日に内山良造さんの着信があったのは偶然ですが、もしなかったとしても、あなたは大歩危峡の舟に乗っていたのは自分ではないというカードを用意していましたね。もちろん、優平さんとの関わりがわからないように注意していましたが、万一感づかれたときの対策です。うちらがオフィスを訪ねたとき、『五月の三十一日から六月四日までは上京して、東京ハイライトホテルに四泊している。缶詰めで新作デザインに取り組んでいた。そんなことは不可能だ。ホテルのスタッフに確認してみるんだな』と強い口調で言わはりました。自信ありげに」

「小松川にある東京ハイライトホテルに照会したところ、確かに五月三十一日の夕方から六月四日の朝まで滞在記録がおました。あんたが午後三時半ごろから四時ごろまで大歩危峡で舟に乗っていた六月二日は、夜の十時十分にルームサービスを頼んでいて、スタッフはあんたと対面してチップもろてはります。けど、六月二日に東京から大歩危まで日帰りで行くことは飛行機を使うたら可能やないかと思うて、調べてみました」

プロジェクター画面に運航ダイヤが出る。

「当日あんたは、十五時三十分から十六時まで舟に乗ってました。そして、大歩危峡から徳島空港までは車で約二時間です。羽田行きの最終便である二十時三十五分発には間に合いそうです。せやけど、羽田空港へは二十一時四十五分着なんで、これやと二十五分後の二十二時十分に江戸川区にある小松川のホテルにおることはかなり厳しいです。その一本前は、十九時ジャストに徳島空港発です。二十時十五分羽田着なのでホテルには着けますけど、十六時ごろまで大歩危にいて、搭乗手続と手荷物検査を済ませて十九時空港発に乗るのは、難しいです。電車では不可能やし、レンタカーはアシがつくし、タクシーも一本でいくとそこから辿られますので、乗り継ぐ方法を採ることになります。大歩危峡にわしが行ったときは待機タクシーなど一台も見いしまへんでした。連絡して呼ぶことになるので、その時間も必要になります」

「でも、よく調べてみたら、徳島県にある大歩危峡に最も近い空港は、高知空港なんですよね。高知空港までは車で約一時間十分です。羽田行きの最終便は十八時四十分発なので、タクシーを乗り継いで何とか間に合うかもしれません。羽田には十九時五十五分に着くので、ホテルのほうは問題ないです」

「せやけど、あんたは『そんなに犯罪者に仕立てたいなら、想像だけで言うな。警察なら、空港でも駅でも、防犯ビデオを調べることができるはずだ。クビを懸けたうえで、私がピストンで戻ったという映像を摑んで持ってこい』と声を張り上げましたな。ある程度の自信があったんやと思います。けど、あれは余計なひとことやったかもしれまへん」

「高知空港の十八時四十分搭乗前後の防犯カメラと、羽田空港の到着時刻である十九時五十五分前後の防犯カメラ映像を調べましたが、不審な人物はいませんでした」

「けど、四国から東京へ戻る方法は、もう一つおました。香川県の高松空港を使いますのや。大歩危峡から高松空港までは一時間五十分くらいです。十六時に出てタクシーを乗り継いでも、十九時五十五分発には間に合います。しかもこの便は、二十一時十五分に成田空港に着くのです。成田空港に向かうというのは、徳島空港や高知空港にはでけへん芸当です。わしら関西人には、東京のホテルやったら、羽田空港やという頭がありますけど、成田空港からでも東関東自動車道と京葉道路を使えば、一時間程度で東京都内に入れるそうですな。小松川という千葉県に接しているところやと京葉道路の出口も近うて、さらに所要時間は短縮でけます」

「二十二時十分にルームサービスを頼むことは充分可能です」

「高松空港と成田空港の防犯ビデオを調査中ですのや。変装はしてはると思いますけど、歩容認証という新しい技術がおます。きょうここへ来てくれはるあんたの歩く姿を映像に撮らせてもろてますんで、照合しよと思うとります。さいぜんの音声鑑定とともに根拠にして、あんたの車の捜索差押令状を取ります。今の鑑識技術は進んどりますさかい、三上聖華はんの遺体を運んだときの何らかの痕跡が出ると確信しとります」

紺野理一郎は強張った表情で、沈黙のままだ。だが、その額から汗が一筋二筋と流れ出ている。

部屋の扉が開いて、芝が再び姿を現わした。芝の後ろに、ためらいがちに足を踏み入れた若い女性がいた。角田真未だ。

「安治川さんには反対されたんだが、彼女に隣室で同席してもらうことにした。取調室の様子を横の暗室で見るシーンがよくドラマで登場するが、実際は暗室には取調室でのやりとりの声は流れない。あれはあくまでも目撃者や被害者に面通しをしてもらうための暗室であって、顔が見えれば充分だからだ。大崎さんに協力いただいて、この部屋の映像と音声が隣室に流れるようにしてもらった。プロジェクターを頻繁に使ったが、その機器に極小カメラとマイクが付いていたんだよ」

芝は、真未のほうを向いた。真未は、小さく頷いてから言った。

「理一郎さん。最初から最後まで、すべて見させてもらいました。あなたのことはデザイナーとしてリスペクトしていました。モデルをさせてもらった新作発表会のあと『お疲れさん。とてもよかったよ』と声をかけてくださったのが最初でしたよね。そのあと食事に連れて行っていただき、『競争の激しいモデルの世界で、君は足の引っ張り合いなどできる人ではないよ』と、悩んでいた私は優しい言葉をもらいました」

真未は涙声になりながらも、毅然として話した。

「理一郎さんは、自分から奥さんがいることを正直に打ち明けたうえで、『若気の至りだったとつくづく思う。もう事実上の離婚状態だから、早く決着させたうえで、君に正式にプロポーズする』とおっしゃってくださいました。嬉しかったですが、その真相がこういうことだったとは……」

「真末」

紺野は聞こえるか聞こえないかの声を出した。

「君と結婚したかったんだ。だけど、さゆ里は承知しなかった」

「人の命を犠牲にした上に築かれた幸せなんか、いりません。そんなのは、幸せではないと思っています。プロポーズは……お断りします」

嗚咽を漏らしながら、両手で顔を隠した真末は走るように部屋を出ていった。

黙って見送る紺野の頬をまた汗が流れた。いや、それは汗ではなく涙だった。

エピローグ

少年ラグビースクールの練習試合が行なわれている東大阪市のグラウンドで、安治川と内山良造はスタンド観戦をしていた。

グラウンドで楕円球を追う子供たちの声以上に、スタンドで応援する父母たちの声のほうが大きい。

「優平も、あんなふうに試合に出てほしいと思うてラグビースクールに入れたんやが、一度も叶わなかった。若いころに私が味わうことができた充実感を一人息子にも、と思うたんやが」

「わしの場合は、姪っ子二人でしたさかい、考えもしませんでした。今でこそ、女子も七人制ラグビーがオリンピック種目になっとりますけど、二十数年前はそういう時代やおませんでした。けど、息子がおったら、勧めたと思いますで」

高校時代の思い出と言ったら、ほとんどがラグビー絡みだ。

「安治川よ。私は間違うていたやろか？」

「いえ。息子さんは性格的にラグビー向きやなかったのは、実際にスクールに入らへんかったらわからへんかったと思いますで」

「ラグビースクールに入れたことやない。六十一歳にもなって、親子ほど年の差のある女と再婚しようとしたことや？」

「超年の差婚も、逆年の差婚も、本人たちの自由やと思います。ただ、前婚の有無など、もうちょっとよう調べはったほうがよかったかもしれまへん」

「有頂天になっていたんやな。派閥の覇権争いに負けて、失意のまま定年を迎えたときに、現われた天使が聖華やった。還暦になって初めて、人を本心から好きになることができたと思うた」

「内山先輩は、純を求めはったんやと思います」

角田真未に立ち去られた紺野理一郎は、張り詰めていた空気が抜けたかのように、犯行をすべて認めた。紺野もまた期せずして、「この歳になって初めて、本気で女性を愛することを知ったと思った」と、内山と同じような言葉を絞り出した。

紺野は「私は、貧乏な時計修理職人の跡継ぎ息子として将来を決められて、他に選択肢がなかった。父が亡くなったことで解放されたが、時計修理以外に何の取り柄もなく、アルバイト生活を無為に送っていた。さゆ里と知り合い、結婚に至ったが、考えてみればすべて彼女にリードされていた。結婚後もそうだった。アルバイトのウェーターからのし上がって、あるかないかわからない才能に懸けてデザイナーの道を必死に駆け上がった。そして、角田真未と出会った。めったにいない純粋な乙女が舞い降りたと思った」とも言った。

「純を求めた……かもしれへんな。せやけど、純やと思うたが、せやなかった。聖華はテンシやのうて、実体はペテン師やった」

内山良造はかすかに苦笑した。

グラウンドでは、少年たちが泥まみれの熱戦を演じていた。追いつ追われつのシーソーゲームだ。

「わしは、人間には持って生まれたそれぞれのポジションがあると思うてます。先輩はその身長でしたさかい、スクラムハーフ以外はでけへんかったですやろ。わしらスクラム第一列は、体重のある者が就きます。ラグビーフットボールというのが正式名称ですけど、フットつまりキックはわしらはほとんどせえしません。逆にフルバックやスタンドオフは、試合中なんべんもキックをします」

それぞれの役割を持った十五人が、一つのチームという社会を構成する。

「私は、似合わへんことをやったんかな」

「そやないと思います。純を求めることは、おかしいことやないです。やり直しをしようとすることも」

内山良造は、出世のために好きでもない女性と結婚したことを悔いて、やり直そうとした。

「けど、若い時期に戻ってのやり直しはでけしまへん。今のわしらがジャージを着てグラウンドに立っても、あの子どもたちにも負けます」

「せやな」

若い女性と結婚することだけが、やり直しではない。

そして若い女性だから、純とは限らない。芝が、紺野の自供を得たあと、こう話してくれた。

「角田真未は、部屋を出たあとすぐに嗚咽をしなくなった。そして『奥さんと簡単に離婚できないって、何かあると思っていました。人殺しをしていたんですね』と言った。隣室でやりとりを見ることも、紺野の前に現われて引導を渡すことも、すんなりと引き受けてくれた。予感のようなものが彼女の中にあったんだな。そして帰り際に、ほんの小さく呟いた。『確かめられてよかった』とそのときは聞こえたが、あれはもしかしたら『試せられてよかった』だったかもしれないと、あとで思った。もしかしたら、彼女はさりげなく紺野に妻を殺害するように仕向けたのかもしれない。そうやって紺野が結婚してもよい人間なのか、試したのかもしれないのだ。妻を殺すような夫は、将来また新しい妻を殺す可能性がある……と。だがこれは、まったく証拠のない想像なので、彼女は何の罪にも問えない」

そう言えば、安治川も真未と会ったときに「紺野理一郎はんと結婚しはりますのやね？」と尋ねたら、「正式のプロポーズを先週いただきました」という答えが返ってきた。「結婚します」という言葉は一度も口にしなかった。そして、さゆ里が亡くなった日には、真未は女友達と台湾旅行をしていた。

「内山先輩。純度百パーセントの女性なんて、おらへんのやないですやろか。どこかにおると思うのは、男の幻想かもしれまへん」

真未と姫路で会ったあと、良美は「男性にとっては、結婚相手にしたいタイプでしょうね。けど、もしあれが演技やとしたら、コワイです」「女はみんな女優だと言いますからね」と感想を言っていた。安治川に見えていなかったものが、同性の良美の視界には入っていたのかもしれない。

スタンドから歓声が上がった。

ノーサイド寸前に、リードされていたチームがゴール前に迫り、激しい肉弾戦の末にトライを取って逆転したのだ。

「少年スポーツは純ですね。心が打たれます」

安治川は拍手を送った。

「せやな。そやから、人を惹きつけるのかもしれへん」

「自分が選手のときは、高校生同士が戦う花園(はなぞの)ラグビー場や甲子園球場に、なんであんなに有料観客が集まるのかわからへんかったのですけど、今は理解でける気がします」

「安治川よ。私はけさ、会社の人事部に問い合わせてみたんや。六十五歳までなら、いったん定年退職していても、雇うてもらえることがわかった。もちろん、身分は平社員で、給料も最低ランクやけど」

「それこそ、ほんまのやり直しやおませんか。新入社員と同じ肩書で」

「安治川を見ていて、再雇用も捨てたもんやないと思うたんや。これまでは、定年後も仕事にしがみつくなんて貧乏くさくてカッコ悪いと考えていた」

「定年後のポジションやからこそ、でけることもありますで。それにこの歳になってもまだ新しいことが勉強でけることも、嬉しいです。知らんことが、ぎょうさんおますんやから」

　3Dプリンターのことなど、まるで初耳だった。

「今回は、私も人生勉強をしたな。高過ぎる授業料やったけど」

「これからプライベートもやり直しをするための授業料やと思うたら、ええんとちゃいますか」

「もう再婚はこりごりやと思う……けど、正直なところまだ少し未練はある。息子があないなことになって、前よりも寂しさは加わっている」

「いや、まだノーサイドの笛は鳴ってへんのとちゃいますか」

　勝利したチームが、スタンドに向かって走ってきて、整列して礼をする。

　あらためて安治川は拍手を送る。

「あのチームかて、諦めていたなら最後の逆転トライはあらしませんでした」

「せやな。死ぬまでノーサイドやないんやな」

　内山も拍手をした。

「スポーツにはシナリオがあらへんさかいに、その展開に心が動きます。わしらの人生は、定年を迎えたとはいえ、やっぱしシナリオはあらしまへん。けど、先が読めへんよって、おもしろいんやし、感動もでけるんとちゃいますやろか」

奮闘したものの負けたチームも、全員が並んでスタンドに一礼した。

「ナイスファイト！　ナイスゲーム！」

安治川は立ち上がって、力一杯の拍手を送った。

この作品は徳間文庫のために書下されました。

なお本作品はフィクションであり、実在の人物・組織・団体等とは一切関係がありません。

時刻表は令和二年二月現在のものに基づいています。

徳間文庫

再雇用警察官（さいこようけいさつかん）

いぶし銀

2020年6月15日 初刷

著者 姉小路祐（あねこうじゆう）

発行者 小宮英行

発行所 株式会社徳間書店

東京都品川区上大崎三－一－一
目黒セントラルスクエア 〒141－8202

電話 編集〇三（五四〇三）四三四九
販売〇四九（二九三）五五二一

振替 〇〇一四〇－〇－四四三九二

印刷
製本 大日本印刷株式会社

ISBN978-4-19-894562-6 （乱丁、落丁本はお取りかえいたします）

徳間文庫の好評既刊

安達瑶

私人逮捕！

また私人逮捕してしまった……刑事訴訟法第二百十三条。現行犯人は、何人でも、逮捕状なくしてこれを逮捕することができる。榊鋼太郎は曲がったことが大嫌いな下町在住のバツイチ五十五歳。日常に蔓延する小さな不正が許せない。痴漢被害に泣く女子高生を助け、児童性愛者もどきの変態野郎をぶっ飛ばし、学校の虐め問題に切り込む。知らん顔なんかしないぜ、バカヤロー。成敗してやる！